凝煉知識品味閱讀

曲選

楊振良
國立臺灣師範大學國文研究所博士
東吳大學中文系教授
蔡孟珍
國立臺灣師範大學國文研究所博士
國立臺灣師範大學國文系教授

五南圖書出版公司 印行

序

元明之世，曲作繁興，當行手筆，抒華叶律。天地萬物，興會神通，莫不曲肖鼓舞於筆端；洋洋盈耳，音拍循板，皆能譜唱宣之於天籟，至如傳世製曲訂譜、起聲發調之論，無慮十數百，後學奉作津筏玉律，遵為不易之宗主焉。

是治曲一道，本宜重創作、釐唱唸、正譜律、析曲理。唯古典文學式微，近歲而極，後生末學，或無由根據，或莫肯究心，時俗趨向，各出手眼，去古愈遠，能提筆成文者愈尠；可按曲而不辨四聲者愈多，頹波泛濫，而曲學精微亡失將盡矣！

於是取課堂講藳校理，粗陳梗概，斟酌成書，〈曲學簡論〉及劇曲，蔡孟珍董之。令曲、散套，楊振良選注。未敢以為程範，儻無誤後學，固所願也。從來論注名篇，殊非易易，屬稿倉促，罅漏必多，還祈海內博雅，有以教言，以補淺疎，俾得隨時改正是幸。

楊振良　民國八十七年七月
蔡孟珍　謹識於新店度曲樓

目　次

小令

關漢卿

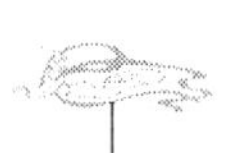

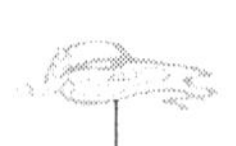

套曲／161

劇曲／183

附錄　中原音韻——251

曲學簡論

第一章　溯源澄本——曲之名義緣起與風格流派

曲爲有元一代之文學代表，它以本色當行、尖新樸質的特色擅場，在中國韻文史上與唐詩、宋詞共提並論。元人羅宗信《中原音韻序》嘗云：「世之共稱唐詩、宋詞、大元樂府，誠哉！學唐詩者，爲其中律也；學宋詞者，止依其字數而塡之耳；學今之樂府則不然。」足見曲之體製與詩詞殊異。

第一節　曲之名義

元人習慣以「樂府」稱曲，以「傳奇」稱雜劇①。所謂樂府，一般指小令，但亦兼及套數。小令較俗，而樂府較雅，芝庵〈唱論〉云：「成文章曰樂府，有尾聲名套數，時行小令喚葉兒。套數當有樂府氣味，樂府不可似套數，街市小令，唱尖新倩意。」周德清《中原音韻・正語作詞起例》申其說云：「凡作樂府，古人云：有文章者謂之樂府，如無文飾者謂之俚歌，不可與樂府共論也。」

小令、套數一般統稱散曲，然考「散曲」一詞，實創自明・朱有燉《誠齋樂府》，該書共兩卷，卷一標目爲「散曲」，所收全爲小令；卷二標目爲「套數」，所收全爲套曲。由此可見散曲乃與套數相對而言，指的是未被組織成套之零散隻曲，與今之「小令」概念相同。但自明中葉以降，曲家率將小令與套數合稱散曲，如王驥德《曲律・雜論下》云：「散曲絕難佳者。北詞載《太平樂府》、《雍熙樂府》、《詞林摘艷》，小令及長套多有妙絕可喜者。」又云：「詞隱所著散曲，曰《情痴囈語》及《詞隱新詞》各一卷。」沈璟此二曲集皆兼賅小令與套數。清・周祥鈺等編纂之《新定九宮大成南北詞宮譜》，其「散曲」

部分亦兼指小令、套數。唯明清曲壇仍有將「散曲」專稱「小令」者，直至近代曲家吳梅、任訥等一系列曲學專著問世之後，散曲作爲小令、套數兼指之概念終告確定，而它作爲小令專稱之概念則已廢棄不用。

就表現方式而言，散曲只須披諸管絃、播諸口齒，它是按板清謳、抒情寫意的文學；劇曲則須鑼鼓配搭、腳色彩爨，屬於氍毹搬演的立體藝術，故散曲無科白，劇曲有科白，散曲爲抒情小品，特重音律、修辭，如句式、對偶、襯字之運用皆頗妥帖，唯內容清雅，率多範山模水，詩酒流連，雲林隱居，青溪訪道，或有志難伸而藉歌舞消遣世慮；劇曲之文詞音律雖不若散曲考究，然亦講求知音協律，造語自然，又須兼顧關目配置、人物造型、思想意識、科諢效果等一切舞台所需之排場藝術，其內容或神仙道化，或隱居樂道，或煙花粉黛，或家庭倫理，或歷史公案，亦遠較散曲廣袤而豐碩。

元代雜劇藝術以滄海納百川的氣派容納各種戲樂之長而雄視劇壇，「曲」豪辣灝爛、疏朗自然的風格，正與之深相契合，成爲元雜劇的音樂主體，戲曲作家也以「振鬣長鳴，萬馬皆瘖」的風姿領一代文壇風騷②，關漢卿、馬致遠、白樸、鄭光祖、王實甫、喬吉、張可久、貫雲石、徐再思、張養浩……等皆是箇中翹楚。明代曲壇傳奇擅盛，具有「笙簧一代，鼓吹千載」的魅力，曲家如高明、魏良輔、梁辰魚、徐渭、湯顯祖、沈璟、王驥德、呂天成、沈寵綏、吳炳……等亦是一時麟鳳。清代劇壇劇作如林，尤以清初李玉的《千鍾祿》、康乾之間洪昇的《長生殿》與孔尚任的《桃花扇》爲動人心魄，締造了「家家收拾起，戶戶不隄防」的空前盛況。先輩膾炙人口之散曲、雜劇與傳奇，洵足令後世品味低迴萬千。

註釋

①元代亦有稱曲爲「詞」或「曲」者，如周德清《中原音韻》有「作詞十法」，《中原音韻・後序》云：「予作樂府三十年，未有如今日之遇宗信知某曲之非，復初知某曲之是也。」又陶宗儀《南村輟耕錄》：「金季國初，樂府猶宋詞之

流；傳奇猶宋戲曲之變，世傳謂之雜劇。」

②元曲撰作盛況空前，就散曲而言，由元人楊朝英先後編選之《樂府新編陽春白雪》十卷及《朝野新聲太平樂府》九卷，可知其數量之豐，近人隋樹森編《全元散曲》，計收元人小令三千八百五十三首，套數四百五十七套（殘曲在外），有署名作者共二百十二人；劇曲方面，鍾嗣成《錄鬼簿》著錄元雜劇作家一百五十二人，賈仲明《錄鬼簿續編》續錄元明之際雜劇作家七十一人，兩書合計二百二十三人，與《太和正音譜》所錄相近，傅惜華《元代雜劇全目》著錄元代姓名可考之劇作計五百種，無名氏之劇作五十種，元明之際無名氏劇作一百八十七種，合此三項，共計雜劇作品七百三十七種。現存元人雜劇約一百六十種。

第二節　曲之緣起

曲按其本原，源於民間。以「南北曲」而言，南曲又早於北曲，唯有元一代，北尊而南卑，北曲風行，名公大家，製作者衆，其體製亦逐漸完備，朝向定型化、規範化發展。

由現存的北曲曲牌來看，現存三六〇個曲牌淵源可考者，出於唐宋大曲十四、出於唐宋詞一〇七、出於唐宋教坊曲七、出於諸宮調三〇、出於宋代戲藝及金院本十五、有可能出於宋俗曲者四，這一七七調，約佔元北曲曲牌二分之一①。也因此，北曲源頭是多方面融合創造，不論在文學或是音樂上，都扮演著上承宋詞，下啓明清傳奇的關鍵地位，而元曲音樂至少包含以下的成分②：

㈠唐宋大曲的歌舞音樂　㈡唐宋曲子詞音樂　㈢宋元當代的歌曲音樂　㈣宋金時代的曲藝說唱音樂　㈤宋元時代北方少數民族音樂　㈥大批利用以上音樂新創作的其他曲調。

這種著眼於音樂構成的立論，看出北曲曲樂系統的形成過程：以傳統的詞樂爲主，吸收北方少數民族如女眞、蒙古族的音樂、漢族的民間曲藝音樂，呈現另一種有別於詞樂系統的曲式風貌，也能較清晰地釐清自明代以來各種衆說紛紜或語焉不詳、各持一隅的說法。

舊有的各家說法，起於明嘉靖、萬曆之間，綜其觀點，厥有三類：一是曲源於詞，以王世貞、沈寵綏爲代表；二是曲源於胡樂，以徐渭、王驥德爲代表；三爲曲源於樂府，以胡應麟爲代表。此時距北曲興起約有三百年之久，戲曲發展頗爲蓬勃，演劇風氣帶動研究者留意於淵源的探索，說明源流和創作審美上的互動需求。各家說法依序如下：

1. 曲源於詞說　王世貞《曲藻序》云：

> 曲者，詞之變。自金、元入主中國，所用胡樂，嘈雜淒緊，緩急之間，詞不能按，乃更為新聲以媚之。

沈寵綏《弦索辨訛》云：

> 三百篇后，變而為詩，詩變而為詞，詞變而為曲。詩盛於唐，詞盛於宋，曲盛於元之北。北曲不諧於南，而始有南曲，南曲則大備於明。

2. 曲源於胡樂說　徐渭《南詞敘錄》云：

> 今之北曲，蓋遼、金北鄙殺伐之音，壯偉狠戾，武夫馬上之歌，流入中原，遂為民間之日用。

王驥德《曲律・論曲源》云：

曲，樂之支也。……而金章宗時漸更為北詞，如世所傳董解元《西廂記》者，其聲猶未純也。入元而益漫衍其製，櫛調比聲，北曲遂擅盛一代。

3.曲源於樂府說

胡應麟《莊嶽委談》云：

宋詞、元曲，咸以仿於唐末，然實陳、隋有之。蓋齊梁月露之體，矜華角麗，固已兆端。至陳、隋二主，并富才情，俱湎聲色，叔寶之〈後庭花〉，煬帝之〈春江玉樹〉，宋、元人沿襲濫觴也。

上述三種曲之淵源說法揚波於前，後之繼述亦有之，基本上仍未超出其範疇，如《四庫全書．總目提要》云：

古詩變而近體，近體變而詞，詞變而曲。層累而降，莫知其然。

清．梁廷枏《籐花亭曲話》：

樂府興而古樂廢，唐絕興而樂府廢，宋人歌詞興，而唐之歌詩又廢，元人曲調興，而宋人歌詞之法又漸積於廢。

迄乎現代，任二北在其所著《散曲概論．序說第一》：「曲始自元季，而源於宋詞。」吳梅《曲學通論》：「適胡元入主中華，所用胡樂，嘈雜緩急之間，舊詞至不能按，乃更造新聲，而北曲大備。」《顧曲塵

談・原曲》：「曲也者，爲宋金詞調之別體。當南宋詞家慢、近盛行之時，即爲北調榛莽胚胎之日。」皆就傳統舊說衍論，持一隅之見，未能全面。

而除了曲牌的源頭考察之外，也能就南北曲所存在的許多特點來支持曲之緣起以音樂爲主體的說法。以曲牌結構言，北曲之「么篇」、「換頭」、「重頭」來自詞中之「過片」、「曳頭」③；南曲「集曲」一如詞之「犯」與「攤破」。就演唱言，北曲先白後唱，南曲先唱後白，和諸宮調先唱曲而後補說之體式相同。再如戲曲之中爭論已久之「務頭」說，亦有說法認爲與諸宮調、唱賺有關，即務頭與「語言閃賺」、「音節閃賺」、「情節閃賺」乃同義之詞，「賺」或「閃賺」有動盪變換之意，《九宮譜》凡例云：「北曲落板與南曲不同……北曲貴乎跌宕閃賺，故板之緩急，亦變動不拘。」則是曲調音節上相似點，另趙義山又認爲唱賺中兩腔循環間用的「子母調」形式，爲北曲套數之體式源頭④，凡此皆可看出曲之興起與音樂變化密不可分。

羊春秋於《散曲通論》一書歸納「曲」產生的原因有：一、詞的衰微；二、外樂的傳入；三、俗曲的影響；四、語言的發展⑤。這些原因涵蓋了文學進化與語言變遷等因素，其中音樂的轉型更是重點。蒙元政權帶來了新奇的文化背景，也改變了人們品賞藝術的口味，明代戲曲家徐渭在《南詞敘錄》表示了他對文化潮流新舊更替的感喟：「宋詞既不可被弦管，南人亦遂尙此，上下風靡，淺俗可嗤。然其間九宮二十一調，猶唐宋之遺也，特其止於三聲，而四聲亡滅耳。」潮流通俗化、大眾化的轉型變遷中，一定比重的傳統成分仍須保有，從詞曲遞嬗的緣由與過程，可以體會這一點！

註釋

①王國維《宋元戲曲考》於〈元雜劇之淵源〉一節考訂出於大曲者十一、唐宋詞七十五、諸宮調中各曲二十八、古曲

一百一十，之後趙義山〈王國維元曲考源補正〉、洛地〈金元北曲調名考察〉二文均有修正，詳參趙義山《元散曲通論》頁七、六十三之敘述，巴蜀書社，一九九三年。

②參孫玄齡《元散曲的音樂》頁六，文化藝術出版社，一九八八年。

③凡三疊的詞，其前兩疊字數、音韻相同的稱爲「雙曳頭」，也稱爲「疊頭」。參《中國詞學大辭典》頁一四，浙江教育出版社，一九九六年。

④參吳則虞〈試談諸宮調的幾個問題〉，收於《文學遺產增刊》五輯頁二七八～二九六。羅忼烈〈說務頭〉，收於《曲學抉微》頁三七～五九，學峰文化事業公司，一九九七年。趙義山唱賺說見《元散曲通論》頁二七～三七。

⑤見羊春秋《散曲通論》第一章〈緒論〉，頁七～一一。岳麓書社，一九九二年。

第三節 曲之風格

蒙元自世祖至元十六年（西元一二七九年）迄明太祖洪武元年（西元一三六八年），享國近九十年。九十年間，元散曲以其活潑詼諧與淋漓痛快的風格，在中國韻文的天地中展示旺盛的生命力，而其流露的風格也有一種時代共有的心境與苦澀的美感。

以往論曲風格，取朱權《太和正音譜》所列格勢，今人任二北《散曲概論》即依之列出豪放、端謹、清麗三派，後來學者大略延用，也有人只列出豪放、清麗或本色、文采二派的①。這種分法，大致照顧到元曲的精神氣韻、文學風貌，尤其符合元曲文字通俗、出語自然、肆口而成的特點。元曲文字上的俚俗、灑脫、詼諧、潑辣，頗與方言俗語、行話謔語有關，儘管周德清《中原音韻・作詞十法》曾提出「不可作俗語、譏誚語」的主張②，但那是曲發展至中、後期一種文人的作曲理論，若就初期元曲而言，則不甚符合實際情況。元散曲中的俗語、蠻語等，可說俯拾即是，也能反映元代社會一斑：

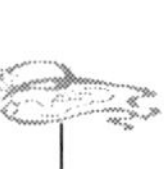

所謂「俗語」者，就是粗俗之語。例如：巴結、搶白、幫襯、接腳、嗑牙、尻包兒、那答兒、一胞尿之類。

所謂「蠻語」者，即少數民族語。如：阿馬、阿者、阿斤堆、阿那忽、孛知赤、必答奴那可兒、答刺孫、哈孩、哈撒、火不思、禿禿茶食、托勸、牙不、歪剌骨之類。

所謂「謔語」者，即戲謔調侃之語。如：銅豌豆、錦套頭、老野雞、賠錢貨、鑞槍頭、風月擔兒之類。

所謂「嗑語」者，即嘮叨瑣屑之語。如馬致遠〈借馬〉、劉時中〈上高諫司〉等曲之中所寫。

所謂「市語」者，即行話、隱語、謎語等。

所謂「方語」者，周德清自註「即各處鄉談也」。如：刁蹬、打火、綽皮、洒家、行頭、葫蘆提、私牙子之類③。

早期曲作這類蠻俗俚語數見不鮮，但自中期規範曲作的《中原音韻》出現之後，元曲風格才逐漸走上尚雅之路，然仍保有與宋詞卑弱風格殊異的豪邁之氣，虞集（西元一二七二～一三四八年）在〈中原音韻序〉說得清楚，他說：「若周邦彥、姜堯章輩，自製譜曲，稍稱通律，而詞氣又不無卑弱之憾。……我朝混一以來，朔南暨聲教，士大夫歌詠，必求正聲，凡所製作，皆足以鳴國家氣化之盛，自是北樂府出，一洗東南習俗之陋。」而周德清對當時散曲蓬勃之形容也以「樂府之盛、之備、之難，莫如今時。其盛，則自縉紳及閭閻歌詠者眾。」的稱賞，指出：「其備，則自關、鄭、白、馬一新製作，韻共守自然之音，字能通天下之語，字暢語俊，韻促音調。」（《中原音韻・自序》）的散曲特點與風味。

而這種字暢語俊、疏朗自然的元曲風格，誠詩詞所鮮見，故每爲元中後期乃至明清曲家所追慕，如成書最遲不超過西元一三三〇年的《錄鬼簿》，是一本中國戲曲最繁盛時期的戲曲、散曲作家作品目錄，作者鍾嗣成在書序中將散曲特有的風味比作「蛤蜊」④，至如明清以降，則以「蒜酪」比元曲。明・何良俊

（西元五〇六～一五七三年）《四友齋叢說》評論《琵琶記》一書時有云：

> 《琵琶記》長空萬里，是一篇好賦，豈詞曲能盡之！然既謂之曲，須要有「蒜酪」，而此曲全無。

又清人焦循（西元一七六三～一八二〇年）《劇說》卷一節錄徐又陵《蝸亭雜訂》云：

> 嘉、隆間，松江何元朗畜家僮習唱，一時優伶俱避舍，然所唱俱北詞，尚得「蒜酪遺風」。

所謂「蛤蜊」、「蒜酪」當是就元代散曲、劇曲語言字彙與胸襟文氣而論，這種北曲文學風貌的形成，是兩宋以來城市市民文學俗講俗唱、民間詞和蘇、辛豪放詞濫觴於前，蒙元的外族統治加速了傳統詩歌的變異蛻化。基本上，散曲的文學形式仍是傳統的：講平仄、格律、對仗，有的甚至是巧體式的游藝文學，仍帶有十分濃厚的古典詩歌基因。

這也就是說，元曲的風格是一種時代積累群體性的表現，無論用語、題材都與宋金有類似的趨向。元人傅若金《詩法正論》早就指出：「大概唐人以詩爲詩，宋人以文爲詩」，宋代詩風至江西詩派之末流，柔曼滯澀，元人提倡唐音，便主張清新自然，例如元代詩人薩都剌的〈滿江紅〉、〈金陵懷古〉詞作：

> 六代繁華，春色去也，更無消息。空悵望，山川形勝，已非疇昔。王謝堂前新燕子，烏衣巷口曾相識。聽夜深，寂寞打空城，春潮急。　思往事，愁如織。懷故國，空陳跡。但荒煙衰草，亂鴉紅日。玉樹歌殘秋露冷，胭脂井壞寒螿泣。到如今，惟有蔣山青，秦淮碧。

再如宋末張弘範（西元一二三八～一二八〇年）的〔喜春來〕小令：

金妝寶劍藏龍口，玉帶紅絨掛虎頭，旌旗影裏驟驊騮。得志秋，喧滿鳳凰樓。

以及金・元好問（西元一一九〇～一二五七年）〔臨江仙〕詞（自洛陽往孟津道中作）：

今古北邙山下路，黃塵老盡英雄。人生長恨水長東。幽懷誰共語，遠目送歸鴻。蓋世功名將底用，從前錯怨天公。浩歌一曲酒千鍾。男兒行處是，未要論窮通。

這些作品，令我們注意的是在造語、造境上居然與元曲風格頗爲神似。由此可見散曲風格的表現，並不在於形式、曲牌上的選擇，而是時代意識面貌⑤。由這樣一個角度檢視元代文人的心態，則知元人散曲的風格非短短九十年所形成。此外，元初期部分散曲還與當時流行華北的「全眞道」教義有密切依存關係。元初期若干散曲家一方面接受全眞教的某些人生哲學，雜以自己痛楚的現實感受；另一方面又獨擅其長，變詞而爲時新的曲，從而完成了形式上的蛻變⑥。隋樹森先生《全元散曲》於無名氏名下有「道詞」套數五、殘套數一，註明出於《自然集》，又其書補遺部分所收雲龕子的小令〔中呂・迎仙客〕、無名氏〔南呂・金字經〕，皆爲道教曲，如「學仙須學做天仙。修煉金丹性命全。全。羲皇畫卦先。先天炁。明師的訣傳。」⑦應是當時道教與曲作最明顯互動之例證。

綜上所述，元曲風格普遍存在著豪辣灝爛、疏朗自然的色調。在用語方面，除雅正之樂府用語外，亦有方言俗語、蠻語謔語，乃至市井嗑語參雜其間；在意境方面，又因異族統治與道教人生哲學的刺激，而呈現出蒼涼灑脫的悲調。這些風格，每與後世對元曲作家流派之歸類說法造成影響。

註釋

①《太和正音譜》列古今群英樂府格勢，元代一百八十七人之風格有典雅清麗、風骨磊磈、氣勢縱橫、鋪敘委婉等形容，任氏依此一百八十七人之風格歸於三派。而區爲豪放、清麗或本色、文采二派者，如羊春秋《散曲通論》、青木正兒《元人雜劇序說》。

②周德清（西元一二七七～一三六五年）《中原音韻・作詞十法》以爲散曲製作宜「造語必俊，用字必熟。太文則迂，不文則俗，文而不文，俗而不俗，要聳觀，又聳聽。」所以他認爲作曲造語可作「樂府語、經史語、天下通語」；不可作「俗語、蠻語、謔語、嗑語、市語、方語、書生語、譏誚語、全句語、拘肆語、張打油語……」。

③參趙義山《元散曲通論》頁一一六「元散曲的語言」及王學奇〈元明戲曲中的少數民族語〉，收載於《河北師院學報》一九九四年第一、二期。

④《錄鬼簿・序》：「名之曰錄鬼簿……得以傳遠，余又何幸焉？若夫高尚之士，性理之學，以爲得罪於聖門者，吾黨且噉蛤蜊，別與知味者道。」見《中國古典戲曲論著集成》冊二，頁一〇一。

⑤李昌集先生曾提出一個觀點：「判斷散曲文學的標準是甚麼？是僅僅依據曲牌——即文體的形式，還是依據文學的本體——語言？」他說：「某種文學新體式，是一定時代的文學潮流所選擇、所塑造的。因此，某種新文學體式的誕生——尤其在它的初生階段——根本的意義在於這種新體式乃是某種文學新潮最適合的負載者。」見《中國古代散曲史》頁三一〇，華東師範大學出版社，一九九一年。

⑥參王星琦《元曲藝術風格研究》散曲篇第一章「精神氣候與文化土壤」頁二一四～二五一，江蘇文藝出版社，一九九六年。

⑦參看隋樹森《全元散曲》頁一六五一所收《自然集》道詞，及「補遺」頁一八八三～一八八九所收部分，隋氏於

〔南呂・金字經〕並自註：「疑此為較早之一體」。

第四節　曲之流派與別調

一、曲之流派

散曲的創作與時代是緊扣一起的，散曲的興起，在文學上有金詞導先路，在用語上有特定的政治結構與社會背景，如將元代散曲分為初期、前期、後期來看，各有特色。

散曲初興，由金末元初一批北方曲家所造成。這批作家絕大部分為故金文人，其中一部分成年於金，卒於元滅南宋（西元一二七六年）之前，如元好問、商道、楊果、劉秉忠、杜仁傑、王和卿等；另一部分則生於金，卒於元滅南宋後，如白樸、商挺、關漢卿、庾天錫、胡祗遹、王惲、盍西村等。這批中國散曲史上最早的文人作家若由社會階層來看，約分三類：一是身居高位的官卿（如楊果、劉秉忠、胡祗遹、王惲）；二是社會名流，雖身為布衣，但卻屬上層文人圈（如元好問、白樸）；三是平民文人。這一期的散曲特色抒發著逍遙的山林之興、泉石之趣，也寫閨情。最突出的是王和卿、關漢卿、杜仁傑、商道、商挺等人寫青樓、市井。杜仁傑的〈莊家不識勾欄〉、關漢卿的〈不伏老〉、王和卿的〈詠胖妓〉〈王大姐浴房內吃打〉①均是知名之作。

散曲前期，文學體式已漸趨成熟，這一期作家大多成年之後即由北南下，長期生活於南宋故地。此時恰為元代「治平」之日，國家正處用人之際，卻又為箝制漢人政策之始。馬致遠、鄭光祖、盧摯、姚燧、馮子振、曾瑞是這一期的作家代表，此時「市井文學」單純的秦樓生活場景描寫減少，市井平民形象出現，而庸俗鄙陋的嘲戲亦減弱，豪放之情、放曠之題，在此期有極多發揮。馬致遠〔雙調〕〈夜行船〉、曾瑞〈正宮端正好〉〈自序〉、〈商調梧葉兒〉〈贈喜溫柔〉十首，遣懷抒情，元曲逐漸定型②，也逐漸有雅化的趨向，一表現於造語之雅；一表現於修辭上對偶的廣泛採用上。

元後期散曲，南方曲家逐漸崛起，時逢蒙元科舉屢行屢停，錄取名額少，蒙、漢人試卷難易不等，中舉後品位又高下相殊，故不得入仕者衆。張小山「四十猶未遇」，鍾嗣成「屢試不遇」、喬吉「飄泊江湖四十年」、周文質「家世業儒」而終俯就路吏，漢人普遍有用世之心，卻遭到出路困蹇的命運，於是感傷之作遂起③，此時代表作家有喬吉、貫雲石、薛昂夫、張可久、徐再思、周文質、張養浩、周德清、鍾嗣成、睢景臣等。鍾嗣成的〈醜齋自序〉、睢景臣的〈高祖還鄉〉均爲此期元曲中諧趣盎然的著名之作。

透過分期，可以瞭解到各階段曲風時潮，也能見到散曲由北至南的發展軌跡。所謂「流派」，實非單純的個別曲家的偶然流露，而是普遍心緒的一種共同傾向。到了明代朱權《太和正音譜》一書「樂府體式」十五家區分散曲派別，其中，丹丘（豪放不羈）、宗匠（詞林老作之詞）、黃冠（神遊廣漠，寄情太虛，有飡霞服日之思，名曰道情）、玉堂（公平正大）、草堂（志在泉石）、騷人（嘲譏戲謔）、俳優（詭喻婬虐，即婬詞）等七體與作者個性心境相關，係由作品特質言；承安、盛元二體乃就作品有前朝流風餘韻言；香奩（裙裾脂粉）、楚江（屈抑不伸攄衷訴志）就作品題材與作家遭遇言；至於江東、西江、東吳、淮南，則純就地域區分流派。

元散曲作家的籍里相當複雜④，創作前期作家籍里以北京、河北、山西、山東、河南爲主；後期則集中於浙江、江蘇。上述明初朱權《太和正音譜》所提出的四種地域風格，當是就元末流風予以揭示，其間何以造成的緣由，應與當地文化背景、學術派別有相當程度的互動關係。

二、曲之別調

曲除了前述流派，另有巧體。所謂巧體，又稱「俳體」，舉凡用韻、造語、立意、架構上逞才弄巧，調侃譏訕、滑稽游戲、翻新出奇之作，都屬這類，宋·嚴羽《滄浪詩話》、明·謝榛《四溟詩話》、王驥德《曲律》⑤均有介述，今人任二北《散曲概論》載有散曲俳體二十五種⑥，今就較常見之體略述如后：

1. **短柱體**　通篇每句兩韻，或兩字一韻。也就是元人所說的「六字三韻」，如虞集〔折桂令〕〈席上偶談蜀漢事因賦短柱體〉：

鸞輿三顧茅廬。漢祚難扶，日暮桑榆。深渡南瀘，長驅西蜀，力拒東吳。美乎周瑜妙術，悲夫關羽云殂。天數盈虛，造物乘除。問汝何如，早賦歸歟。

這曲通篇押「魚模」韻，兩字一韻，每句有一至二個「暗韻」，一個明韻。北曲無入聲，「蜀」和「術」唸陽平，「物」唸陽去。

2. **獨木橋體**　通篇韻腳押同一字韻。如張養浩〔塞鴻秋〕：

春來時綽然亭香雪梨花會⊙夏來時綽然亭雲錦荷花會⊙秋來時綽然亭霜露黃花會⊙冬來時綽然亭風月梅花會⊙春夏與秋冬，四季皆佳會⊙主人此意誰能會⊙

3. **頂眞體**　亦稱「頂眞續麻體」，也叫做「聯珠格」。即後一句首字用前一句最末一字。如無名氏〔小桃紅〕〈情〉：

斷腸人寄斷腸詞，詞寫心間事，事到頭來不由自，自尋思，思量往日眞誠志，志誠是有，有情誰似，似俺那人兒。

4.**疊字體**　通篇用疊字，又稱爲「複字」，如喬吉〈天淨沙〉〈即事〉：

鶯鶯燕燕春春，花花柳柳眞眞，事事風風韻韻。嬌嬌嫩嫩，停停當當人人。

5.**嵌字體**　每句中嵌入五行或數目等。如限金木水火土五字冠於每句之首，句各用春字的貫雲石〈清江引〉〈立春〉：

金釵影搖春燕斜，木杪生春葉。水塘春始波，火候春初蓺，土牛兒載將春到也。

這首〈清江引〉一曲五句，限制極多，除五行字用於句首外，每句須有「春」字。曲律亦嚴：第三句和第四句要對仗，第一句末兩字要「去、上」或「上、去」，第五句末兩字要「去、上」，爲「務頭」所在。此曲大致符合，非常不易。

6.**諷刺體**　托物以暗中諷刺。如曹明善〈清江引〉二曲〈詠柳刺伯顏擅權〉：

長門柳絲千萬縷，總是傷心處。行人折柔條，燕子銜芳絮，都不由鳳城春作主。
長門柳絲千萬結，風起花如雪。離別重離別，攀折復攀折，苦無多舊時枝葉也。

7.**櫽括體**　即櫽括前人詩文以成。有「括詩爲曲」、「括文入曲」、「括詞入曲」三種⑦。分別敘之如后：

(1)括詩爲曲，如喬吉〈沈醉東風〉〈題扇頭櫽括古詩〉：

萬樹枯林凍折，千山高鳥飛絕。兔徑迷，人蹤滅。載梨雲小舟一葉。蓑笠漁翁耐冷別，獨釣寒江暮雪。

此曲檃括柳宗元〈江雪〉，詩只有二十個字（五絕），而曲調就是不添襯字也要三十八個字，所以增加一些詞句才能夠完篇。

(2)括文入曲，剛好相反，需將原文剪裁鎔鑄，如孫季昌〈仙呂・點絳唇〉〈集赤壁賦〉：

〈寄生草〉渺蒼海之一粟，哀吾生之幾場。舉匏樽痛飲偏惆悵，挾飛仙羽化偏舒暢，泝流光，長嘆偏悒快。當年不爲小喬羞，只今惟有長江浪。（第七曲）

(3)括詞入曲，如張養浩〈折桂令〉〈白蓮檃括木蘭花慢〉：

幽花帶露池塘，恨太華峰高，身世相妨。厭厭盈盈，何須解語，已斷柔腸。羨公子風標異常，盡一生何限清香。華髮滄浪，夜月壺觴。明日新聲，付與斜陽。

8.**嘲笑體**　或托詠物，或托詠事，明作嘲笑。如白樸〈醉中天〉〈佳人臉上黑痣〉：

疑是楊妃在，怎脫馬嵬災。曾與明皇捧硯來，美臉風流殺。叵奈揮毫李白，覷著嬌態，灑松煙點破桃腮。

註釋

①參見李昌集《中國古代散曲史》頁三一七～三二六。

②參見李昌集《中國古代散曲史》頁三二八～三二九。

③參見李昌集《中國古代散曲史》頁三四四～三四六。

④王維國先生〈元曲家地理分布研究〉一文分析元代漢族作家的省籍與居地，依序有北京市、河北、河南、山東、山西、浙江、江蘇、江西、上海市、安徽、湖北、湖南、四川、陝西、遼寧、天津市、福建、廣西壯族自治區等，前期以北人爲主，後期以南人爲主。見收於《首屆元曲國際研討會議論文集》頁七〇六～七一六。河北教育出版社，一九九四年。

⑤嚴羽說見其書〈詩體〉、謝榛說見其書卷二、王驥德說見其書〈論巧體〉、〈論俳諧〉。

⑥見任書第八（內容），分爲七項：關於韻者，關於字者，關於句者，關於聯章者，關於材料者，關於意者，待考者。共列廣義俳體之格二十五種。

⑦詳參羅忼烈《曲學抉微》頁二六，學峰文化事業公司，一九九七年。

第二章　清謳與演──曲之體製

第一節　散曲

曲，就其表現形態，可大別爲清謳之散曲與爨演之劇曲兩類。散曲無科白，僅供清唱，故又稱清曲，依其體段之短長，又可分小令、散套兩種；劇曲則兼賅文學、音樂、舞蹈、雜技等要素，爲一高度綜合之表演藝術，按其時代擅盛程度，大體可分元雜劇、宋元南戲與明清傳奇三種。

一、小令

小令，本與散套相對而言，因其體製較爲短小且未成套，故名①。按其構成性質之不同，又可分尋常小令、摘調、帶過曲、集曲、重頭小令五種。

㈠**尋常小令**　以一支曲牌爲基礎，一韻到底，爲曲之構成基本單位，形式簡單，如詩之一首，詞之一闋，唯詞之小令未必一韻到底。

㈡**摘調**　由套曲中摘取一、二精粹美聽之曲，以供傳唱，形式與尋常小令同，因其詞、樂俱摘，故非屬小令之創作，如周德清《中原音韻・作詞十法》所附定格四十首中，雙調〔雁兒落　得勝令〕一曲題目「指甲」下注一「摘」字即是。詞之摘遍，則摘自大曲之遍，如〔泛清波摘遍〕、〔熙州摘遍〕、〔薄媚摘遍〕等皆是，唯其僅摘曲調，而曲詞另填。

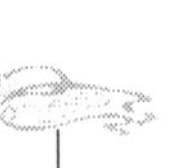

㈢帶過曲　帶過曲或稱帶過頭，以二或三支曲牌組成一種小型組曲，是介乎小令與套曲之間的一種特殊體式，如〔雁兒落帶過得勝令〕，其中「帶過」二字可換作「兼帶」、「帶」、「過」、「兼」，或將曲牌直接連寫，如〔罵玉郎感皇恩採茶歌〕。帶過曲以三支為限，即所謂「帶不過三」。曲牌之間音律必須銜接，故以宮調相同為主②。

帶過曲以北帶過曲（北帶北）為盛，南帶過曲（南帶南）與南北兼帶則較少。帶過曲之內在結構講究意段與樂段之巧妙結合，格律較單支小令為難，故現存元帶過曲中無一唱酬贈答之即興創作③。

㈣集曲　集合若干不同曲牌的若干句，組成一支新曲，並給予新的曲牌名稱，謂之集曲。新曲牌名一般就原曲牌名中各取一或二字組成，如〔梁州新郎〕係集〔梁州序〕與〔賀新郎〕；〔黃鶯學畫眉〕係集〔黃鶯兒〕與〔畫眉序〕而成；若所集曲調過多，則新調名常以數字表示，如〔巫山十二峰〕乃集〔三仙橋〕、〔白練序〕、〔醉太平〕……〔節節高〕、〔東甌令〕等十二支曲牌而成。集曲為南曲創作新調之法，其創作格律宜注意者有四：

1.新曲之句法、次序必須與所集曲牌中之各句位置相同，不可前後倒置。如〔錦堂月〕係集〔畫錦堂〕前五句與〔月上海棠〕後五句而成；〔月雲高〕係集〔月兒高〕前八句與〔駐雲飛〕後二句而成。

2.集曲又稱「犯調」，有如詞之「犯」與「攤破」。犯本宮者，係集同一宮調之曲牌；犯別宮者，雖集不同宮調之曲牌，但須管色相同。此類集曲，蓋以一支正曲為本，去其腹句，別取他調句律以實之，首尾仍還本格，是所謂「帶格之犯」，如以本曲〔江兒水〕為主，另外集入兩支曲調之零句，則稱〔二犯江兒水〕，他如〔三犯集賢賓〕、〔攤破簇御林〕、〔攤破錦地花〕者亦皆類此。

3.集曲之宮調與首數句原曲之宮調相同。

4.新曲必須集原曲而成，不可用已集成之曲。④

㈤重頭　同一曲牌重複填作兩次以上，稱為「重頭」。詞亦有重頭，即上下兩片聲調格律完全相同，下片重疊上片，故名。重頭小令之遍數可按內容多寡而定，一般圍繞同一主題而由不同角度著筆，各首之間既相聯又獨立，故可用不同韻部，亦可更換題目。如張可久以四首中呂〔賣花聲〕詠「四時樂興」，馬致遠以十二首仙呂〔青哥兒〕詠「十二月」，鮮于必仁以八首中呂〔普天樂〕分寫〈山寺晴嵐〉、〈遠浦歸帆〉、〈平沙落雁〉、〈瀟湘夜雨〉、〈煙寺晚鐘〉、〈漁村夕照〉、〈江天暮雪〉、〈洞庭秋月〉等「瀟湘八景」。重頭小令篇幅漸廣，多可至百首，除抒情寫景外，亦可詠長篇故事，如《雍熙樂府》載有用〔滿庭芳〕十首分詠張生、鶯鶯、紅娘……等主要人物，同卷又載《摘翠百詠小春秋》以〔小桃紅〕一百首合詠張生、鶯鶯自邂逅至團圓始末，每首皆有標題，如「生離洛陽」、「鶯和生詩」、「大人許親」、「夫人詰紅」等等。

附帶說明的是，散曲中另有一體將數支曲牌相間而列，並採問答形式重複填寫以演述故事，既無科白、尾聲，又押不同韻部，任二北將它視作重頭小令之變體，稱之為「異調間列」，而上述之重頭，則稱「同調重頭」⑤。此類異調間列之重頭，歷代曲作鮮見，今可見者唯《樂府群玉》卷二所載元人王曄、朱凱合寫⑥之〈雙漸小卿問答〉十六首，以〔慶東原〕、〔天香引〕、〔鳳引雛〕、〔凌波仙〕四支曲牌錯綜排列，檃括自退狀至議擬之一段情節。茲將此十六首之調名、題目與用韻迻錄如次：

1. 慶東原（黃肇退狀）先天　2. 天香引（問蘇卿）庚青　3. 天香引（蘇卿答）眞文
4. 鳳引雛（再問蘇卿）庚青　5. 鳳引雛（蘇卿再答）先天　6. 凌波仙（駁）先天
7. 凌波仙（招）先天　8. 天香引（問馮魁）江陽　9. 凌波仙（馮魁答）蕭豪
10. 天香引（問雙漸）江陽　11. 凌波仙（雙漸答）庚青　12. 天香引（問黃肇）魚模
13. 凌波仙（黃肇答）家麻　14. 天香引（問蘇媽）先天　15. 凌波仙（蘇媽答）蕭豪
16. 凌波仙（議擬）庚青

十六首中，除一起一結外，餘則七問七答，而在問答形式中，黃肇之痴愚、雙漸之多情、馮魁之傖俗、蘇

媽媽之狡獪與蘇卿之情變，無不神態活現。故事結局雖不浪漫⑦，但對元代士子、妓女與富商間之戀愛衝突，則具相當深度之社會寫實⑧。

二、散　套

散套，各套獨立不相連屬，故稱「散」，與「劇套」之套與套密切聯繫相對。散套又名套數、大令、雜套、樂府⑨。散套必須有兩支以上同一宮調之不同曲牌相聯，若宮調不同但管色相同，一般也可互借入套⑩。散套首尾一韻到底，不可換韻，套中相同曲牌可連用，北曲稱「么篇」，南曲稱「前腔」。每套結束通常使用〔尾聲〕，若以重頭、帶過曲、子母調或〔浪來滾〕、〔清江引〕等曲牌作結束者，則可不加尾聲。

散套之組套形式有北曲散套、南曲散套、南北合套三種。

㈠北曲散套　由支曲和尾聲兩部分組成。北套尾聲又稱煞、尾、煞尾、結音、餘音、慶餘等，它常和別的曲牌混合使用，如〔煞尾〕與〔後庭花〕相合即成〔後庭花煞〕，而馬致遠雙調〔夜行船〕散套，亦以〔離亭宴帶歇指煞〕作尾。

㈡南曲散套　由引子、正曲（過曲）和尾聲三部分組成。其中正曲最爲重要，爲散套組成之不可缺部分，換言之，引子與尾聲可有可無，若有性質與之相當之支曲，即可取而代之，如〔懶畫眉〕可代替引子，而〔清江引〕可代替尾聲；亦有僅用重頭之散套，此種重頭散套與重頭小令之區別在於前者每套曲子一韻到底，而後者每支曲子則可換韻。

㈢南北合套　北套由北曲組成，南套由南曲組成，在曲牌聯套形式上各成體系。自北宋滅亡後，詞樂分北上與南下兩支發展，北上者與河朔土風民謠結合，得貞剛之氣而爲北曲；南下者與江南俚曲俗謳融匯，得秀麗之風而爲南曲，北曲勁切雄麗，令人聞之神氣鷹揚，毛髮洒淅；南曲清峭柔遠，具紆徐綿眇、流麗婉轉之風致⑪。

南北曲風格雖異，但並非截然涇渭分明、渺不相涉。宋金時期，政治雖南北對峙，但經濟文化仍有一定交流，南北曲亦隨之產生若干互動文化，且為因應戲曲創作之實際需要，剛柔兼備之南北合套形式乃應運而生，如南宋戲文《張協狀元》與元初杜仁傑之散套商調〔七夕〕皆曾使用南北合套，故鍾嗣成稱南北合套創作於元代中期之沈和⑫，此說不確。

《全元散曲》所錄有元一代之南北合套約十餘套⑬，其構成方式一般採一南一北相間之形式，此種合套之首曲頗為重要，在曲式上具有某種定性作用，首曲用北曲者，表示該套以北曲為主，係以北合南，相對地以南曲為首曲者，則是以南合北之套曲。南北合套之特殊體製津塗既闢，其後撰作日盛，祇要音律銜接能和美諧應，則可不必泥守一南一北相間之成例⑭。

註釋

①此乃小令之本意，相對於成套之曲，指單調隻曲，與詞中僅指調短字少之小令不同。小令另有「葉兒」之稱，葉兒蓋指當時民間曲調之「時行小令」、「街市小令」、「時尚小令」，是「唱尖新倩意」之街市俚歌，未經文學陶冶，此為小令之別意。詳參元燕南芝庵〈唱論〉、陶宗儀《南村輟耕錄》卷八「作今樂府法」、明沈德符《萬曆野編》卷廿五「時尚小令」。又詞曲「小令」之名，蓋源於唐人酒令，說見宋劉攽《中山詩話》，近代學者夏承燾、任二北等多所補充。

②據隋樹森《全元散曲》作一統計，元人所用帶過曲現存僅廿七種，其中同宮帶過有廿五種，異宮帶過則僅〔叨叨令過折桂令〕、〔山坡羊過青哥兒〕二種而已。

③有關帶過曲之淵源，學界向有三種說法：其一，以為是創作中自發產生的一種體式，即作者填一調畢，意猶未盡，再續拈一他調。此說與實際創作不符，因帶過曲格律較繁，少有即興之作，作者果真意猶未盡，則可續加〔么篇〕或成短

套，在創作上皆較帶過曲容易。其二，認為帶過曲產生在小令之後、套曲之前，是較纏令、纏達更為原始的異調銜接方式在北曲中的遺留，此說與戲曲發展史不符，因金諸宮調（《劉知遠》、《西廂記》）中已有較成熟之套數如多曲帶尾形式出現，卻未見一支帶過曲。其三，帶過曲與摘調有關，即套曲（尤其是劇套）中某一唱段曲詞俱佳，引人激賞，故被選摘以供清唱，時日一久，此二或三支曲牌被另填歌詞，改填次數一多便成固定程式結構——帶過曲，此說當較為可信，詳參趙義山《元散曲通論》頁九四～九六。

④有關集曲之格律，可參汪經昌《曲學例釋》頁六〇～六一，台灣中華書局，民國六十八年一月（三版）。

⑤詳參任二北《散曲概論》，收於任氏所編《散曲叢刊》，中華書局。

⑥《樂府群玉》題王曄作。鍾嗣成《錄鬼簿》則認為此曲為王曄、朱凱合作，其文云：「王曄，字日新，杭州人，體肥，而善滑稽。能詞章樂府，臨風對月之際，所製工巧。有與朱凱題〈雙漸小卿問答〉，人多稱賞。」

⑦任二北《曲諧》卷二云：「終許駔儈伸眉，令人如何能平，此信安王斷復雜劇，所以復將蘇斷與雙耳。」

⑧有關雙漸、蘇卿故事之發展與衍變，詳參齊曉楓《雙漸蘇卿故事研究》，民國七十七年，文史哲出版社。

⑨「套數」本指有首有尾之套曲，兼賅劇曲之套與散曲之套，因必以「套」計數，故名；而以「套數」直指散套，乃其別意。「大令」一詞，唯馮惟敏《海浮山堂詞稿》內用之，蓋相對於體製較小之小令而言。「雜套」，當因其雜用不同曲牌而成套，「樂府」則又為合樂可歌之泛稱。

⑩清李玉《北詞廣正譜》各卷目錄之後列有五十支北曲小令專用曲牌，如黃鐘〔晝夜樂〕、越調〔憑闌人〕、雙調〔大德歌〕、〔河西六娘子〕、〔百字折桂令〕與其他冷僻曲調，此類曲牌本不入套。而同一宮調之曲牌，亦有因音律難以銜接而無法聯成一套者，如南曲中同一商調，〔金梧桐〕高亢，而〔二郎神〕低抑，自來曲家從未將此二曲聯為一套；又如仙呂〔美中美〕、〔油核桃〕之與〔醉羅歌〕、〔醉花雲〕，越調〔下山虎〕、〔五韻美〕之與〔豹子令〕、〔博頭錢〕等，雖宮調管色相同，但因曲牌性質懸殊亦不聯套。

⑪明代曲家對南北曲風格頗多描述，李開先《喬龍溪詞序》云：「北之音調舒放雄雅，南則淒惋優柔，均出於風土之

自然，不可強而齊也。」徐渭《南詞敘錄》云：「聽北曲使人神氣鷹揚，毛髮洒淅，足以作人勇往之志，信胡人之善於鼓怒也。……南曲則紆徐綿眇，流麗婉轉，使人飄飄然喪其所守而不自覺，信南方之柔媚也。」王世貞《曲藻》亦云：「大抵北主勁切雄麗，南主清峭柔遠。……凡曲：北字多而調促，促處見筋；南字少而調緩，緩處見眼。北則辭情多而聲情少，南則辭情少而聲情多。北力在絃，南力在板。北宜和歌，南宜獨奏。北氣易粗，南氣易弱。此吾論曲三昧語。」（按：王氏此段論曲文字，《吳歈萃雅》、《詞林逸響》、《吳騷合編》與《度曲須知》皆羼入魏良輔《南詞引正》（《曲律》）中，且文字互有改易，詳見錢南揚〈魏良輔《南詞引正》校註〉一文。）

⑫元鍾嗣成《錄鬼簿》云：「沈和，字和甫，杭州人。能詞翰，善談謔，天性風流，兼明音律。以南北調合腔，自和甫始。……」

⑬元代撰南北合套者有：杜仁傑之〔集賢賓〕、荊干臣〔醉花陰〕、王德信〔四塊玉〕、鄭光祖〔梧桐樹〕、沈和〔賞花時〕、范居中〔金殿喜重重〕、貫雲石〔粉蝶兒〕、方伯成〔端正好〕、季子昌〔梁州令〕、張氏〔青衲襖〕、無名氏〔珍珠馬〕、〔集賢賓〕等等。

⑭據《雍熙樂府》所載，越調〔南繡停針〕、〔北小桃紅〕一套中，一北之後，繼以二南，又繼以三北。《北曲拾遺》所載雙調〔北錦上花〕、〔南銷金帳〕一套中，亦一南之後，繼以二北，又繼以四北，皆非守一南一北相間之成例。

第二節　劇曲

世界上有三種古老的戲劇文化：一是希臘悲劇和喜劇，二是印度梵劇，三是中國戲曲。我國戲曲雖成熟較晚，但因幅員廣袤，文化緜長，各劇種以其獨特之語言、聲腔，配合煥然多姿的舞台設計，締造出三百多個劇種與數以萬計的古今劇目。在燦若繁花綴錦的戲曲園地裡，以南北曲爲音樂主體之古典戲曲①，大體可分爲雜劇、南戲、傳奇三類，茲釐述如次。

一、雜劇

(一)名稱

「雜劇」之名，並非始於元代，其源甚古，晚唐李德裕《李文饒集》即曾提及「雜劇丈夫」②，指的是擅演雜劇之男演員，所謂雜劇，蓋即當時人所謂「雜戲」，搬演內容有唐參軍戲、歌舞小戲與雜技等。到了宋代，「雜劇」一詞，範圍變得更廣更雜，據吳自牧《夢粱錄》、孟元老《東京夢華錄》諸書記載，當時有滑稽雜劇、杖頭傀儡小雜劇、啞雜劇、目蓮救母雜劇、溫州雜劇、相撲雜劇等等，足見宋代雜劇兼賅滑稽戲、歌舞戲、傀儡戲、雜技，甚至連南戲也包括在內。唯目前一般所稱的宋雜劇，乃就其狹義而言，即指由唐代參軍戲爲主，摻合其他音樂歌舞小戲發展而成者。

宋雜劇之搬演一般分爲三部分：艷段、正雜劇和雜扮。艷段是正雜劇演出前的開場部分，一般先演一段「尋常熟事」；正雜劇一場兩段，演出兩個較完整、性質較相近的故事，是宋雜劇的主要部分；雜扮又稱散段，是在正雜劇兩段之間或者末尾時的穿插部分，演出鄉下人逗趣的瑣事③。宋（金）雜劇的演出，世稱「五花爨弄」，由末泥、引戲、副淨、副末、裝孤或裝旦五人組成，其中末泥爲劇團團長主持班務；引戲於腳色專稱實爲正淨，職司導演；副淨、副末是主要演員，繼承參軍戲之參軍、蒼鶻而作正雜劇之主演；此外，視劇情需要，可加一人扮飾官員爲「裝孤」，或扮飾婦女而爲「裝旦」，總共五人，故稱「五花」，而「爨弄」即是模倣漢代以後雲南一帶「爨氏部族」服飾、身段之表演④。

宋雜劇於遼金兩代頗爲流行，故金末出現「院本」名稱。所謂院本，乃與宋雜劇名異而實同，即指金代雜劇。明朱權《太和正音譜》云：「院本者，行院之本也。」行院，王國維認爲：「行院者，大抵金、元人謂倡伎所居；其所演唱之本，即謂之院本云爾。」其後，嚴敦易、鄭振鐸、譚正璧等多所反駁，認爲行院不單指妓院，胡忌更據宋元曲籍歸納出「行院」實包括舊時所稱妓女、樂人、伶人、乞者等，含義頗廣，而這些人在古代界線本不易區分，其所演唱之底本，皆可以「院本」通稱⑤。金院本較宋雜劇進步的是，艷段、正雜劇、雜扮三部分，在內容上已漸出現有機之聯繫，使整體演出有一統一之主題，爲元雜劇一本四折之架構奠立基礎。

宋金雜劇院本之劇本率已失傳，南宋周密《武林舊事》卷十中記載有官本雜劇名目二百八十種，元陶宗儀《南村輟耕錄》載有院本名目七百餘種，今可見者僅《獻香添壽院本》、《雙門醫院本》、《王勃院本》、《園林午夢》與《打啞禪》五種⑥。

元代以北曲雜劇雄踞劇壇，爲中國戲曲史上締造輝煌燦爛的一頁，故一般皆以「雜劇」專稱元代戲劇。「雜劇」成爲元代北曲雜劇之專名，早在元代初年就已出現，如胡祗遹《紫山大全集・贈宋氏序》一文云：「近代教坊院本之外，再變而爲雜劇。」雜劇於有元一代由於勢居主流，故所創體製規律而謹嚴，如一本四折，一人主唱，每折一套北曲，每套一韻到底，套數組織亦皆有定制（詳見下文）。此種規範謹嚴之體製，雖爲元雜劇帶來閎博雄肆的氣派，但格律的僵化與束縛，也使它造成發展上的困境。故至有明一代，雜劇光輝驟減，而轉由傳奇擅盛，明清雜劇深受影響，不僅佳構無多，在體製上亦不得不隨勢而有所改易與變革，因其兼採南曲，不似元雜劇之純用北曲，故稱「南雜劇」；又因其篇幅較傳奇短小，其中更有短於四折者，故又有「短劇」之名。短劇雖曾風行於清代，然皆徒具戲劇形殼，僅能案頭清供，而無法演之場上。

㈡體製

元雜劇在宋金雜劇的基礎上發展，體製規律漸趨成熟而謹嚴，其重要特徵有：

1. **每本折數**　元雜劇每一單位稱一本或一種。每本分四段，元末明初以後，一段才稱一折⑦。「一本四折」爲元雜劇之通例，然亦有例外者，如紀君祥《趙氏孤兒》一本五折，張時起《秋千記》一本六折，王實甫《西廂記》五本二十一（或二十）折。

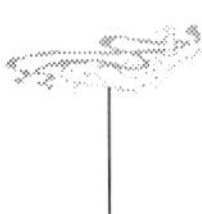

2.**楔子**　又稱「楔兒」，原是一種上平下銳的小木片，木工用來插入木器的榫縫或裂洞裡，使其嚴密堅固，元雜劇借用此名稱，用以說明「楔子」作用在使劇本結構更完整。元刊本雜劇並未將楔入的戲分成一個獨立部分，亦未加上「楔子」標題，元末明初，元雜劇才有「楔子」名稱，且至明代中期刊刻之元雜劇選集，如臧懋循《元曲選》等，才將楔子獨立。

楔子短小，故僅用一或二支單曲，而不用套曲，常用曲牌爲仙呂〔賞花時〕或仙呂〔端正好〕。楔子位置，多用於第一折之前，具開場性質；亦可置於折與折之間，而具過場作用。

3.**聯套格律**　每折由一套北曲，加上賓白、科介組成，有時按劇情需要可另加若干插曲。每折宮調大體一定，如首折用仙呂〔點絳唇〕套曲幾成定例，第二折常用南呂〔一枝花〕套曲或正宮〔端正好〕套曲，第三折多用中呂〔粉蝶兒〕套曲，第四折多採雙調〔新水令〕套曲。若遇劇情驟轉，爲配合跌宕起伏之聲情，同折之內亦可使用借宮。

4.**腳色**　「腳色」一詞，宋代用作「身家履歷」之意，戲劇中借作戲曲人物分行之總稱⑧，它象徵劇中人物之類型與氣質，亦說明演員專擅之技藝及其在劇團中的地位⑨。

元雜劇中正末爲男主腳，正旦爲女主腳，外、淨爲配腳，「雜」爲無足輕重之零碎雜當，古今皆有，故不另作討論。由於刊刻年代不同，致使元雜劇腳色名目繁多，爲使分行眉目粲然，茲將元刊本所載列爲甲類，《元曲選》所載列爲乙類，條述如后。

旦　甲：正旦、外旦、小旦、老旦。

乙：正旦、副旦、貼旦、小旦、外旦、大旦、二旦、老旦、旦兒、駕旦、搽旦、色旦、魂旦、眾旦、林旦、岳旦。

末　甲：正末、外末、駕末、外孤、小末、孤末、眾外。

乙：正末、沖末、外、小末（小末尼）、副末。

淨　甲：淨、外淨、二淨。

乙：淨、副淨、董淨、薛淨、胡淨、柳淨、高淨。

丑　甲：無。

乙：丑、劉丑、張丑。

5.**主唱**　一般說元雜劇一本四折皆由一人主唱，事實上，應當說是一種腳色主唱四個套曲，而能主唱的腳色只有主腳正旦或正末。正旦主唱的稱「旦本」，正末主唱的稱「末本」。

主唱的腳色不變，而扮飾的劇中人物卻可更換。如《竇娥冤》中正旦從頭至尾飾竇娥一人，而馬致遠《黃粱夢》中，主唱的正末在第一折扮鍾離權，第二折扮院公，第三折扮樵夫，第四折扮邦老⑩。這種由一個腳色主唱全劇的藝術形式，能使劇中人物內心世界的複雜變化盡情傾訴而出，強有力地撼動觀眾心弦，正如王驥德《曲律》所言：「北劇僅一人唱」，「一人唱則意可舒展」，它使我國自來重視抒情精神的文學傳統得到極大的發揮⑪。

元雜劇的搬演，每折之間雖插演其他技藝，主唱者可略作休息，但四大套北曲四、五十支曲牌全出自一人之口，總覺氣力難支⑫。又《梧桐雨》與《漢宮秋》因屬末本，遂使楊貴妃與王昭君僅有簡單賓白而無一句唱詞，顯得庸俗呆板，殊乏個性塑造之美，也使劇作之關目安排帶來相當大的侷限性。故自元代中期之後，劇作家為調劑戲劇氣氛，除了加強原有的花面腳色唱小曲⑬之外，更受南戲影響，進一步突破一人主唱體制，出現兩人互唱（如《昇仙夢》）、三人合唱（如《東牆記》）與眾人齊唱（如《群仙祝壽》）之特殊形式⑭。

6.**題目正名**　元雜劇在劇本的末尾，通常用二句或四句整齊相對的韻語，標明劇情提要，確定劇本名稱，此之謂「題目正名」。元雜劇的題目正名，因元明兩代版本不同，故亦有置於劇本開頭者⑮。「題目正名」之名稱與排列格式雖有不同，其作用並無二致，皆在介紹劇情，並作宣傳廣告，與宋元時代各種戲曲、曲藝舉行表演時所貼的「花招兒」效果相同。有些元雜劇劇本，同一劇目，卻有不同版本的題目正名，如同一《望江亭》，《元曲選》本之題目作「清安觀邂逅說親」，正名爲「望江亭中秋切鱠」；而息機子本之題目正名爲「洞庭湖半夜賺金牌，望江亭中秋切鱠旦」。同一《竇娥冤》，古名家雜劇本的題目是「後嫁婆婆忒心偏，守志烈女意自堅」，正名是「湯（盪）風冒雪沒頭鬼，感天動地竇娥冤」；《元曲選》本之題目是「秉鑒持衡廉訪法」，正名是「感天動地竇娥冤」。

元雜劇之體製概如上述，如是謹嚴之格律，明清雜劇已不復恪守。如四折一楔子是元雜劇最常見的結構形式，而明代盛行的卻是無楔子而僅一折二折之雜劇，但有的雜劇卻又多至七折八折，如王衡的《鬱輪袍》有七折，劉兌的《嬌紅記》更是八折。此外，元雜劇的四折總是首尾完整地敘述一件故事，在明雜劇中卻出現了四折或折數多少不一的四個雜劇，分別敘述四個不同的故事，而又把它們合在一起用一個總名的情況，如徐渭的《四聲猿》包括《狂鼓史》、《玉禪師》、《雌木蘭》、《女狀元》四個折數多少不一的雜劇。在聯套方面，元雜劇只用北曲，明清雜劇則兼採南曲，如賈仲明《昇仙夢》每折皆用南北合套，徐渭《四聲猿》最末一本用南曲。主唱腳色亦不拘守正旦或正末，凡是上場腳色皆可唱，或各自唱，或齊唱，或接合唱，頗爲自由。題目正名或有或無，或改用四句韻語或一首下場詩收場，或分置於若干折之後，最末再加「總關目」四句者，不一而足。明清雜劇雖非主流，然亦卷帙浩繁，明沈泰所編《盛明雜劇》、《盛明雜劇二集》，清鄒式金所編《雜劇新編》（原名《盛名雜劇三集》），近人周貽白選注《明人雜劇選》，鄭振鐸輯《清人雜劇》初集、二集等，皆蒐羅甚廣，頗可參酌。

二、南　戲

南戲是我國戲曲史上第一種比較成熟的戲曲形式，自宋元至明初，它與雜劇、傳奇鼎足而立，對戲曲發展具有樞紐作用，但因源自村坊小曲、里巷歌謠，故被鄙爲小道，或明令禁毀，或任其散佚，長久以來乏人問津。明嘉靖年間，雖有徐渭爲它作《南詞敘錄》，但僅略記其劇目與產生因緣而已，並未引起重視。此後曲論家如王驥德、李調元、焦循等，雖嘗提及南戲，觀念亦多偏頗，姚燮《今樂考證》雖略涉本事與創作之考證，然論述亦未系統而全面。八百餘年的悠悠歲月，戲文一直蒙著神秘面紗，直到近代著名學者王國維，才又對戲文研究伸出新觸角，但當時由於《九宮正始》、《永樂大典》等戲文重要材料尚未大量發現，王氏的研究仍有許多侷限，如他雖意識到宋代可能已有戲曲，但文獻不足，他還是只有把眞戲曲的產生定在元雜劇上。錢南揚也指出王氏考證的不足之處：「精深如王靜安，雖於《宋元戲曲史》論南戲淵源頗多創獲，而在《曲錄》中仍未爲南戲專立一目，卻把宋元南戲都誤入明無名氏傳奇之下。」⑯

由於南戲史料的湮晦不足與研究上的空白，致使戲曲史上對金元時期北曲雜劇如何能驟爾異峰突起，以及明傳奇如何能棼興蝟起、雄視曲壇感到費解。一般曲論家甚至倒果爲因，認爲南戲是北雜劇流傳到南方後，南人聽不慣其嘈雜淒緊，才改而爲南戲，因而錢先生稱戲文的研究是我國戲曲發展史上「一個失去了的環節」，於是他秉持拓荒補闕的志願潛心研究南戲，《戲文概論》正是他晚年代表作，總結其一生研究成果，不僅塡補中國戲曲史研究的空白，也標誌著南戲學科的確立⑰。

㈠名稱

我國古典戲劇在定名方面，或據地名，或據性質，顯得頗不一致，即如戲文一種，出現在古代戲曲典籍中就有戲文、南戲文、南曲戲文、南戲、溫州雜劇、永嘉雜劇、鶻伶聲嗽、傳奇等八種不同稱呼。錢南揚《戲文概論》開宗明義爲求正名，於是旁搜遠紹、條分縷析，認爲「戲文」這名稱係專爲此一劇種而起，其產生時代較諸「南戲」、「溫州雜劇」、「永嘉雜劇」等爲早，又兼採北曲，不宜但稱「南詞」，且其後流布甚廣，非僅侷處溫州（永嘉）一隅，故不宜再以地名呼之。至於「鶻伶聲嗽」顯得過於生僻，「傳奇」一詞則又過於浮濫，因而定「戲文」爲此一劇種之正式名稱。而今學界則以「南戲」爲其慣稱。

(二)體製

南戲之產生較元雜劇爲早⑱，演唱曲調又以南曲爲主，故其體製雖不若元雜劇謹嚴，然觀其劇本及搬演形式，則其與雜劇、傳奇遞嬗之跡亦隱然可見焉。

1. 題目　南戲劇本一開頭就是「題目」二字，題目下面是四句韻語，用來總括劇情大綱。如《錯立身》的劇本開頭是：

題目
衝州撞府妝旦色　走南投北俏郎君
戾家行院學踏爨　宦門子弟錯立身

《張協狀元》的題目是：

張秀才應舉往長安　王貧女古廟受飢寒
呆小二村□⑲調風月　莽強人大鬧五雞山

「題目」除了總結劇情大意之外，還有用來張貼廣告以招攬生意的實用價值，並非如《南詞敘錄》所言由副末上場所念⑳，亦無內房念誦之跡象，由此可見元雜劇之「題目正名」當源自戲文。到了明朝中葉，劇本結構有了改變，題目取消了，才改由副末在念完開場白之後，多出四句由題目變化而來的下場詩，因其末句多爲劇本名稱，故容易辨識。今將陸貽典鈔本《元本琵琶記》，試與明改本對照，即可清楚發現元本之題目，在明改本中竟一字不易，成了下場詩。

2.場次段落　南戲不分齣，亦無齣目，而以人物上下場為標誌，將全劇分為若干段落，每一段落即是一場或一齣，換言之，宋元南戲只分段落，到了明人手裡才分折、分出（齣）。

南戲在題目之後、正戲之前，先由副末報告劇情概況，此段不在正戲之內。因南戲無齣目，此段不知宋元時是何名稱，明人一般稱之為「開場」或「家門」。一般用詞兩闋，如《小孫屠》、《琵琶記》第一闋渾寫創作旨趣，第二闋敘述劇情；也可僅用一闋敘說劇情如《錯立身》者，開場之後，從第二齣起才是正戲㉑。一本南戲一般在三十齣以上，如《張協狀元》可分五十餘齣，由於齣數多，照應不及，有些場次顯得多餘，故結構較為鬆散。

3.聯套格律　南戲由於發生較早，原是村坊小曲、里巷歌謠繁衍而成，因而在聯套格律上，與元雜劇、明清傳奇相較，顯得原始而簡陋。如南曲聯套原以過曲為主，引子、尾聲可有可無，所謂聯套，顧名思義，至少應在兩支過曲以上，單獨一支引子，當然不能成其為套數，就是單獨一支過曲，亦無法成套。但在南戲中，卻常出現單用一支引子或單用一支過曲，加上一段對白就構成一齣戲的原始方式，如《張協狀元》、《錯立身》等劇不乏其例。

此外，在男女主腳首次登場的正戲中，亦常出現短套，而這類短套在體製謹嚴的傳奇中，也只能在過場短戲裡使用。且抒情氣質濃厚的男女主腳所唱曲子，理當配用柔緩細膩的細曲，而不宜選用淨丑常唱的衝場粗曲㉒，但早期南戲對此並不講究。

一般戲文也運用北曲，而《張協狀元》是例外，概因時代較早，其時北曲尚未流播到南方，故通本無一支北曲。南戲用純粹北套者，如《錯立身》第十二齣北越調〔鬥鵪鶉〕一套，《小孫屠》第七齣北南呂〔一枝花〕一套，這兩個北套在運用上尚能遵守北曲一套一韻，一人唱到底之規律。其他在南北合套方面，卻常雜用不同宮調，又非一南一北相間列之形式，格律遠較傳奇粗疏。

4.腳色　南戲的腳色有生、旦、外、貼、丑、淨、末七種。生、旦是男女主腳；「外」可分二類，一爲外生，扮老年男子，如《張協狀元》中張協之父，《錯立身》中延壽馬之父，《琵琶記》中蔡伯喈及牛小姐之父等皆是；一爲外旦，扮老年婦女，如《張協狀元》中王勝花之母。「貼」是貼旦的省稱，扮年輕女子，如《張協狀元》中的王勝花與《琵琶記》中的牛小姐皆是；「丑」之性質與「淨」相似，皆搽灰抹土，插科打諢；「末」扮次要的男腳色，如僕役、院子、商販等。南戲初期演員較少，一個腳色（主腳除外）通常扮飾多種不同身分地位之劇中人物，發展至後期，行當分工乃漸趨嚴密。

南戲流傳時間既長，地域又廣，作品之盛不難想像，然因源自民間，劇本多賴師徒輾轉摩鈔，原無刻本傳世，加以明代文士鄙爲小道，故多散佚，百不存一。今可考知者，僅二百三十八本，其中整本流傳下來的，有十八本，雖十二本經明人改動，保存原來南戲面目的僅存六本㉓。錢南揚曾爲《永樂大典戲文三種》——《張協狀元》、《宦門子弟錯立身》、《小孫屠》，詳作校註，頗可參酌。

三、傳　奇

㈠名稱

「傳奇」之名義甚廣，與時而遷變。最早以「傳奇」命名者，爲晚唐裴鉶所著短篇小說集六卷，故今稱唐人傳奇，乃指小說而言；宋代諸宮調、南戲與金院本，並皆有「傳奇」之稱㉔；元代雜劇最擅盛場，亦稱「傳奇」㉕；明清長篇戲曲勢居主流，故亦以傳奇名之㉖。由此可知，「傳奇」一詞歷唐、宋、元、明、清五朝，已然成爲小說、諸宮調、雜劇、南戲、長篇戲曲之通稱，而今前數種皆有專稱，故學界率以「傳奇」逕稱明清長篇戲曲。

明清戲曲之所以稱「傳奇」，李漁《閒情偶寄》云：「古人呼劇本爲傳奇者，因其事甚奇特，未經人見而傳之，是以得名，可見非奇不傳。」孔尚任《桃花扇．小識》：「傳奇者，傳其事之奇焉者也，事不奇則不傳。」皆以明清劇本情節務求新奇而爲之釋名。唯明清時期亦有將傳奇稱作「戲文」或「南戲」

者，宜就其體製之異同析辨其名實。

㈡體製

明清傳奇在南戲豐厚的基礎上改良發展，並吸取元雜劇底精蘊，使體製更為謹嚴精細。而明代中葉崑山腔經魏良輔等改革成功後，從弋陽、餘姚、海鹽……衆多聲腔中脫穎而出㉗，流麗悠遠的「水磨調」因兼融南北曲精華而雄踞曲壇幾達三百年之久，傳奇亦隨崑曲盛勢而風靡全國。精緻典麗的聲腔配合整飭謹嚴的體製，使傳奇在明清兩代臻於極盛。

1.**齣數、齣目**　南戲不分齣，長短較自由。傳奇分齣不分折，短者十餘齣，長者可達二百四十齣，一般以三十至五十齣居多。齣目則多用兩字概括內容大要，如《浣紗記》、《牡丹亭》、《長生殿》等皆是，亦有用四字者，如《六十種曲》本之《琵琶記》。至若《荷花蕩》用三字，《醉鄉記》用五字者則屬變格。

2.**開場、下場**　南戲開場由副末先登場介紹劇情梗概，說明創作意圖，傳奇在開場時一般也由副末開場說明創作旨趣，介紹劇情大要。傳奇的副末開場有各種名稱，如副末開場、家門大意、家門大略、家門始末、本傳開宗、梨園鼓吹、傳奇綱領、家門、開宗、開演、標目、傳概、敘傳、提綱、先聲等等。有的傳奇把副末開場作為第一齣，如《牡丹亭》第一齣副末開場，齣目是〈標目〉。有的傳奇不把副末開場作為第一齣而是作為開端。如《桃花扇》第一齣目是〈聽稗〉，在〈聽稗〉前「試一齣」是〈先聲〉，〈先聲〉是副末開場，還有的傳奇在第一齣開頭先用四句題目正名，然後由副末開場，報告「家門始終」，如孫柚的《琴心記》。凡此皆可看出傳奇深受南戲影響。

傳奇每齣最後在腳色下場時，一般有四句下場詩，大都是七言，亦可用五言。念下場詩者，可以是一個腳色，也可以是幾個腳色，全由在場腳色多少決定。一般說來，場上腳色只有一個，當然只由一個腳色念，如果場上腳色有幾個，大都由幾個腳色分別念或合念。

3.**聯套格律**　傳奇聯套格律較南戲嚴謹，但比之元雜劇則又自由許多。如引子、過曲、尾聲之運用皆有矩矱可循，曲牌之粗細亦與演員配合得當，南北合套亦有一定格律，凡此皆較南戲整飭。南戲原本不用宮調，藝術品格提昇後才漸次使用宮調，押韻亦每隨鄉音取叶而無定格可遵。元雜劇每折用一宮調，一韻到底。傳奇則可隨劇情轉變而改換宮調與押韻，雖較靈動自由，然亦有一定規律，《琵琶記》之所以被奉爲「傳奇鼻祖」，乃因其用韻、宮調、選牌組套諸方面，格律皆較南戲謹嚴，而爲傳奇樹立格範㉘。

4.**演唱**　傳奇與南戲之各門腳色皆可主唱，傳奇腳色所唱之曲牌、聲口亦各有定制。在同一齣中，各行腳色可按劇情需要，或主唱，或分唱、輪唱、接唱，甚至衆人合唱。其優點不僅方便劇作者塑造腳色、深化人物內涵，亦能均演員之勞逸，更使每位演員皆可展現其技藝特色。

5.**腳色**　傳奇的腳色分類，源於南戲及元雜劇，而又有所發展，其腳色分工較前代細密而完備，故雖以生、旦爲主，而其他行當亦得充分發展，且每一腳色以扮飾一個劇中人物爲原則，甚至有因表演特色不同，而將一個人物分由兩種腳色飾演，其完密可知。

一部傳奇劇本，弋陽、海鹽、餘姚……諸腔往往可取而改調歌之，而在繁聲競美之中，又以崑曲最爲雅正而勢居主流。戲劇必須付諸舞台演出才能體現其本色，而文人劇作之腳色分行又每與舞台實際搬演略有出入，茲將傳奇劇本與崑曲搬演之腳色分行羅列如次㉙：

生　傳奇：生、小生（貼生）。
　　崑曲：生（正生或老生）、小生（巾生、官生、黑衣（鞋皮）、雉尾）。

旦　傳奇：旦、貼（占）、小旦、小貼、老旦、老貼。
　　崑曲：正旦、貼旦（六旦）、老旦、作旦、刺殺旦（四旦）、閨門旦（五旦）。

淨　傳奇：淨、副淨（付淨）、大淨、中淨、小淨。
　　崑曲：正淨、副淨、白淨。

末　傳奇：末、副末（付末）、小末、外、小外。

崑曲：末、外

丑　傳奇：丑、小丑。

崑曲：丑（文丑、武丑）。

明代傳奇，據傳惜華《明代傳奇全目》著錄，共九百五十種，莊一拂編《古典戲曲存目彙考》，著錄明清傳奇各一千多種，《古本戲曲叢刊》初集、二集、三集，各收戲曲作品一百種，其中絕大多數爲明清傳奇。清錢德蒼編選《綴白裘》，凡十二集四十八卷，選收乾隆間舞台常演劇目，率爲明清傳奇中之折子戲，約一百多種，四百餘齣。明清戲曲案頭場上創製如林，足耀觀覽。

註釋

①曲有廣狹二義，廣義之曲，指凡可入樂而歌者，如風、騷、樂府、唐詩、宋詞、法曲、大曲，乃至民間歌謠小調皆是；狹義之曲，則專指音樂和體製源於宋詞的曲，它吸收宋金北方蕃曲（少數民族樂曲）與南方村坊小曲，並受唐宋以來大曲、鼓子詞、傳踏、諸宮調、賺詞等影響，自元明以降成爲古典戲曲音樂主體之南北曲。本書所論，係指狹義之曲。

②《李文饒集》卷十二〈第二狀奉宣令更商量奏來者〉云：「蠻共掠九千人，成都郭下，成都、華陽兩縣，只有八十人。其中一人是子女錦錦，雜劇丈夫兩人，醫眼太秦僧一人。餘並是尋常百姓，並非工巧。」

③《夢粱錄》卷二十「妓樂」條云：「雜劇中末泥爲長，每一場四人或五人。先做尋常熟事一段，名曰『艷段』。次做正雜劇，通名兩段。末泥色主張，引戲色分付，副淨色發喬，副末色打諢。或添一人，名曰『裝孤』。先吹曲破斷送，謂之『把色』。大抵全以故事，務在滑稽，唱念應對通徧。此本是鑒戒，又隱於諫諍，故從便跣露，謂之無過蟲耳。……又有雜扮，或曰『雜班』，又名『紐元子』，又謂之『拔和』，即雜劇之後散段也。頃在汴京時，村落野夫，罕得

入城，遂撰此端。多是借裝為山東、河北村叟，以資笑端。」

④詳參曾永義〈論說「五花爨弄」〉一文，收於《論說戲曲》，民國八十六年，聯經出版社。

⑤詳參胡忌《宋金雜劇考・金院本解》，一九五七年，古典文學出版社。

⑥有關宋金雜劇院本內容，詳參胡忌《宋金雜劇考》。

⑦據《元刊古今雜劇三十種》可知元雜劇劇本原不分折，因元代戲曲演出採「連場戲」形式，由劇中人物不斷上下場，一場連一場，直到劇終。而該書所註「末一折了」、「旦一折了」之「折」，即「場」之意。「一折了」，指一場戲結束。迨元末鍾嗣成《錄鬼簿》（西元一三三〇年）所載之「折」，如張時起《賽花月秋千記》下注云「六折」，乃以一個套曲為核心，而有所謂「一本四折」之慣稱。詳參徐扶明《元代雜劇藝術》頁九五～九八，一九八一年，上海文藝出版社。

⑧南宋趙升《朝野類要》卷三「入仕欄」中有「腳色」一條，指人物的簡單身家履歷或名銜，而南宋戲文《張協狀元》中亦有「後行腳色」之稱，即指戲劇演員之行當。

⑨詳參曾永義〈中國古典戲劇腳色概說〉一文，收於《說俗文學》，民國六十九年，聯經出版社。

⑩所謂主唱腳色不變，而可改扮成其他劇中人物之情形，也僅限於男換男，女換女，而男（正末）與女（正旦）卻不可交換，如《勘頭巾》中正末於第一折扮劉員外，第二、三、四、折改扮張鼎；《紅梨花》中正旦於第一、二、四折扮謝金蓮，第三折改扮賣花三婆。至於《生金閣》中，第一折正末扮郭成，第二折正旦扮嬤嬤，第三、四折正末扮包待制，正旦與正末如此交換主唱，則是罕見之例外。

⑪有關中國古典戲曲中的抒情傳統表現，可參蔡孟珍〈由表演美學論古典戲曲的特殊綜合歷程〉一文中「意境深美的抒情傳統」部分，民國八十七年六月，《國文學報》第二十七期。

⑫尤侗《艮齋倦稿・題北紅拂記》云：「元人北曲，固自擅場」，「若上場頭一人單唱，氣力易衰。」其說甚是。故《單刀會》，明抄本比元刊本少十支曲子，平均每個套曲少二或三支曲子。而同一本雜劇，《元曲選》本亦常較元刊本少

三、四支，甚至《老生兒》少十二支，《冤家債主》少二十三支。

⑬元雜劇在一折之開場或結尾，偶有花面腳色唱〔醉太平〕、〔豆葉黃〕、〔金字經〕、〔尾聲〕等一、二支小曲稍作調劑，如《圯橋進履》、《望江亭》、《破窰記》等皆有。此類小曲與套曲用韻不同，並低一格排印，以示區別。

⑭此部分「主唱」資料，多參酌徐扶明前揭書第九章「一人主唱」。

⑮元雜劇之「題目正名」，置於劇本末尾者有元刊本、古名家雜劇本、息機子本、《元曲選》本、明抄本；置於劇本開頭者有顧曲齋本、《雜劇十段錦》本、《柳枝集》本、《酹江集》本。明清雜劇劇本之題目正名亦如此。

⑯詳參錢南揚〈宋元南戲考〉一文，載《燕京學報》第七期。

⑰有關錢氏該書之簡評，可參蔡孟珍〈曲學上的拓荒補闕之作——談錢南揚的《戲文概論》〉一文，載《書目季刊》第三十一卷第三期，民國八十六年十二月。

⑱據錢南揚考證，南戲之發生，應遠在北宋宣和（西元一一一九～一一二五年）之前，南宋時南戲已陸續傳入福建，從題材、文辭與曲調之比對，可以肯定流行於閩南之古老劇種——梨園戲與莆仙戲實淵源於南戲。詳參《戲文概論・源委第二》。

⑲□，據錢南揚《永樂大典戲文三種校注》當是「沙」字。村沙，惡劣、傖俗之意。

⑳徐渭《南詞敘錄》「題目」條云：「開場下白詩四句，以總一故事之大綱。今人內房念誦，以應副末，非也。」

㉑也間有把開場不算，正戲從第一齣算起，如《黃孝子》第一折〈賞春〉之前，另有〈開場〉；《投筆記》第一齣〈持觴慶壽〉之前，另有〈開場引首〉。

㉒南曲有一特點爲北曲所無，即多數曲牌與演唱腳色有一定的配合關係。如慢曲即細曲，皆有贈板而多疊用，宜於生、旦唱者居多；粗曲則多施於短折，不用贈板，宜於丑淨或同場所唱。有關曲牌性質之粗細，可參本書第三章第二節「曲牌」部分。

㉓有關南戲劇本之總目與存佚情形，詳參錢南揚《戲文概論・劇本第三》。

㉔《小孫屠》第一齣：「後行子弟不知敷演甚傳奇。」此處「傳奇」指的是南戲。

㉕鍾嗣成《錄鬼簿》「前輩已死名公才人，有所編傳奇行於世者」欄，所列關漢卿等人作品，皆屬雜劇。

㉖明呂天成《曲品》卷上：「金、元創名雜劇，國初演作傳奇。」

㉗魏良輔《南詞引正》（俗名《曲律》）云：「腔有數樣，紛紜不類。各方風氣所限，有崑山、海鹽、餘姚、杭州、弋陽。……惟崑山爲正聲。」明嘉靖間所謂「四大聲腔」之流布情形，徐渭《南詞敘錄》曾有記載：「今唱家稱弋陽腔，則出於江西，兩京、湖南、閩、廣用之。稱餘姚腔者，出於會稽（紹興），常（常州，今武進）、潤（潤州，今丹徒）、池（池州，今貴池）、太（太平，今當塗）、揚（揚州，今江都）、徐（徐州，今銅山）用之。稱海鹽腔者，嘉（嘉興）、湖（湖州，今吳興）、溫（溫州，今永嘉）、台（台州，今臨海）用之。惟崑山腔止行於吳中，流麗悠遠，出乎三腔之上，聽之最足蕩人。」

㉘詳參蔡孟珍〈琵琶記「也不尋宮數調」考辨〉一文，收於《琵琶記的表演藝術》，民國九十年，台灣學生書局。

㉙傳奇劇本之腳色分類，詳參《六十種曲》本、明王驥德《曲律》卷三〈論部色〉、清李斗《揚州畫舫錄》卷五、黃旛綽《梨園原》。崑曲腳色十六種「六生六旦四花面」，詳參楊蔭瀏〈天韻雜談〉，收於《楊蔭瀏音樂論文選集》頁三～五，上海文藝出版社，一九八六年：又近代王季烈《螾廬曲談》與「崑劇傳習所」腳色之實際分類亦頗可參酌。

第三章　倚聲協律──曲之聲律

在我國韻文學中，音樂旋律與語言旋律結合最爲密切的，莫過於「曲」，構成曲的必要條件既是合樂，則無論作曲、譜曲、度曲乃至讀曲，皆須諳聲律之學。曲學先導周德清云：「大抵先要明腔，後要識譜，審其音而作之，庶無劣調之失。」能明腔、識譜、審音，則所作、所譜、所唱、所演之曲，莫不合律。馮夢龍《太霞新奏・發凡》云：「詞學三法，曰調，曰韻，曰詞。不協調則歌必捩嗓，雖爛然詞藻無爲矣。……是選以調協韻嚴爲主。」亦說明曲之聲律重於詞采。綜觀我國傳統戲曲研究，自元以降，莫不以聲樂理論爲依歸，而聲律之學之興廢，又每攸關曲運之隆衰，碻知倚聲協律允爲曲學重心①。

曲之聲律所涉甚廣，舉凡選宮擇調、曲牌聯套、塡詞用韻、識譜明腔、審音歸韻、辨別正襯……等，靡不包括在內。茲條舉宮調、曲牌、板眼、襯字、音韻等犖犖數端釐述如后。

第一節　宮　調

構成古典戲曲音樂之要素在於宮調、曲牌、板眼與聲腔，此四要項，無論度曲、作曲、譜曲或論曲者，莫不瘁心力而研究之。其中宮調與曲牌之體認與運用，允爲戲曲創作之首務。

自唐以降，歷代樂書、曲籍對宮調之記載與闡述不一，主要由於各代律呂制度更易、民間與外族音樂宮調俗名加入，以致標準音產生變化，宮調名稱亦隨之殽亂②。「宮調」一詞，簡言之，即代表調高與調式。我國古代民族音樂理論，首先根據三分損一與三分益一之原理，發現五聲──宮、商、角、徵、羽──

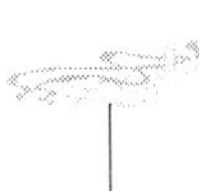

一構成五聲音階，再用同樣原理增加二變（變徵、變宮），擴充爲七聲大音階，相當於西樂之Do、Re、Mi、Fa、So、La、Si，（工尺譜作上、尺、工、凡、六、五、乙）。七音之派生關係，並未限定某一音之絕對音值。民族音樂中，絕對音值關係由管長加以限定，此一標準管歷代不一，而最基本的是「黃鐘」，按黃鐘管長三分損一，即成「林鐘」；林鐘三分益一，則成「太簇」。由此三分損益法可派生十二律呂③：黃鐘（1）、大呂（#1）、太簇（2）、夾鐘（#2）、姑洗（3）、仲呂（4）、蕤賓（#4）、林鐘（5）、夷則（#5）、南呂（6）、無射（#6）、應鐘（7）。上述七音中，任何一音與十二律呂相配，皆可構成一種調式，唯獨以宮音爲主之調式稱爲「宮」，以其他各音爲主之調式，則統稱爲「調」。今以七音爲豎行，十二律呂爲橫列，十二律呂「旋相爲宮」的結果，即行列相乘可得十二宮七十二調，簡稱八十四調。

傳統音樂樂理對此八十四調，爲論述方便起見，各予一名稱（其名稱詳見童斐《中樂尋源》），歷代宮廷雅樂因祭祀、朝會、宴饗、巡幸等儀式所需而多備置八十四調，民間俗樂則限於經濟條件與實用因素，在隋唐時僅列二十八調而已。古典戲曲使用的宮調名稱，即源於唐宋以來的「燕樂二十八調」體系，其調名見《唐會要》、《樂府雜錄》、《新唐書・樂府志》、《詞源》、《宋史・樂志》等書。此類宮調俗稱原有古名，如黃鍾宮，古名無射宮；仙呂宮，古名夷則宮；商調古名夷則商，越調古名無射商，般涉調古名黃鐘羽，……皆可見其淵源所自。宮調數目，自元以降遞次淘汰精簡，其義涵如調式之自由化、笛色之配搭等，從元雜劇、明清傳奇乃至目前崑曲舞臺之呈現亦多有轉變④。

「宮」與「調」自宋元以來已不太區別，故統稱「宮調」，可舉宮以賅調，亦可舉調以賅宮。曲之宮調，元代北曲用六宮十一調，統稱十七調；宋元南曲用六宮七調，而有《十三調譜》⑤；發展到明清戲曲，其宮調在實際運用上，或有目無詞，或曲牌甚少，較不常用，而在傳奇中無法獨立成套，故南北曲常用宮調亦僅五宮四調而已，統稱「九宮」或南北九宮⑥。而元代十七宮調聲情說，後代曲籍徵引頗多，影響甚鉅⑦，並列表迻錄如次。

北曲十七宮調	宮調聲情	南曲十三調（收十五調）	九宮
仙呂宮	清新綿邈	仙呂宮	仙呂宮
南呂宮	感嘆傷悲	南呂宮	南呂宮
中呂宮	高下閃賺	中呂宮	中呂宮
黃鐘宮	富貴纏綿	黃鐘宮	黃鐘宮
正宮	惆悵雄壯	正宮	正宮
道宮	飄逸清幽	道宮	
大石調	風流醞藉	大石調	大石調
小石調	旖旎嫵媚	小石調	
高平調	條物滉漾	高平調	
般涉調	拾掇坑塹	般涉調	
歇指調	急併虛歇		
商角調	悲傷宛轉		
雙調	健捷激裊	雙調	雙調
商調	悽愴怨慕		商調
角調	嗚咽悠揚		
宮調	典雅沈重		
越調	陶寫冷笑	越調	越調
		商黃調	
		羽調	
			（仙呂入雙調）

考宮調之實質，原本僅由標準音推而具有調高、調式之含義而已，並不含任何聲情意義。然而，在元代以前，我國傳統音樂中對宮調之運用，即習慣上將它賦予聲情，以便戲曲創作者在選宮擇調時，得按劇情需要，選出適切之曲牌。雖然宮調本身只是對各種曲調加以概括性的分類，但在分類過程中，最初的作曲者或民族音樂學者必然帶有若干程度的主觀色彩，將同樣含有某種聲情的詞牌或曲牌劃歸一類，其分類亦簡單而明確。但後來由於劇作者多，寫作題材內容亦日趨廣袤，誠有宮調所「縛不住」者，作曲者於是將管色相同或相近的曲牌併作一類，而只求各曲牌之曲音協叶，不致高低過於突兀即可。

北曲十七宮調聲情既不足以範限元以後南戲北劇等戲曲音樂，而傳奇宮調之聲情，明清曲論如王驥德《曲律》與《九宮譜定》嘗略論及⑧，近人許守白《曲律易知．論過曲節奏》申而論之曰：

〔仙呂〕、〔南呂〕、〔仙呂入雙調〕，慢曲較多，宜於男女言情之作，所謂清新綿邈，宛轉悠揚，均兼而有之。〔正宮〕、〔黃鐘〕、〔大石〕近於典雅端重，間寓雄壯。〔越調〕、〔商調〕，多寓悲傷怨慕，〔商調〕尤宛轉。至〔中呂〕、〔雙調〕，宜用於過脈短套居多。然此但言其大較耳，若細析之，則不惟每套各有性質，且每曲亦有每曲之性質，決不能如北曲以四字形容之，概括其全宮調也。

歷代曲調牌名孳乳繁多，何啻千百，作曲者若不諳分宮合套之法，其作品必致出宮犯調，曲文縱佳，亦難被入管絃，奏之場上。王季烈有感於近代傳統曲學式微，選宮擇調之道不彰，乃於《螾廬曲談卷二．論宮調及曲牌》中，以《欽定曲譜》為主，並參酌《南詞定律》、《北詞廣正譜》、《九宮大成南北詞宮譜》及若干雜劇傳奇劇本，詳加考訂增補，註明各笛色所適合之管調，並詳列南北曲常用之曲牌，俾作曲者有準繩可依，頗為完備而實用。至於曲牌聯套中習見的「借宮」現象，並非所有宮調不同而笛色相同的曲牌皆可互借入套。如仙呂宮在北曲中常因笛色相同（同為正宮調，即西洋G調）而借雙調〔得勝樂〕，且正宮曲中因與雙調不具相同笛色，故不能互借；仙呂宮與南呂宮雖有相同笛色（尺字調或小工調，即西洋C、D調），但一般不互借入套⑨，足見借宮之原則在於互借之曲牌聲情、性質必須相近。

注釋

①詳參蔡孟珍《近代曲學二家研究——吳梅、王季烈》第一章「曲學重心與曲運隆衰」。

②孫玄齡《元散曲的音樂》頁一五四曾將〈唱論〉、《中原音韻》、《輟耕錄》、《元曲選・陶九成論曲》、《太和正音譜》、《北詞廣正譜》、《九宮大成南北詞宮譜》、凌廷堪《燕樂考原》等曲籍所列戲曲宮調名稱、次序列一總表，表中各書宮調數目與所列順序竟無一相同。

③此十二音排列順序，奇數爲律，偶數爲呂，凡六律六呂，統稱十二律呂，簡稱十二律。

④詳參楊蔭瀏《中國古代音樂史稿》頁二六〇～二六五，五七九～五八五，人民音樂出版社，一九八五年。

⑤據錢南揚考證，《十三調譜》係出自南宋人之手，而成書於元天曆（西元一三二八～一三三〇年）年間，詳見《戲文概論》頁一七九。

⑥有關南北曲宮調數目遞減之緣由，詳參許守白《曲律易知》「論南、北曲宮調」與錢南揚《戲文概論》頁一七七～一八七。

⑦元燕南芝庵〈唱論〉十七宮調聲情之說，見錄於同時代《中原音韻》、《陽春白雪》、《輟耕錄》等書，明代曲籍《太和正音譜》、《元曲選》與王驥德《曲律》亦嘗徵引。

⑧宮調有無聲情，歷來論者不一，其與南北曲聯套之實質內涵，詳參蔡孟珍《近代曲學二家研究——吳梅、王季烈》頁二〇八～二一二。

⑨有關每一宮調之笛色表，可參王季烈《螾廬曲談・論作曲》之「論宮調及曲牌」；而曲牌「借宮」之常例，則可參

王力《漢語詩律學》頁七一〇～七一一。

第二節 曲牌

一個宮調統屬若干曲牌①。北曲曲牌僅支（隻）曲、尾聲二類；南曲曲牌則分引子（古稱「慢詞」）、過曲（古稱「近詞」）、尾聲三類。

曲牌性質之辨識，對於聯套格律的掌握，具有相當大的重要性。北曲曲牌，一般較南曲單純，首先支曲部分，分套數曲與非套數曲二類，非套數曲指散曲小令而言，不入套數，約五十支而已，若為劇曲，亦僅金元雜劇之楔子用之；而套數曲，顧名思義，則須與其他曲牌聯合組成套數。此二類，清李玉《北詞廣正譜》辨之甚詳，如黃鐘宮之小令曲僅〔晝夜樂〕、〔人月圓〕、〔紅衲襖〕、〔賀聖朝〕四支，而套數曲有〔醉花陰〕、〔喜遷鶯〕、〔出隊子〕、〔刮地風〕、〔四門子〕、〔古水仙子〕……〔黃鐘尾〕等十三套之多。

北曲雖有長套短套之別，而各宮調之套數，其首尾數曲大都一定，其套性雖強②，而中間的曲牌，則可在「主腔」、「結音」相同，樂調保持調協的狀態下，斟酌增減或改變次序③。如南呂〔一枝花〕套，通常以〔一枝花〕接〔梁州第七〕為首，以〔烏夜啼〕、〔尾聲〕收尾，而中間曲牌〔四塊玉〕、〔哭皇天〕、〔罵玉郎〕等則可斟酌損益；正宮〔端正好〕套，以〔端正好〕為首，以〔煞尾〕收尾，中間〔滾繡球〕、〔叨叨令〕、〔小梁州〕、〔快活三〕、〔朝天子〕等可增刪改易，唯〔滾繡球〕若連接〔倘秀才〕，則成「子母調」，此二曲可連續循環數次。至於北曲的「尾聲」部分，各宮調之體式固然紛繁，然其中有許多是重複的，且常用之尾聲，每宮調亦僅一二格而已④。

南曲曲牌之性質則較為複雜，它分引子、過曲、尾聲三類。凡腳色上場，一般先唱「引子」以自述身分、心情，引子一般只乾唱而不用笛和，因不用笛和，故可不拘宮調。一人只能用一引子，若數人接連上場，亦可合用一引子。而少數引子如〔臨江仙〕、〔鷓鴣天〕等，又可作尾聲用。

過曲之性質有粗細：粗曲專供淨丑用，生旦萬不可用；因它不入套數，故又稱非套數曲。細曲專供生旦訴情之用；可粗可細之曲一般都可用；二者都入套數，故又稱套數曲。而南曲曲牌與演唱腳色具有一定配合關係之特點，又為北曲所無。何謂粗曲、細曲？許守白《曲律易知》云：

> 一曰細曲，亦名套數曲，謂宜於長套所用，即前所謂纏綿文靜之類也；一曰粗曲，亦名非套數曲，謂宜於短劇過場等所用，即前所謂鄙俚噍殺之類也。……粗曲大半兼用之衝場，衝場者，謂上場時即唱此曲，不用賓白或詩句引起，而此曲又非引子之謂也。蓋此種唱時多可不和絃管，謂之乾唱，既不和絃管，即無拘乎宮調矣。若集曲則細曲居多，間有在可粗可細之列者，然亦不過三數調而已，若在粗曲之列，則絕無也。

常見淨丑所用粗曲有〔光光乍〕、〔五方鬼〕、〔水底魚兒〕、〔趙皮鞋〕、〔吳小四〕、〔普賢歌〕……，而生旦常用之細曲有〔懶畫眉〕、〔山坡羊〕、〔金絡索〕、〔綿搭絮〕、〔皂羅袍〕……。過曲的搭配，又可分專用、聯套、兼用三種。所謂「專用」，乃指某一曲牌即由其本身疊用若干支，不能與其他曲牌聯合成套，如〔祝英台近〕即是；「聯套」，即指某某一曲牌必須與其他曲牌相聯成套，如〔紅衫兒〕必須與〔醉太平〕之類聯合成套，不能單獨使用；而「兼用」則指既可聯套，又可專用，如雙調〔鎖南枝〕即是⑤。而南曲過曲之聯絡次序，一般規律是前用慢速，中間中速，後用快速，王季烈《螾廬曲談》卷二曾有詳細說明：「總須慢曲在前，中曲次之，急曲在後。慢曲即細曲，皆有贈板；中曲則無贈板，而一板用三眼；急曲則一板一眼或流水板。但同一曲牌疊用四支者，往往第一、二支有贈板，第三支一板三眼，第四支一板一眼。」（板眼之釋義，詳見下節）

至於尾聲之格律，則是古嚴而今寬。古代尾聲每一宮調均有不同式樣，種類紛繁，如明末徐子室輯、鈕少雅訂之《九宮正始》，即詳列十三調尾聲體式。但自明代以降，尾聲之實際運用已逐漸簡化，主要因為過場短戲概不用尾聲，就算長套正戲，凡遇專用的曲牌及某些聯套曲牌之後往往習慣可以不用尾聲，如南戲《小孫屠》通本無尾聲，而「傳奇鼻祖」《琵琶記》全本四十二齣，用尾聲者亦僅第二、七、九、二十一、二十七、三十六、四十二等七齣而已。

在套數聲情方面，南曲同一宮調之內即有不同聲情，故曲家率以曲牌本身蘊含之聲情作為分類原則，如明末東山釣史與鴛湖逸者同輯之《九宮譜定》，卷首附〈九宮譜定總論〉一卷，其中〈用曲合情論〉一篇說之甚詳：「凡聲情既以宮分，而一宮又有悲歡、文武、緩急等，各異其致，如燕飲陳訴、道路車馬、酸淒調笑，往往有專曲，約略分記第一過曲之下，然通徹曲義，勿以為拘也。」近代許守白《曲律易知・論排場》即以排場觀念將套數大別為歡樂、悲哀、遊覽、行動、訴情、過場短劇、急遽短劇、文靜短劇與武裝短劇等九類，王季烈《螾廬曲談卷二・論劇情與排場》一章析之尤細。如歡樂喜慶類用〔錦堂月〕套、〔畫眉序〕套、〔梁州新郎〕套；悲哀類用〔山坡羊〕、〔孝順歌〕、〔金絡索〕套；感嘆憂思類用〔風雲會四朝元〕套、〔雁魚錦〕套；動作急遽類用〔風入松〕套等等，凡此皆可見選牌組套亟須辨識曲牌聲情，則所撰作方可與劇情相吻合，不致貽乖宮訛調之譏。

註釋

①據《九宮大成南北詞宮譜》統計，除北曲套曲與南北合套外，計有南曲曲牌一五一三個，北曲曲牌五八一個，共二〇九四個。若將變體增錄，則南曲有二七六二個，北曲有一七〇四個，合計四四六六個曲牌之多。

②套性強指的是在一個套數中，各曲牌主腔形式頗為接近，再現次數多，結音規律又多相同。

③詳見王守泰《崑曲格律》第四章「套數」之第二節「聯套的套性」、第四節「北曲套數體式」與第十節「北曲套數中主腔聯結作用舉例」。

④北曲各宮調之尾聲體式，詳參《北詞廣正譜》。

⑤許守白《曲律易知．論配搭》曾將各曲牌應聯套或專用或兼用，或宜疊用等性質，按宮調順序加以臚列。

第三節　板　眼

古代宮調曲牌聲情之具體呈現資料在曲譜。而曲譜在宋元時代，如《中原音韻》、南曲《十三調譜》皆僅錄調名，明初《太和正音譜》乃標出平仄定格，其後沈璟《南曲全譜》、徐子室與鈕少雅之《九宮正始》、沈自晉《南詞新譜》、李玉《北詞廣正譜》等，無不踵繼前賢核文釐律，又多增補校訂，但皆僅取備曲牌格式而已，對音樂的詳細旋律則尚未標識。直至清代康乾以降，呂士雄《南詞定律》、《九宮大成南北詞宮譜》、馮起鳳《吟香堂曲譜》、葉堂《納書楹曲譜》及同治間王錫純《遏雲閣曲譜》相繼問世，乃逐曲塡工尺，點板眼，俾初學依腔歌唱。

我國傳統戲曲音樂通常用「板眼」來控制整個節奏。而板眼觀念宋代早已有之，張炎《詞源》之〈拍眼篇〉即強調若無板眼引導樂象之含韻抑揚，則所唱僅堪稱「叫曲」或「唸曲」，殊非美聽。戲曲之板眼尤爲重要，王驥德《曲律．論板眼》云：「蓋凡曲，句有長短，字有多寡，調有緊慢，一視板以爲節制，故謂之板眼。」板既爲節奏之總樞紐，故先輩有「傳腔遞板」之法①。板眼在工尺譜中，是標示音字時值，勻劃音字時間，區分樂聲長短、徐疾、斷續的符號，理論上與西洋音樂之「節拍」無異。

何謂板眼？每一擊板謂之一板，每一板中之小段落則謂之眼。板與眼同是對曲調節奏的範限，只是強弱程度不同而已，板，代表強拍；眼，代表弱拍或次強拍。目前工尺譜中通行之板眼種類與符號如下：

一、板

戲曲雅樂，按其節奏快慢，可分正板、贈板、散板、流水板四種。

㈠**正板**　正板為曲調中固定不易之板，因字腔分頭、腹（腰）、尾，故正板亦有頭板、腰板、底板之別，點於曲詞之旁，魏良輔《曲律》云：「迎頭板隨字而下，掣板隨腔而下，截板腔盡而下。」

1.**頭板**　亦稱「迎頭板」、「實板」、「紅板」，點於字頭，板隨字而下。

2.**腰板**　亦稱「掣板」，符號作「∟」，隨腔而下，多點於腔之中間，唱者腔先出口，拍板過後換腔。

3.**底板**　亦稱「截板」，板下於腔盡處。又名絕板。

㈡**贈板**　為使曲譜曼妙好聽，增其綿延曲情，可在正板（四拍）之後加用增板（四拍），使樂句較正板原曲增長一倍。如〈桂枝香〉曲譜正曲本為二十二板，吳炳《療妬羹》傳奇中，加用贈板成四十四板，即為一例。贈板中之頭板、腰板，稱為「頭贈板」、「腰贈板」。

1.**頭贈板**　此板與正板之「迎頭板」相似，點於字頭或腔頭。

2.**腰贈板**　符號作「×」，此板與正板之「腰板」相同，點於腔之中間。

3.**散板**　散板不受板眼限制，為無板無眼之曲，僅載工尺，不點板眼，在樂句末處右下方，下一「截板」以識之。清王德暉、徐沅澂《顧誤錄》云：「曲之有板者易，無板者難。有板者聽令於板眼，尺寸自然合度，無板者，需自己斟酌緩急，體會收放，過緩則散慢無律，過急則短促無情，須用梅花體格（按：即疏密相間之意），錯綜有致；有停頓，有連貫，有抑有揚，有申有縮，方能合拍。」足見散板雖不點板眼，但並非漫無節奏，而是得斟酌曲意，甚至配合舞台動作加以發揮，與演唱者之文學、藝術修養密然有關，故反較有板眼之曲為難。

4. 流水板　流水板有板無眼，各板可佔一音、兩音、三音或四音等，多用爲急曲。

二、眼

工尺譜之眼式有一眼式（2/4拍）、三眼式（4/4）二種。眼按位置不同，可分中眼、側眼、小眼三類。

㈠中眼　又稱「正眼」，用於一板三眼曲之第二眼（第三拍）、或一板一眼曲之首眼（第二拍），點於字或腔頭。

㈡側眼　又稱「宕眼」、「腰中眼」，點於腔之中間或腔末，與正板中之腰板或截板地位相似，在舞台嗩吶曲牌譜中，又有「消眼」、「掯眼」、「閃眼」之稱。

㈢小眼　小眼分正眼、側眼二種，用於一板三眼曲之頭眼（第二拍）及末眼（第四拍），點於字頭或腔頭。葉堂云：「小眼原爲初學而設，善歌者自能生巧，細細註明反覺縛束」，故《九宮大成譜》與《納書楹曲譜》皆有正眼而無頭、末眼。今通行之曲譜及手抄本爲便初學，仍以註小眼之曲譜居多。

總述上說，茲將各板眼之符號及說明列表如下：

板式		正 一板一眼		一板三眼		加贈板的 一板三眼		散板		流水板	
速度術語		中板		慢板		極慢板		自由節奏		快板	
板式說明	拍式說明	名稱	符號	名稱	符號	名稱	符號	名稱	符號	名稱	符號
實板	第一拍	板	、或×	板	、	頭板	、	底板	一	板	、
實眼（括號者爲側眼）	第二拍	眼	○（△）	頭眼	・（ㄴ）	頭眼	・（ㄴ）				
	第三拍			中眼	○（△）	中眼	○（△）				
	第四拍			末眼	・（ㄴ）	末眼	・（ㄴ）				
	第五拍					贈板	×				
	第六拍					頭眼	・（ㄴ）				
	第七拍					中眼	○（△）				
	第八拍					末眼	・（ㄴ）				

註釋

①王驥德《曲律・論板眼》嘗謂傳腔遞板之法：「以數人暗中圜坐，將舊曲每人歌一字，即以板輪流遞按，令數人歌之如一聲，按之如一板；稍有緊緩（腔）、先後（板）之誤，輒記字以罰。如此庶不致腔調參差，即古所謂纍纍如貫珠者。」

第四節 襯字

襯字，又稱「墊字」或「襯墊字」，它與「正字」相對，是曲牌定格以外增加的單字。不少曲家認為襯字是曲中所獨有，並以襯字之有無，作為區別詞與曲的一個重要標誌①。但據任二北《敦煌曲初探》考證，早在唐敦煌曲子詞如〈悉曇頌〉等已有襯字，但都隨襯隨了，不成定格；姚華《菉猗室曲話》也舉出五代詞中若干詞牌如〈行香子〉、〈卜算子〉、〈洞仙歌〉、〈滿江紅〉等皆有使用襯字之情形，只是不若曲中襯字之繁多而普遍。

曲中使用襯字主要在於補足文義，暢達語氣。靈動活潑的襯字，或象聲以炫奇，或疊字以取巧，它可把死板的文句變活，使艱深的字義口語化，更可使曲調增添聲情，體現出曲疏朗自然的風格，因而襯字多半屬虛字，具有轉折、聯續、形容、輔佐等功用②。

襯字之位置宜用於句首或句中，而不能用於句末，尤不可用於韻腳。下襯字時，亦應注意曲文格律，釐清句讀、句式，切不可割裂句意，影響文理。在與板眼相配合時，襯字不佔板，唱時輕快帶過，且宜用在板式緊密之處，則歌者可從容不迫，不致因趕板不及而拗折嗓子。就襯字之性質與字數而言，襯字可不拘平仄，不拘多少，北曲襯字多，一至二十字皆有，甚且喧賓奪主，較正字多至五倍以上。南曲則板式較爲固定，不可隨意增板，故有「襯不過三」之原則，王季烈《螾廬曲談》論南曲襯字頗爲具體：

> 必須加於板式繁密之處，且須加於句首或句之中間，至句末三字之內，與板式疏落之處，決不可妄加襯字；又襯字每處至多不能過三字，且宜用虛字，不宜用實字。

吳梅《霜崖曲跋》嘗云：「增添之處，各有一定，非亂次以濟也。」襯字固有其使用原則，綜上所述，可約爲三項：

1. 北曲多而南曲少。
2. 小令少，套數稍多，劇曲尤多。
3. 非對口曲少，對口曲多③。

註釋

①明王驥德《曲律‧論襯字》云：「古詩餘無襯字，襯字自南北二曲始。」清王德暉、徐沅澂《顧誤錄》亦云：「古詩餘無襯字。曲之有襯字，猶語助也。」近代吳梅《曲學通論》、王力《漢語詩律學》亦皆持此看法。

②詳參鄭騫〈論北曲之襯字與增字〉一文，載《幼獅學誌》十一卷二期。

③襯字使用之三項原則說明與舉例，詳參羊春秋《散曲通論》頁一九七～二〇四。

第五節 音韻

周德清《中原音韻》一書爲曲韻之嚆矢，對曲壇創作與唱唸之審音辨字，具有開闢鴻蒙之功，是曲韻研究的奠基之作。其撰作目的在「使作者歌者皆有所本」。故《中原音韻》一出，即收「使四方出語不偏，作詞有法」之效，而被譽爲「自有樂府以來，歌詠者如山立焉，未有如德清之所述也。」甚至到了明代後期，作北曲者仍「守之兢兢，無敢出入。」由此可見曲韻編撰之意義在於爲作曲唱曲之字音樹立規範，俾作者無失律舛韻之虞，唱者亦不致貽訛音倒字之譏，故曲韻之「韻」，實兼賅作曲之用韻與唱曲之音韻兩層內涵。

蒙元之世，北曲擅盛，曲壇自以北音爲天下之正音，迨入朱明，雜劇式微，傳奇以南曲爲基礎，兼又汲取北曲以爲滋養，隨崑山水磨調之風靡天下而雄峙曲壇。斯時曲作南北曲兼備，就曲韻內容而言，不論創作之用韻抑或唱唸之咬字，皆因南北交化而造成莫大的激盪與衝擊。就創作用韻而言，有「中原音韻派」與「戲文派」之爭；就唱唸咬字而言，除曲聖魏良輔揭示「南曲不可雜北腔，北曲不可雜南字」之「兩不雜」原則外，其實際字音當如何釐分，明清曲家莫不殫精竭慮苦心鑽研，其中較受矚目之曲論專著有：王驥德《曲律》、沈璟《正吳編》、沈寵綏《絃索辨訛》與《度曲須知》、李漁《閒情偶寄》、徐大椿《樂府傳聲》、黃旛綽《梨園原》、毛先舒《南曲入聲客問》、王德暉與徐沅澂《顧誤錄》等，近代則有吳梅《顧曲麈談》、王季烈《螾廬曲談》、盧前《曲韻舉隅》等較受重視。曲韻專書之編撰則有：樂韶鳳等《洪武正韻》①（西元一三七四年）、朱權《瓊林雅韻》（西元一三九八年）、陳鐸《菉斐軒詞林要韻》②（西元一四八三年）、王文璧《中州音韻》（西元一五〇八年前）、范善溱《中州全韻》（西元一六三一年）、沈乘麐《曲韻驪珠》（西元一七四六年）、王鵔《中州音韻輯要》（西元一七八一年）、周昂《增訂中州全

韻》（西元一七九一年）等。

崑曲自明嘉靖初至清乾隆末，雄踞曲壇幾達三百年之久，使原本南曲傳奇所使用的吳語方言，對曲韻專書的編撰起了漸次南化的作用，如范善溱的「去分陰陽」、沈乘麐的「入分陰陽」、周昂的「上分陰陽」與另立「知如」一韻，皆與南曲字音息息相關。又崑曲兼融北曲，於萬曆後期走出江浙，蔚為流布全國之大劇種，其語言亦逐步中原化，誠如沈寵綏所言：「聲音以中原為准，實五方之所恪宗。」故其創作之用韻，除南曲入聲單押外，不論南北曲皆以《中原音韻》為準，而句中字面（即唱唸咬字）南北曲之異讀情形，除王驥德、沈寵綏嘗撰曲論予以辨析之外，王鵔、沈乘麐之曲韻專書亦皆有詳細註明，俾便歌者檢用。由是觀之，曲韻之表現方式，除傳統韻書式之編撰外，前賢亦每藉曲論辨其奧窔，故研究戲曲音韻，除傳統曲韻專書之外，宜兼顧歷代曲論，如此旁搜遠紹，方足以窺其蘊奧。

一、就作曲用韻而言

首先須明瞭南北曲韻劃分之情形，免有出韻之虞。作北曲者自當凜遵《中原音韻》十九部之分韻系統，北曲入聲派叶平、上、去三聲，故稱平上去入四聲通押。南曲用韻，平、上、去通押，而入聲韻部必須獨押。唯明代至清中葉，曲壇並未出現一部南曲專用韻書，明人作曲率準乎《中原音韻》，若欲押入聲韻部，則聊取《洪武正韻》入聲十部參用之。至乾隆年間乃出現第一部正規的兼賅南北字音之曲韻專書——《曲韻驪珠》（又名《韻學驪珠》），將入聲八部獨立，俾作南曲者知所歸趨。

再者，黃周星《製曲枝語》嘗云：「詩律寬而詞律嚴，若曲則倍嚴矣。」曲之所嚴者何？「三仄更須分上去，兩平還要辨陰陽。」由此可知，曲韻在叶韻方面雖較詩詞為寬，但在平仄律方面卻較詩詞謹嚴得多，不僅平聲須分出陰陽，仄聲還須嚴別上去。因為曲是一種耳聞即詳的藝術，最重視音樂旋律與語言旋律緊密結合，若該陰平而填（唱）成陽平，或該上聲而填（唱）成去聲，如此「欺字」，在古代無字幕的情況下，觀眾容易會錯曲意，難以引發共鳴。當然一曲之中，並非字字皆須要求如是嚴格，所謂「詩頭曲尾」，作曲者於韻腳、末句以及務頭所在③之平仄律最須凜遵不違，故周德清於《中原音韻・作詞十法》之「末句」條特別強調：「上者必要上，去者必要去，上去者必要上去，去上者必要去上。」務頭之必拘守四聲、必有一定位置，其於平仄律之重視更不待言④。

此外，曲的用韻方式，除普通的叶韻法之外，另有借韻、贅韻、暗韻、重韻幾種特殊法則。所謂借韻，實際上是通韻，即雖出韻但用的是聲音相近的字，李直夫《虎頭牌》雜劇〔忽都白〕曲牌以「因、院、椽、線、緣、麵、綿、燃、面、換」爲韻，係先天韻中借用桓歡韻的一個「換」字。他如先天借寒山、監咸借廉纖，偶借一、二字無妨，卻不可開閉同押或押詩韻以紊亂畛域，故《北詞廣正譜》雖有一二處被認爲是借韻，但王力以爲眞正借韻僅四例而已。贅韻，是本來毋須用韻處，作者一時方便多押了一兩個韻腳。而暗韻則是作者有意無意間在句中插進一、二個韻字，因係節奏所在，偶爾用之，能產生音韻暗和之感，若長篇使用，則失之雕鏤而不可取，宋詞有暗韻，元曲更常見。至於重韻，則是曲韻較詩韻詞韻優裕自由之處，因某些曲韻如支思、桓歡，皆較詩韻爲窄，作曲時若不重韻很難撰就，尤其雜劇每折一韻，套數亦每套一韻，需用的韻腳較詩詞多上數倍，且曲是屬於大眾化的文學，一般民眾重在觀聽之娛，是不忌重韻的⑤。

二、就唱曲之音韻而言

明潘之恆《鸞嘯小品》云：「夫曲先正字，而後取音。字訛則意不眞，音澀則態不極。……故欲尙意態之微，必先字音之辨。」說明咬字之是否準確，直接影響曲意的表達與曲情的騰宣。故唱曲者首先必須辨明字音的四聲清濁，把字唱正唸準，才不會遭「倒字」之譏。我國古典聲樂理論講究「依字行腔」，追求音樂旋律與語言字調的起伏一致，因此不管文詞與音樂的結合方式是「倚聲塡詞」，還是「因詞製

樂」，在唱詞每字的第一、二個音上，以及前後字的音高關係上，都必須準確地體現字調四聲的辨義作用，避免在付諸歌喉時，令人有「歌非其字」以致會錯意的情形發生，故「依字行腔」爲戲曲創腔重要原則之一，它關係著作曲、譜曲乃至後代各流派唱腔唱者造詣之優劣。其次，就實際唱演而論，如何將字音唸得清正、唱得悅耳，自有歌曲以來，就有口耳相傳、代代積累、或詳或略的整套唱唸口法，這些口傳心授的唱唸規範，往往保存在歷代曲論與曲韻專書中，而曲壇所謂「字正腔圓」、「字清腔純」等傳統藝訣，不僅成爲戲曲咬字的一般法規，同時也標誌著曲界對戲曲音樂趨向完滿境界的一種追求。

清代以降的戲曲唱唸藝術，在前代基礎上踵事增華，精益求精，曲韻與四聲腔格的配合，可說已達到嚴絲合縫的境界，而曲唱的潤色功夫更體現在各種口法的多樣化與精緻化。如哰腔、豁腔、斷腔三種，各自爲區別南曲上聲、去聲、入聲之專用口法，他聲不可混用，至若掇、疊、撮、擻、滑（揉）、疊頓、落腮、橄欖等腔，則無論平聲、上聲、去聲皆可按譜腔需要而斟酌配用。北曲平、上、去三聲唱法與南曲略異，其中去聲最能表現北曲尙勁之本色，故唱腔旋律雖不必盡高，但須唱得眞確有力，不可染南曲柔靡之氣。北曲入聲派入三聲後，字音雖改，而聲調腔型各有定法，係「音變而腔不變」；南曲入聲唱時一出口戛然而斷，以體現其喉塞音韻尾之特色，隨後拖腔則隨曲牌旋律的需要，而可譜成或平、或上、或去之腔格，可謂「音不變而腔變」，唯拖腔在實際譜曲中大都譜作平聲腔格，誠如《度曲須知》所言「入聲長吟，便肖平聲」，即陰入譜同陰平，陽入譜同陽平。有關賓白唸法，上、去二聲顯得相當有趣，即上聲在唱曲時低，而唸白時反而高，去聲則剛好相反，唱時高而唸白低；他如四聲唸法之一般性原則、去上重疊之特殊唸法、上場詩詞與四六對偶句之讀法，以及賓白如何顧全文理並配合劇情等原則，略備於王季烈《螾廬曲談》與《度曲要旨》中。

爲使本節所論作曲唱曲之音韻更爲明晰，茲將元明清曲韻韻目對照表及詩詞曲入聲韻目對照表附列如后以供參酌⑥。

註釋

①《洪武正韻》雖非爲塡詞度曲而設，然其字音多爲南曲唱唸所依據，如沈寵綏《度曲須知・宗韻商疑》云：「凡南北詞韻腳，當共押周韻，若句中字面，則南曲以《正韻》爲宗。」清《顧誤錄》亦云：「風氣所變，北化爲南。蓋詞章既南，則凡腔調與字面皆南，韻則遵《洪武》而兼祖《中州》。」又因其入聲部獨立，故每爲南曲用韻之所本。

②《菉斐軒《詞林要韻》，自清厲鶚之後，向被視爲宋代詞韻專書，據趙蔭棠考證，此書係《瓊林雅韻》後之曲韻專書，疑爲陳鐸所作，詳參趙氏〈菉斐軒詞韻時代考〉與〈菉斐軒詞林要韻的作者〉二文，分別載於一九三〇年十二月十八日與一九三一年四月一日之《北晨學園》。

③有關務頭之闡釋，詳見本書第四章第三節「鑑識務頭」。

④趙樸初於《片石集》「前言」云：「曲也有其特殊的限制，那就是所謂『曲律』。有一些『律』，甚至嚴於詩詞。……例如在關鍵地方字音的升降疾徐（即平仄）必須與唱腔的高低轉折相適應，於是同一平聲還要分『陰』與『陽』，同一仄聲還要分『上』與『去』，（北曲無入聲）如此等等。」

⑤有關曲之借韻、贅韻、暗韻、重韻等詳細說明與實例，可參王力《漢語詩律學》頁七五四～七六三。

⑥本節所述曲韻內容，詳參蔡孟珍《曲韻與舞臺唱唸》，民國八十六年，里仁書局。

<table>
<tr><th>中原音韻</th><th>洪武正韻</th><th>瓊林雅韻</th><th>菉斐軒
詞林要韻</th><th>王文璧
中州音韻</th><th>范善溱
中州全韻</th><th>王鵕中州
音韻輯要</th><th>周昂增訂
中州全韻</th><th>沈乘麐
曲韻驪珠</th></tr>
<tr><td>1324</td><td>1374</td><td>1398</td><td>1483</td><td>1508 前</td><td>1631</td><td>1781</td><td>1791</td><td>1746
∫
1792</td></tr>
<tr><td>十九部</td><td>二十二部
另有入聲
十部</td><td>十九部</td><td>十九部</td><td>十九部</td><td>十九部</td><td>二十一部</td><td>二十二部</td><td>二十一部
另有入聲
八部</td></tr>
<tr><td>東鍾</td><td>東</td><td>穹窿</td><td>東紅</td><td>東鍾</td><td>東同</td><td>東同</td><td>東鍾</td><td>東同</td></tr>
<tr><td>江陽</td><td>陽</td><td>邦昌</td><td>邦陽</td><td>江陽</td><td>江陽</td><td>江陽</td><td>江陽</td><td>江陽</td></tr>
<tr><td>支思</td><td>支</td><td>詩詞</td><td>支時</td><td>支思</td><td>支思</td><td>支時</td><td>支時</td><td>支時</td></tr>
<tr><td rowspan="2">齊微</td><td>齊</td><td rowspan="2">丕基</td><td rowspan="2">齊微</td><td rowspan="2">齊微</td><td rowspan="2">機微</td><td>機微</td><td>齊微</td><td>機微</td></tr>
<tr><td>微</td><td>歸回</td><td>歸回</td><td>灰回</td></tr>
<tr><td rowspan="6">魚模</td><td rowspan="3">魚</td><td rowspan="6">車書</td><td rowspan="6">車夫</td><td rowspan="6">魚模</td><td rowspan="6">居魚</td><td rowspan="3">居魚</td><td rowspan="2">居魚</td><td rowspan="3">居魚</td></tr>
<tr></tr>
<tr><td rowspan="2">蘇徒</td></tr>
<tr><td rowspan="3">模</td><td rowspan="3">蘇模</td><td rowspan="3">姑模</td></tr>
<tr><td rowspan="2">知如</td></tr>
<tr></tr>
<tr><td>皆來</td><td>皆</td><td>泰階</td><td>皆來</td><td>皆來</td><td>皆來</td><td>皆來</td><td>皆來</td><td>皆來</td></tr>
<tr><td>眞文</td><td>眞</td><td>仁恩</td><td>眞文</td><td>眞文</td><td>眞文</td><td>眞文</td><td>眞文</td><td>眞文</td></tr>
<tr><td>寒山</td><td>寒</td><td>安閑</td><td>寒山</td><td>寒山</td><td>干寒</td><td>干寒</td><td>寒山</td><td>干寒</td></tr>
<tr><td>桓歡</td><td>刪</td><td>鯿鸞</td><td>鸞端</td><td>歡桓</td><td>歡桓</td><td>歡桓</td><td>桓歡</td><td>歡桓</td></tr>
<tr><td>先天</td><td>先</td><td>乾元</td><td>先天</td><td>先天</td><td>天田</td><td>天田</td><td>先天</td><td>天田</td></tr>
<tr><td>蕭豪</td><td>蕭爻</td><td>蕭韶</td><td>蕭韶</td><td>蕭豪</td><td>蕭豪</td><td>蕭豪</td><td>蕭豪</td><td>蕭豪</td></tr>
<tr><td>歌戈</td><td>歌</td><td>珂和</td><td>和何</td><td>歌戈</td><td>歌羅</td><td>歌羅</td><td>歌羅</td><td>歌羅</td></tr>
<tr><td>家麻</td><td>麻</td><td>嘉華</td><td>嘉華</td><td>家麻</td><td>家麻</td><td>家麻</td><td>家麻</td><td>家麻</td></tr>
<tr><td>車遮</td><td>遮</td><td>硨硃</td><td>車邪</td><td>車遮</td><td>車遮</td><td>車蛇</td><td>車遮</td><td>車蛇</td></tr>
<tr><td>庚青</td><td>庚</td><td>清寧</td><td>清明</td><td>庚清</td><td>庚亭</td><td>庚亭</td><td>庚青</td><td>庚亭</td></tr>
<tr><td>尤侯</td><td>尤</td><td>周流</td><td>幽游</td><td>尤侯</td><td>鳩尤</td><td>鳩由</td><td>鳩由</td><td>鳩侯</td></tr>
<tr><td>侵尋</td><td>侵</td><td>金琛</td><td>金音</td><td>侵尋</td><td>侵尋</td><td>侵尋</td><td>侵尋</td><td>侵尋</td></tr>
<tr><td>監咸</td><td>覃</td><td>潭巖</td><td>南山</td><td>監咸</td><td>監咸</td><td>監咸</td><td>監咸</td><td>監咸</td></tr>
<tr><td>廉纖</td><td>鹽</td><td>恬謙</td><td>占炎</td><td>廉纖</td><td>纖廉</td><td>纖廉</td><td>廉纖</td><td>纖廉</td></tr>
</table>

附錄二　詩詞曲入聲韻目對照表

廣韻	平水詩韻	沈謙詞韻略	洪武正韻	曲韻驪珠
屋○沃○燭	屋○沃	屋沃	屋	屋讀
覺○藥○鐸	覺○藥	覺藥	藥	約略
質○櫛○昔	質	質陌	質	質直
錫○職○緝	錫○職○緝		緝	
陌○麥○德	陌		陌	拍陌
術○物○迄	物	物月	屑	恤律
月○沒	月			屑轍
黠○鎋○屑	黠○屑			
薛○葉○帖	葉			
業			業	
曷○末	曷	合洽	曷	曷跋
合○盍	合		合	
洽○狎○乏	洽		轄	豁達

附註：①沈謙《詞韻略》之分部與戈載《詞林正韻》略同。
②《廣韻》「迄」韻歸《曲韻驪珠》「質直」韻，「沒」韻則歸「曷跋」韻，可參蔡孟珍《曲韻與舞台唱唸》「緒論」第二節末諸韻書韻目對照表。

第四章　規略篇體—曲之作法

元曲在創作藝術上頗有特色。其聲律尤較詩詞細密，清・黃周星即以「三仄更須分上去，兩平還要辨陰陽」充分道出元曲對字聲講究的程度。

周德清《中原音韻》曾爲當時撰曲者立一準繩，就造語、知韻、用事、用字之法諸端，標目立說，約整精當，爲樂府體式創一楷則，後之作清曲者咸奉爲圭臬，至於劇曲創作之法所涉較廣，明・王驥德《曲律》、清・李漁《閒情偶寄》另有闡發①。本章大抵針對初作曲者提供門徑，茲取〈作詞十法〉內容與四十定格，就曲中章法結構、句式、板式、鑑識務頭數端分述如次。

第一節　章法結構

曲之作法，一如古典詩詞須積學蘊蓄，而後鎔裁變化。明人李開先（西元一五〇一～一五六八年）《詞謔》以詩曲各有所重，謂詩重於發端，曲則重於收尾，其說法爲：

> 世稱「詩頭曲尾」，又稱「豹尾」，必須急併響亮，含有餘不盡之意。作詞者安得豹尾，滿目皆狗尾耳！況所續者又非貂耶？古之詩人無算，而起句高者，可屈指數也。六朝人稱謝朓工於發端，如「大江流日夜，客心悲未央」，楊升菴稱其「雄壓千古」……詩人多而好句尚少，詞尾不尤為難事耶？②

李氏的看法係從散套作法著眼，而清人劉熙載《藝概．詞曲概》亦同樣以套曲體製談曲之章法：

> 曲一宮之內，無論牌名幾何，其篇法不出始、中、終三停，始要含蓄有度，中要縱橫盡變，終要優游不竭。

溯其本源，章法問題，早在元代著名的散曲家喬吉就曾論及，上述李、劉二氏只是更加推衍例舉清楚罷了。陶宗儀《輟耕錄》引錄喬吉的話說：

> 喬夢符博學多能，以樂府稱。嘗云：作樂府亦有法，曰鳳頭豬肚豹尾六字是也。大槩起要美麗，中要浩蕩，結要響亮。尤貴在首尾貫穿，意思清新，苟能若是，斯可與言樂府矣。⑤

所謂「樂府」，係蒙元時代所流行的〔折桂令〕、〔水仙子〕等散曲小令言，也就是說，無論小令或散套都著重於「鳳頭、豬肚、豹尾」的作曲要訣。由於曲較詩詞更重結尾，故周德清於《中原音韻．作詞十法》中特別標舉「末句」格律之重要，其文云：「詩頭曲尾是也。如得好句，其句意盡，可爲末句。前輩已有『某調末句是平煞、某調末句是上煞、某調末句是去煞』。照依後項用之。」下文並不殫其煩地列舉近七十首之末句格律，如〔慶宣和〕末句宜用「去上」，並註云：「去平屬第二著，切不可上平」，〔醉太平〕末句宜用「平平去上」，〔憑闌人〕末句宜用「上平平去平」……；周氏在開頭即強調「後云上者，必要上；去者，必要去；上去者，必要上去。」足見末句格律矩矱最嚴，不容率意更動。

以元曲大家實際曲作觀之，白樸膾炙人口的〔沈醉東風〕〈漁父詞〉末句「不識字煙波釣叟」，不僅符合周德清所標舉的「平仄仄平平去上」格律，在意境上更具有夷齊不仕的遺老風範。喬吉〔天淨沙〕〈即事〉末句「停停當當人人」將一完美佳人之風韻烘托而出，格律亦恪守「平平仄仄平平」。

至於全篇符合「鳳頭、豬肚、豹尾」如是縝密樂府架構的作品，元人曲作亦不乏其例，小令方面如馬致遠〔撥不斷〕：

> 菊花開，正歸來。伴虎溪僧鶴林友龍山客，似杜工部陶淵明李太白，有洞庭柑東陽酒西湖蟹。哎！楚三閭休怪。

再如張養浩〔水仙子〕〈詠江南〉：

> 一江煙水照晴嵐，兩岸人家接畫簷，芰荷叢一段秋光淡。看沙鷗舞再三，捲香風十里珠簾，畫船兒天邊至，酒旗兒風外颭。愛殺江南。

散套方面，則可以馬致遠雙調〔夜行船〕〈秋思〉與關漢卿南呂〔一枝花〕〈不伏老〉爲代表。〈秋思〉套以「百歲光陰如夢蝶」作爲總綱以破題，再則以〔喬木查〕、〔慶宣和〕、〔落梅風〕、〔風入松〕、〔撥不斷〕等曲牌闡述帝王、豪傑、富豪、青春、名利之無常，最末以〔離亭宴帶歇指煞〕作一收尾，感嘆世間汲汲名利，不如隱居樂道以度一生。〈不伏老〉套以「攀出牆朵朵花，折臨路枝枝柳」起頭聳人耳目，中間〔梁州〕、〔隔尾〕二支曲牌誇盡「占排場風月功名首」之種種浪蕩生活，贏得了「普天下郎君領袖，蓋世界浪子班頭」的特殊封號，最末，以「我是箇蒸不爛煮不熟搥不匾炒不爆響璫璫一粒銅豌豆……天哪！那其間纔不向煙花路兒上走」佯狂作結。二散套均爲著例，咀嚼之餘，不難發現其章法結構確有值得研索之層次。

①王驥德《曲律・論章法》云：「作曲，猶造宮室然。工師之作室也，必先定規式。……前後、左右、高低、遠近，尺寸無不了然胸中，而後可施斤斫。」後來清人李漁於《閒情偶寄・結構第一》之中也提出相同的觀點。其云：「工師之建宅亦然：基址初平，間架未立，先籌何處建廳，何方開戶，棟需何木，梁用何材，必俟成局了然，始可揮斤運斧。」

②語見李開先《詞謔》「詞尾」條。李氏並於文後條舉十餘散套之例爲說。《中國古典戲曲論著集成》冊三，頁三五六～三五八。

③語見《輟耕錄》卷八「作今樂府法」條。

第二節　句式板式

一般作曲與譜曲者在撰作曲詞曲譜時，首先必須明瞭曲牌的性質與節奏，而關係整首曲牌節奏快慢的正是板式，誠如王季烈《螾廬曲談》所云：「板於曲之節奏，關係至重，故製譜者首須點定板式，板式既定，而後可注工尺。」每支曲牌各有固定的板式，如同是七句，而〔大德歌〕十六板，〔四塊玉〕十七板，〔沈醉東風〕則有十八板，譜曲者不先點正板式，則無從定腔格①。各曲牌之板式雖各有不同，卻有一通例可以概括，此通例之關鍵即在「句式」，故作曲者雖未必熟諳譜曲之道，但在創作曲詞時仍須辨明曲牌中各句之句式，以免點板錯誤，造成曲牌音樂結構與意義結構無法密切結合之訛陋。

曲牌板式之點定，當以何譜爲據？王季烈表示諸曲譜中，「南曲以《南詞定律》爲最詳，北曲以《北詞廣正譜》爲最審」，治曲者據此二書以點南北各曲之板，自可無誤，唯二書不易得，則可就《九宮大成》、《欽定曲譜》求之，惜《欽定曲譜》北曲不點板，故可再從宮譜之舊曲中求之。王氏指出「舊曲宮譜其板式正確者，惟《吟香堂》、《納書楹》及本書（按：即《集成曲譜》）而已，此外俗伶傳抄之宮譜，正贈不別，且多抽板以圖省事，斷不足據也。」②為啟導後學，他曾在《螾廬曲談》中將南曲一字句至十字句，每種按其句法（或句式）之不同，標明第幾字應點頭板、腰板或截板，且舉若干常用曲牌實例以證之，俾譜曲者能按圖索驥，得一簡便定板之法。即欲譜某支曲牌時，除襯字應先辨出不計外，其餘本格正字，則按其句長、句法之不同而斟酌定板，其中一字句最為簡單，皆點頭板，如〔梨花兒〕之第四句，〔駐雲飛〕之第五句即是；二字句則分第二字點頭板、第一、第二字各點頭板、第二字點頭板與截板、第二字點頭板、腰板與截板等四種情形；至於常見之七字句，按「上三下四」與「上四下三」句法之異，就有二十餘種點板方式，茲以〔瑣窗寒〕（或作〔鎖寒窗〕）為例，其第五句長（按：詞曲之句長蓋以韻腳為單位）應作「上三下四」句式，如《荊釵記‧送親》作「反教我掛腸懸膽」，《紫釵記‧移參》作「還倚仗詞鋒八面」，《浣紗記‧進美》作「獻佳人聊供灑掃」等皆為上三下四句式。其板式之點定，《集成曲譜》俱採最常見之方式，於第二、第四、第六字點板，第七字點截板③，板式與句式相稱，故歌之穩諧順耳。

然而《桃花扇‧傳歌》一折〔瑣窗寒〕曲牌之第五句長卻作「配他公子千金體」，句法顯為「上四下三」，教人難以下板，故吳梅《詞餘講義‧十知》之三「句法」云：「今若依板法，則『子千金體』復成何語？余嘗謂《桃花扇》有佳詞而無調，蓋謂此等處也。」④

再如周德清贊為「秋思之祖」之馬致遠〔天淨沙〕，全曲五句十五板，末句句讀向來備受關注，曲詞「斷腸人在天涯」，就音樂結構而言，元曲〔天淨沙〕末句多採「二二三」句式，如喬吉之「停停當當人人」即是，「三三」句式則較少見，而「二二二」句式又可節作「二四」句式。此六字句之二四句式板式，第三、第六字通常點板，第四字次之，第一字一般不點板；若為「三三」句式，則點板位置在第四、

第六字。今查《北詞廣正譜》、《九宮大成南北詞宮譜》諸譜之北越調〔天淨沙〕末句，其點板位置在第三字「人」與第六字「涯」上，第四字「在」之下板位置不在字頭，足見〔天淨沙〕不論音樂或意義結構皆當作二四句式，而非三三句式⑤。

清康熙間袁園客爲明代曲家凌濛初的《南音三籟》作題詞時，曾特別指出「曲之要領，皆挈于板，板之于曲，猶尺也。腔調之疾徐，聲音之長短，咸以板爲範圍者也。……板多則腔煩，板少則音宕，苟一縱其銜轡，因而斷其句讀，亂其頓挫，有不見嗤于大方者鮮矣，板之不可增損也如此。」板式與句讀之間的密切關係已如上述，質言之，不明板式，則不足以論作曲製譜。目今製譜之法雖漸式微，新編劇作亦多率爾操觚，鮮能辨明板式格律，有志作曲者若不明乎此，認清曲學正確路頭，則面對袁氏之感嘆——「若不考正模稜，恐元人獨至之學，即空觀賞鑒之精，漸就淹沒，後之學者，何所適從乎？」思之能不憮然！

註釋

①王季烈《螾廬曲談．論板式》云：「板疏則工尺宜簡，板密則工尺宜繁，不先定板式，無從定腔格也。南曲惟引子、〔賺〕（原註：即〔不是路〕）、〔入破〕、〔出破〕、〔紅衲襖〕、〔青衲襖〕句中不點板，僅於每句之末下一截板，此外過曲則皆一句之中點有數板，北曲則每折之第一二支及煞尾，太都不點板，僅於句末下截板，中間各曲，亦係點板者居多。」

②有關王季烈譜曲學之釐述，詳參蔡孟珍《近代曲學二家研究——吳梅、王季烈》頁二二八～二五〇，民國八十一年，台灣學生書局。

③此種點板方式，按《螾廬曲談．論譜曲》考索，另有〔解三酲〕之第一句，〔掉角兒序〕之第一、第二、第三句，〔刷子序〕及〔泣顏回〕之第七句，〔錦纏道〕之第五句，〔朱奴兒〕之第一、第二、第四句等，其句式亦均爲上三下

四。

④此等板式與句式不合之情形，吳梅於《中國戲曲概論》卷下評清董榕《芝龕記》時亦指出：「記中每曲點板，但往往有板法與句法不合者，如上四下三句法而點以上三下四板式，不知當日奏演時何若也？（此病最壞，實則塡詞時未明句讀）……」按：王季烈、吳梅所稱「句法」一詞較爲空泛，故本書皆改作「句式」。

⑤〔天淨沙〕全曲之板式與詳細工尺，詳參《詞曲選唱》錄音帶說明小冊，王正來、蔡孟珍、趙堅主唱，民國八十八年十月，五南圖書公司。

第三節　鑑識務頭

曲中「務頭」，爲神氣所在，其在曲中如何經營配置，頗有探索必要。前賢論及「務頭」，又每與作曲、製譜、唱曲密不可分。

「務頭」原爲宋元行院之「調侃語」（今所謂「行話」），乃當時伎藝界用以代替「喝采」一詞之行話（見《墨娥小錄》）①，故後世每將戲藝中最精彩處稱作「務頭」。如《水滸傳》白秀英說唱「豫章城雙漸趕蘇卿」話本，白氏唱到「務頭」之處，即停聲乞纏；而元曲之務頭，論者尤多，周德清《中原音韻·作詞十法》云：「近有〔折桂令〕，皆二字一韻，不分務頭，亦不能唱采（按：「唱」字恐為「喝」字之誤）」；明代沈璟指出吳中有「唱了這高務」之語，又舊傳〔黃鶯兒〕第一七字句是務頭（見王驥德《曲律·論務頭》），是南曲亦有務頭。近代曹心泉先生於清初舊鈔曲譜中得知崑曲亦有「務頭」，即「氣字滑帶斷，輕重疾徐連，起收頓抗墊，情賣接擻扳」等二十字度曲心法，二十字度曲心法，每字下列有一行小註，但註語簡略，非度曲者親授，箇中奧妙實難令人領會，且所論全屬唱唸技巧，而與作曲格律無多大關連，且與周德清、王驥德以降明清諸曲家所論「務頭」內容迥異，故本文姑且置而不論②。

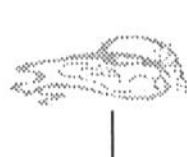

話本、南北曲、崑曲既皆有「務頭」，故杜穎陶推論：「其餘如諸宮調、賺詞等，或許亦有『務頭』，惟以毫無證據，不敢妄斷。」③說唱藝術如諸宮調等會安排若干高潮賣點——務頭，以招徠觀眾，增加纏頭，宋代民間流行之歌唱伎藝——唱賺亦復如此④。足見「務頭」之說，各類曲藝、戲曲皆有，係指曲調最爲動聽、劇情最爲精彩之處，是戲曲之眼，也是博得觀眾喝采之高潮所在。

「務頭」之說，解者紛紜，然「務頭」二字之義，則鮮有論及者，按杜穎陶〈說務頭〉一文，釋務頭之義甚詳，茲迻錄如下：

按歌場所用術語，頗多以「頭」字名，如唱法中之「搬頭」、「賣頭」，鑼鼓中之「奪頭」、「抽頭」等，不勝枚舉，至於務頭，亦係術語之一。「頭」字用意不甚明顯，不過一慣用語字，「務」者，必也，故「務頭」者，曲中必然之關捩子也。

杜氏雖稱「頭」字用意不甚明顯，但從他所舉的詞例「搬頭」、「賣頭」、「奪頭」、「抽頭」等，我們不難發現「頭」字只是個詞尾，並無任何意義，不僅戲曲舞臺上有所謂「叫頭」、「銜頭」、「四季頭」……等慣用術語，一般日常生活中也常出現「街頭」、「老頭」、「上頭」、「裡頭」……等以「頭」字爲詞尾的詞彙。由此可知，「務頭」二字，綜合周德清、王驥德、沈璟等人說法，概可釋爲曲中「必」施俊語、「必」用美腔、「必」拘守四聲，且「必」有一定位置者。

「務頭」二字本義既明，以此檢視歷代語焉不詳或樊然殽亂之舊說，當可渙然冰釋而知其優劣，如周德清《中原音韻・作詞十法》論元曲之務頭云：「要知某調、某字是務頭，可施俊語於其上，後註於定格各調內。」又云：「如眾星顯一月之孤明」，下列定格四十首，說明務頭之必有定格，且文律俱美。

明代王驥德直承德清之說，而發其精義，其《曲律・論務頭第九》云：「係是調中最緊要句字，凡曲遇揭起其音而宛轉其調，如俗之所謂『做腔』處，每調或一句、或二、三句，每句或一字、或二、三字，即是務頭。……古人凡遇務頭，輒施俊語或古人成語一句其上，否則詆為不分務頭，非曲所貴……」〈論字法第十八〉又云：「務頭須下響字，勿令提挈不起。」王驥德掌握周德清「施俊語、用美腔、有定格」之要點，所論務頭較諸周氏尤為具體。其後明清乃至近代曲家對務頭觀念之闡發迭有所見，然所論未必盡得前賢微旨⑤。

「務頭」之鑒識關乎作曲製譜至為重要，若能檢索歷代曲譜標註務頭之處，參酌前賢論曲精蘊，並配合實際唱演之體悟，則對前賢所謂「施俊語」、「定格」、「下響字」、「高揭其音」、「宛轉其調」、「做腔」、「棋中之眼」、「去上妙、上去妙」、「相連三字字聲不重複」……等闡釋，當可瞭然於胸。故「務頭」研究之關鍵仍在明曉唱曲之道，吳梅所云「欲明曲理，須先唱曲」洵為千古不易之論！

註釋

①明無名氏《墨娥小錄》卷十五〈行院聲嗽〉匯載當時行院所用之隱語、切口，文中列有「喝采——務頭」乙條，意指「務頭」為當時之行話，用以代替「喝采」。

②詳見《劇學月刊》二卷一期「崑曲專號」，曹心泉講、杜穎陶述之〈崑曲務頭廿訣〉一文。

③見杜穎陶〈論務頭〉一文，《劇學月刊》一卷二期。

④唱賺與務頭之關係，可參本書第一章第二節「曲之緣起」。

⑤李漁、梁廷枏、謝章鋌、楊恩壽、吳梅、王季烈、羅忼烈等人論「務頭」之得失，詳見蔡孟珍《近代曲學二家研究——吳梅、王季烈》第四章第二節，台灣學生書局，民國八十一年。

第五章　曲學研究專書簡目

欲入曲學苑囿，首當尋得正確門徑，由誦讀賞鑒作品入手，同時也涉獵吟唱，兼習創作，循序漸進，基礎乃立。

曲，原本就是一種囊括古典文學體裁、生氣盎然的一代文學，孔尚任《桃花扇．小引》說：「傳奇雖小道，凡詩、賦、詞、曲、四六、小說家，無體不備」；吳梅亦云：「欲明曲理，須先唱曲」，所以具備良好豐富的古典文學素養與創作能力，嫻熟音樂演唱，又有粉墨登場的實踐功夫，研究起來自可得心應手，且能達他人之未達。

但是否如此就探觸曲學核心呢？趙景深《讀曲小記》引清乾隆年間曲家凌廷堪之〈論曲絕句〉：「工尺須從律呂求，纖兒學語亦能謳，區區竹肉尋常事，認取崑崙萬里流」說明任何一研究曲學之學者，若是

> 單只能唱兩句崑曲，或是吹吹笛子，是不能算作知音的。一定要懂得音律，曉得源流，像曉得許多條河水是發源於崑崙山一樣，這才算是真的知音。

所以治曲並不是止於擫笛唱曲而已！更要上溯根源，求取源頭之學及本體蘊奧。宋人嚴羽《滄浪詩語．詩辨》：「行有未至，可加工力；路頭一差，愈騖愈遠」，治曲「路頭」，本散曲而再劇曲，先北曲而後南曲，先名家代表之作，再綜覽其全集及時代各家，又參考概論、源流史以明其發展流變，興趣既起，則可

提昇研究層次，鑽研曲學格律與夫一切作曲、度曲、譜曲之學，讀者如有心致力曲學研究，可按以下簡目依次閱讀，則掌握戲曲核心之學不遠矣。

一、《散曲叢刊》

任二北輯，一九三一年中華書局排印。此書爲元、明、清三代散曲別集及元散曲總集叢書，共十七種，並附有任氏曲論著作三種。

其中有元散曲總集二種，即：《樂府新編陽春白雪》（附有任氏《補遺》、《校記》各一卷）、《類聚名賢樂府群玉》（附有任氏《附錄》一卷）。與元散曲別集則有四種，即：《東籬樂府》（馬致遠撰。此為任氏輯諸家曲選及筆記而成）、《夢符散曲》（附任氏《摭遺》一卷）、《小山樂府》（附任氏《補集》一卷）、《酸甜樂府》（貫雲石、徐再思撰。此亦為任氏所輯）。今有台灣中華書局本。

二、《飲虹簃所刻曲》

盧前輯，一九三六年金陵盧氏刊，一九七九年，廣陵古籍刊行社據原刊重印。此書分正、續集，各三十集，除第一種，即卓從之《中州樂府音韻類編》爲韻書而外，其餘五十九種俱爲元、明、清三代散曲別集。

其中，正集有元代散曲別集三種，即《雲莊休居自適小樂府》（附有盧氏《補遺》、《校記》各一卷）、《喬夢符小令》、《張小山小令》。續集有元代散曲別集十一種，其中《天籟集摭遺》爲任訥所輯，其餘十種，皆爲盧氏輯編而成。盧氏所輯十種爲：曾瑞《詩酒餘音》、錢霖《醉邊餘興》、顧德潤《九山樂府》、吳仁卿《金縷新聲》、王惲《秋澗樂府》、汪元亨《小隱餘音》、馬九皋《馬九皋詞》、盧摯《疏齋小令》、倪瓚《雲林樂府》、睢景臣《睢景臣詞》。今有台灣世界書局本。

三、《全元散曲》

隋樹森輯編。此書於一九六四年由中華書局初版印行，以後又陸續重印數次。此書共輯錄元代二百多位散曲家的小令三千八百多首，套數四百五十餘篇，引用書目一百一十七種。全書按作家時代先後排列，於每位曲家名下，先載其小傳，再列其曲。所列之曲，先小令後套數，除有別集流傳的幾位作家其作品編次一仍其舊而外，餘皆依宮調曲牌輯編。凡所輯之曲，皆註明出處，並附有校勘記，對於研究者查對原文，辨析異同，極爲方便。

此書末尾附有〈作家姓名別號索引〉及〈作品曲牌索引〉，這兩個索引對於專門研究者有極廣泛的用處。今有台灣中華書局、漢京出版社本。

四、《全元雜劇》

這是楊家駱先生主持世界書局時，所編印的一部曲學大書。全書共分四部分，編輯體例爲：見於元人鍾嗣成《錄鬼簿》上卷之諸作家爲初編，收八十三種，別錄三十二種，分裝十三册；作者見於《錄鬼簿》下卷者爲二編，收二十五種，別錄十種，分裝五册；作者佚名，然知其出於元者爲三編，收四十三種，別錄三種，分裝六册；佚名諸作之出於元明之間者爲外編，收六十一種，別錄一種，分裝八册。同劇而有數本者，定一本爲正本，其餘收入別錄，附於每編之後。全書輯錄凡二百一十二劇，二百八十二本。是目前彙刊元人劇作最完備的一部總集。而用於比對明人臧晉叔《元曲選》當時編輯元劇之大幅刪改情形，最具權威性。

五、汲古閣《六十種曲》

明汲古閣主毛晉（原名鳳苞，字子晉）輯刊。全書共收元王實甫《西廂記》雜劇一種，元明間人高明《琵琶記》以下明人傳奇五十九種，故合稱《六十種曲》。是現存明人彙刻明人傳奇最多且最重要之總集。今台灣開明書店有精裝十二册、平裝六十册兩種本子發行。

六、《中原音韻》

元周德清撰。不分卷。此書分兩大部分。第一部分是韻書，詳細羅列十九韻部之平仄聲韻。第二部分，即〈正語作詞起例〉，這部分詳辨古今字音，分宮調羅列北曲曲牌，從造語、用事、平仄、聲韻、修辭等多方面論述作曲的技法，最後列舉北曲四十首作爲範例進行品評。第二部分內容對於研究元曲的形式特徵，有重要參考價值。任二北先生曾著《作詞十法疏證》一書加以詮釋，此書收在《散曲叢刊》之內。在此書〈序言〉中，任先生對《中原音韻》一書作了這樣的概評：

> 周氏原書體裁，本為曲韻，而卷末附此十法，則以曲韻而兼曲論矣。十法之末，又俱定格，定格云者，乃譜式也。……又以曲論而兼曲譜。……其所列四十首定格，多聲文並美者，不同後人之譜，僅顧韻律，不顧文律也。則周氏茲作，蓋以一書而兼有曲韻、曲論、曲譜、曲選四種作用，覽者更未可淺量之矣。

從《中原音韻》一書的有關記載中，可知此書最初是以寫本流傳，然後才有刻本。現存最早的版本有元刻本，比較容易見到的有《嘯餘譜》本、《古今圖書集成》本、《四庫全書》本及《中國古典戲曲論著集成》校勘本等。今台灣有學海書局本發行。

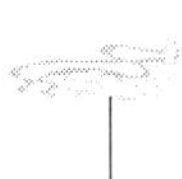

七、《唱論》

元芝庵撰。此書最早附刊在楊朝英編的《陽春白雪》卷首，題「燕南芝庵先生撰」。關於芝庵的眞實姓名及生平事跡已不可考，一般認爲他是活動在金元之際的一位曲唱藝人。《唱論》一書雖僅千把字，但內容較爲豐富，牽涉面很廣。它簡略地列出了古代歌唱家和知音識律的帝王姓名，也列出了當時流行的所謂「大樂」十篇，其餘絕大部分內容則是講歌唱的格調、節奏、聲韻、音律、腔調等方法技巧問題。此書對了解當時北曲的傳唱情況，有一定參考價值，惜其過分簡約，語焉不詳。

此書從無單刻，除《陽春白雪》附刻外，另有陶宗儀《南村輟耕錄》、臧懋循《元曲選》、任訥《新曲苑》、傅惜華《古典戲曲聲樂論著叢編》等，皆有收錄。中國戲劇出版社一九五九年所出《中國古典戲曲論著集成》有校勘本。

八、《曲律》

《曲律》一卷，明魏良輔著。魏良輔，明嘉靖時人，相傳他是崑腔的創始人，關於他的生平，只有極零星的記載。《曲律》一書雖僅有一千多字，但極簡要，其中內容，提供了學練崑曲的途徑，以及歌唱技術之關鍵，見載於《吳歈萃雅》、《詞林逸響》、《吳騷合編》等書卷首，今有《中國古典戲曲論著集成》校勘本。

九、《曲律》

明王驥德撰。共四卷。具體內容如下：一卷：論曲源、總論南北曲、論調名。二卷：論宮調、論平仄、論陰陽、論韻、論閉口字、論務頭、論腔調、論板眼、論須識字、論須讀書、論家數、論聲調、論章法、論句法、論字法、論襯子、論對偶。三卷：論用事、論過搭、論曲禁、論散套、論小令、論詠物、論俳諧、論險韻、論巧體、論劇戲、論引子、論過曲、論尾聲、論賓白、論科諢、論落詩、論部色、論訛字、雜論。四卷：雜論、論曲亨屯。總之，從曲的起源，南北曲的特徵到曲的創作和演唱，差不多都有所論述，不少地方表現出作者獨到的見解。如果就它的條理分明、論述廣泛和識見深刻諸方面綜合來看，在元明曲論家中，是罕有其匹的。馮夢龍在此書的〈序言〉中盛稱：「伯良《曲律》一書，近鐫於毛允遂氏，法尤密，論尤苛，釐韻則德清蒙譏，評辭則東嘉領罰。字櫛句比，則盈床無全作；敲今擊古，則積世少全才。雖有奇穎宿學之士，三復斯編，亦將咋舌而不敢輕談，韜筆而不敢漫試。洵矣攻詞之針砭，幾於按曲之申、韓。然自此律設，而天下始知度曲之難；天下知度曲之難，而後之蕪詞可以勿製，前之哇奏可以勿傳。」由此，可見此書在當時的影響。此書儘管是從創作和演唱的角度來論述問題，但是，就研究元散曲來說，它有助於我們對曲的體式特徵作更全面的了解。

此書現存有明刻本，其易得者，有董康《讀曲叢刊》本、陳乃乾《重訂曲苑》本、中國戲劇出版社《中國古典戲曲論著集成》校勘本。

十、《度曲須知》

明沈寵綏著。沈寵綏字君徵，號適軒主人，明萬曆時江蘇吳江人，沈氏對聲韻極有造詣，著有《絃索辨訛》一書。《度曲須知》二卷繼《絃索辨訛》而寫，全書卅六章，論南北曲歌唱念字技巧及格律，其細目爲：曲運隆衰、四聲批窾、絃索題評、中秋品曲、出字總訣、收音總訣、收音譜式、收音問答、字母堪刪、字頭辨解、鼻音抉隱、俗訛因革、宗韻商疑、字釐南北、絃律存亡、翻切當看、北曲正訛考、入聲正訛、同聲異字考、異聲同字考、文同解異考、音同收異考、陰出陽收考、方音洗冤考、律曲前言、亨屯曲遇。沈寵綏本身演唱經驗豐富，本書即其實際經驗之彙集，頗多獨創見解。此書有《中國古典戲曲論著集成》校勘本。

十一、《顧曲麈談》

吳梅著。書凡四章，第一章《原曲》，內容有論宮調、論音韻、論南曲作法、論北曲作法；第二章《製曲》，內容爲論作劇法、論作清曲法；第三章《度曲》；第四章《談曲》。其前三章皆爲曲的創作理論及方法技巧論述，對於曲的體製特點的了解，有一定參考價值。其《談曲》一章，綜合前人諸多記載，結合具體作品，對數十位元明散曲重要作家進行了簡要評述，故這部分內容對於元散曲作家作品的研究來說，頗具參考價值。唯其引用前人資料，大多不註明出處，故對其論述中何者爲前人之言、何者爲吳氏發明，須作辨別。另外，吳氏《中國戲曲概論》中〈元人散曲〉一章，以及《曲學通論》一書，亦有可資參考之處。

《顧曲麈談》一書最早有上海商務印書館一九三〇年印本，一九三五年重印。一九八三年，中國戲劇出版社出版王衛民編輯的《吳梅戲曲論文集》已將其收入，吳氏《中國戲曲概論》、《曲學通論》亦被收入該書內。

十二、《螾廬曲談》

書凡四卷，原附於王季烈所編《集成曲譜》金、聲、玉、振各集卷首，爲一九二五年上海商務印書館石印。其後商務印書館欲廣流傳，於是再請王氏重爲修訂，卷首冠以「歲在強圉單閼陽月既望螾廬主人自序」一篇序文，按其年歲丁卯，即一九二七年，次年，此編石印爲單行本。

王氏自序言「三百年來欲求審音知樂之人殆無有」，故此編爲避地津沽之時，參考前人著作而成，而「習崑曲之徑，略具於此」。其卷一論度曲，卷二論作曲，卷三論譜曲，卷四餘論。細目爲：論度曲（緒

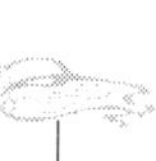

論、論七音笛色及板眼、論識字正音、論口法、論賓白讀法）；論作曲（論作曲之要旨、論宮調及曲牌、論套數體式、論劇情與排場、論詞藻四聲及襯字）；論譜曲（論宮譜、論板式、論四聲陰陽與腔格之關係、論各宮調之主腔、論腔之聯絡及眼之布置）；餘論（論傳奇源流、傳奇家姓名事跡考略、七音十二律呂及旋宮之考證、詞曲掌故雜錄）。

十三、《新曲苑》

任二北輯。民國以來，曲論、曲話叢書已有《曲苑》（收十四種）、《重訂曲苑》（收二十種）、《增補曲苑》（收二十六種）等，任氏在這三種的基礎上，輯錄三十五種，其細目多爲昔日所無，而《輟耕曲錄》（元．陶宗儀）、《堯山堂曲紀》（明．蔣一葵）乃任氏自卷帙浩繁的雜著中輯成，至有價值。此書今有台灣中華書局本。

另《新曲苑》之中另有三書值得一提：

1.《散曲概論》　任二北著。此書爲第一部散曲專論，共二卷。第一卷包括〈序說〉、〈書錄〉、〈名稱〉、〈體段〉、〈用調〉、〈作家〉等六部分；第二卷包括〈作法〉、〈內容〉、〈派別〉、〈餘論〉四部分。此書對散曲文獻，作家作品，散曲的形式、內容、流派以及創作理論與方法等，都有許多精深的考訂或論述，尤其〈名稱〉與〈體段〉兩節，對自元以來諸多文獻中關於散曲的種種稱謂，從其內涵到外延，都作了詳細的疏理與考訂，爲這種文體的學術名稱的統一，起了很大作用；又對散曲中小令、套數的種種體式及其特徵一一舉例加以闡明，頗能言人所未言。故這兩部分，當爲全書最精采之章節。其次，〈作法〉與〈內容〉兩節中，對詞與散曲兩種文體的內在的風格特點以及記事抒情的功能等所作的細緻的分析比較，〈派別〉一節融匯貫通各家而對散曲不同風格流派的勾勒，〈餘論〉中言散曲在清代衰落的原因等，均有不少眞知灼見。要之，此書當爲元散曲研究者所必讀之書。

2.《曲諧》　任二北撰。此書共四卷，就書名與部分內容看，略仿李開先《詞謔》，不過摘取散曲中奇妙之作加以欣賞品評，但確有相當部分內容並不侷限於此，而對散曲文獻、作家作品，以及諸多曲學史料等都有所考證和論述。全書引據廣博，論述亦多獨見，非一般曲話著作可比。

3.《曲海揚波》 任二北輯。此書共六卷，爲資料匯萃之書。任氏從元明以來諸家筆記雜著中選錄有關曲學資料，總爲一集，並列有分類目錄，共分古戲曲、元雜劇、明雜劇、明傳奇、散曲、曲譜、曲韻、腳色、曲牌等二十餘類，每一類之下註明卷次頁碼，檢索極爲方便。其中有散曲、曲選、曲譜、曲韻、曲家、音樂、文字、方言考、曲牌考、雜考、雜論等類，對於元散曲的研究，頗具參考價值。

十四、《中國古典戲曲論著集成》

中國戲劇出版社輯，凡四十七種，主要從昔日四種《曲苑》內精選而出，比對諸本，書後皆附有詳細的校勘記，於讀者參考使用，最爲方便。此書於一九五九年出版，以後又重印數次。台灣鼎文書局出版之《歷代詩史長編》二輯即爲此書。其子目如下：

1.《教坊記》 唐崔令欽撰
2.《樂府雜錄》 唐段安節撰
3.《碧雞漫志》 宋王灼撰
4.《唱論》 元芝庵撰
5.《中原音韻》 元周德清撰
6.《青樓集》 元夏庭芝撰
7.《錄鬼簿》 元鍾嗣成撰
8.《錄鬼簿續編》 明無名氏撰
9.《太和正音譜》 明朱權撰

10.《南詞敘錄》　明徐渭撰
11.《詞謔》　明李開先撰
12.《曲論》　明何良俊撰
13.《曲藻》　明王世貞撰
14.《曲律》　明王驥德撰
15.《顧曲雜言》　明沈德符撰
16.《曲論》　明徐復祚撰
17.《譚曲雜札》　明凌濛初撰
18.《衡曲麈譚》　明張琦撰
19.《曲律》　明魏良輔撰
20.《弦索辨訛》　明沈寵綏撰
21.《度曲須知》　明沈寵綏撰
22.《遠山堂曲品》　明祁彪佳撰
23.《遠山堂劇品》　明祁彪佳撰
24.《曲品》　明呂天成撰
25.《新傳奇品》　清高奕撰
26.《閒情偶寄》　清李漁撰
27.《製曲枝語》　清黃周星撰
28.《南曲入聲客問》　清毛先舒撰
29.《看山閣集閒筆》　清黃圖珌撰

30.《樂府傳聲》 清徐大椿撰

31.《傳奇匯考標目》 清無名氏撰

32.《笠閣批評舊戲目》 清笠閣漁翁撰

33.《重訂曲海總目》 清黃文暘撰

34.《也是園藏書古今雜劇目錄》 清黃丕烈撰

35.《雨村曲話》 清李調元撰

36.《劇話》 清李調元撰

37.《劇說》 清焦循撰

38.《花部農譚》 清焦循撰

39.《曲話》 清梁廷枏撰

40.《梨園原》 清黃旛綽撰

41.《顧誤錄》 清王德暉 徐沅澂撰

42.《藝概》 清劉熙載撰

43《曲目新編》 清支豐宜撰

44.《小棲霞說稗》 清平步青撰

45.《詞餘叢話》 清楊恩壽撰

46.《續詞餘叢話》 清楊恩壽撰

47.《今樂考證》 清姚燮撰

上述書目為有志曲學者所宜涉獵，此外，學者若欲掌握現代較通俗且又深入之作品，戲曲通史類的《中國近世戲曲史》（青木正兒）、《中國戲劇發展史》（周貽白）、《中國戲曲通史》（張庚、郭漢城）；

劇種類的《戲文概論》（錢南揚）皆宜研讀。至於古代戲劇劇本《西廂記》、《琵琶記》、《牡丹亭》、《長生殿》、《桃花扇》等，及元人雜劇的著名之作，爲所有戲曲理論之源，不可不讀也。

小

令

關漢卿

傳略

關漢卿，號已齋叟，（一說名一齋，字漢卿），大都（今北平市）人，一說祁州（今河北安國縣）人。生卒年不詳，大約生於金朝末年，卒於元成宗大德年間（西元一二九七～一三〇七年）籍隸「太醫院戶」，元・朱經〈青樓集序〉謂其金亡之後，絕意仕進，羅忼烈認為不足信，說見《元曲三百首箋》。又元・熊自得《析津志・名宦傳》謂其「生而倜儻，博學能文，滑稽多智，蘊藉風流，為一時之冠」，明・賈仲明《續錄鬼簿》謂其「驅梨園領袖，總編修師首，捻雜劇班頭」。畢生致力於雜劇之創作，作品多至六十四種，現存尚有《竇娥冤》、《救風塵》、《拜月亭》、《單刀會》等十四種，內容包羅萬象，各極其致，向來被公認為我國最偉大的元劇作家。與馬致遠、白樸、鄭光祖齊名，並稱為「元曲四大家」。其散曲則多寫兒女柔情，似僅餘力為之，成就不如戲劇。《全元散曲》錄有小令五十七首，散套十三篇。

漢卿散曲以白描清麗見長。《太和正音譜》云：「關漢卿之詞如瓊筵醉客。觀其詞語，乃可上可下之才。蓋所以取者，初為雜劇之始，故卓以前列。」王國維《宋元戲曲考》云：「關漢卿一空依傍，自鑄偉詞，而其言曲盡人情，字字本色，故當為元人第一。」鄭振鐸《插圖本中國文學史》云：「散曲的歷史的開場，仍當以關漢卿為第一人……他的作風，無論在小令或套數裡，所表現的都是深刻細膩，淺而不俗，深而不晦的，正是雅俗共賞的最好的作品。」

〔南呂〕四塊玉 閒適

南畝耕①，東山臥②，世態人情經歷多，閒將往事思量過，賢的是他，愚的是我，爭甚麼？

詞譜

平（可仄）仄平，平平㊀仄，仄仄平平（上二下二）仄平（可仄）㊉平（上二下一），平（可仄）平仄仄（上二下二）平平㊀去（上二下一），平（可仄）△仄㊉平，平（可仄）△仄㊀上（可平），平（可仄）去㊀上（可平）？

注釋

①南畝耕：南畝，泛指農田。《詩經・豳風・七月》：「饁彼南畝」、《小雅・大田》：「俶載南畝」。此處以陶淵明隱居自喻。

②東山臥：《晉書・謝安傳》：「遂棲遲東山，坐石室，臨濬谷，悠然歎曰：此與伯夷何遠。」又晉・孫盛《晉陽秋》：「安家於會稽上虞縣，優游山林六、七年，聞徵召不至。」東晉謝安曾辭官隱居於會稽東山，後「東山」成爲宦隱處的代稱。

〔雙調〕大德歌　秋

風飄飄，雨瀟瀟，便做陳摶①也睡不著。懊惱傷懷抱，撲簌簌②淚點兒拋。秋蟬兒噪罷寒蛩兒叫③，淅零零細雨灑芭蕉。

調譜

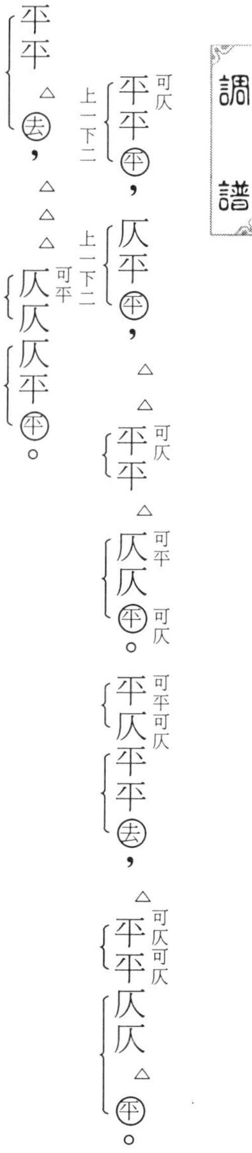

注釋

①陳摶：字圖南，自號扶搖子，宋真源人（今河南鹿邑鄉東）。生於唐末。五代時，隱居華山修道，寢臥常百餘日不起，俗以為睡仙。自後晉、後漢以來，每聞一朝革命，輒顰蹙數日，及聞宋太祖登基，笑曰：「天下自此定矣。」太宗時賜號希夷先生。

②撲簌簌：眼淚紛紛落下的樣子。簌簌用以狀聲。

③「秋蟬」句：楊萬里〈秋蟲〉詩：「蟬哀日落恰纔收，蛩怨黃昏正未休。」蛩，蟋蟀。

〔仙呂〕一半兒① 題情

碧紗窗外靜無人，跪在床前忙要親，罵了個負心回轉身。雖是我話兒嗔，一半兒推辭一半兒肯。

調譜

仄(可平)平平(可仄)仄（上二下二）仄平(平)，（上二下一）仄(可平)仄平平（上二下二）平(可仄)去(平)(可仄)，（上二下一）仄(可平)仄△仄平（上二下二）平仄(平)(可仄)。（上二下一）△△△仄平(平)，一半兒平平一半兒㊤(可平)。

注釋

①此處末句必用「一半兒」乃符調譜定格。

〔仙呂〕醉扶歸 禿指甲①

十指如枯筍②，和袖捧金尊，搊③煞銀箏字不真，揉癢天生鈍，縱有相思淚痕，索

④把拳頭揾⑤。

調譜

仄(可平)仄平平(仄)，平(可仄)仄仄平(平)，平(可仄)仄平平仄仄(平)(上二下二)，平(可仄)仄平平(仄)，仄仄平平仄(平)，仄仄平平(去)。

注釋

①本篇《中原音韻》不著撰人；《詞林摘豔》注無名氏；《堯山堂外紀》屬關漢卿，題「嘲禿指甲」；《北宮詞紀外集》注元人作，題「嘲妓禿指甲」。〔醉扶歸〕亦可入雙調及越調。

②枯筍：古人以「春筍」形容女子手指的纖細柔嫩，枯筍乃由相反的涵意上設喻。

③搊：彈撥。搊煞，又曰搊搜、搊扎、搊颼，元俗語，猶言兇狠。此言指甲禿者不能慢撚輕攏，故撥弄兇狠也。

④索：須、得。

⑤揾：揩拭。辛棄疾〔水龍吟〕詞：「倩何人喚取，紅巾翠袖，揾英雄淚。」

馬致遠

傳略

馬致遠，號東籬，元大都（今北平市）人，曾任江浙行省務官，務官猶今之稅吏。生卒年不詳，《錄鬼簿》將其列於「前輩已死名公才人」，大約生於世祖中統（西元一二六〇～一二六三年）初年，卒於泰定帝（西元一三二四～一三二七年）時，為元曲前期作家。

致遠少時功名不遂，曾與李時中、花李郎、紅字李二等參加大都的元貞書會。元貞、大德（西元一二九五～一三〇七年）為元代戲曲最盛之時，致遠被推為「曲狀元」，故賈仲明〈凌波仙弔詞〉云：「萬花叢裡馬神仙，百世集中說致遠，四方海內皆談羨。戰文場，曲狀元，姓名香，貫滿梨園。《漢宮秋》，《青衫淚》，《戚夫人》，《孟浩然》。共庾白關老齊肩。」

致遠散曲無專集，近人輯為《東籬樂府》一卷，收小令一〇四，套數一七，唯散佚仍多。由曲中看來，致遠一生懷才不遇，致半生蹉跎，最後且投老林泉，故其題材中有不少「歎世」之作，悲慨萬端，辭氣豪放，故後人多以其為元人散曲豪放派之領袖。其實致遠作品不拘一格，超逸雄爽固不少，閒適恬靜、典雅清麗之作亦所在多有，其題材更是廣泛，直如詞中之東坡，無事不可言，無意不可入。且能見性情，有襟抱。朱權《太和正音譜》謂「馬東籬之詞如朝陽鳴鳳」，即列之為元人第一。其雜劇極傑出，與關漢卿、鄭光祖、白樸齊名，謂之關、鄭、馬、白，其代表作《漢宮秋》尤其千古傳誦。

〔雙調〕撥不斷　歸隱

菊花開，正歸來，伴虎溪僧①鶴林友②龍山客③，似杜工部陶淵明李太白，有洞庭柑④東陽酒⑤西湖蟹。哎！楚三閭⑥休怪。

調譜

仄平(平)，仄平(平)。△△平平(可仄)△平(可仄)仄平平(仄)，（上二下二）△△平(可仄)仄△平平仄仄(可平)(平)，（上二下二）△△平平(可仄)△

平(可仄)仄平平(仄)。△平(可仄)平平(可仄)(去)。（上二下二）

注釋

①虎溪僧：虎溪，在江西廬山東林寺前。晉時高僧慧遠居東林寺，送客不過虎溪，一日，與道士陸修靜及陶淵明且談且走，不覺踰溪，虎輒大鳴，三人因以大笑而別，後遂於其地建虎溪三笑亭，以誌其事。

②鶴林友：唐有殷七七者，嘗往來鶴林寺，使杜鵑不時開花。事見《太平廣記》引《續神仙傳》。

③龍山客：龍山在荊州（今湖北江陵縣）西北。晉孟嘉爲桓溫參軍，重九日，溫宴龍山，群僚畢至，嘉亦與焉。適有

風至，吹嘉帽落地，嘉不之覺。世謂「孟嘉落帽」，或謂之「落帽風」。

④洞庭柑：太湖中有東西二洞庭山，盛產柑。李時珍《本草》曰：「洞庭柑，種出洞庭山，皮細味美其熟最早也。」韓彥直《橘譜》云：「洞庭柑，皮細而味美……其色如丹，鄉人謂其種自洞庭山來，故以得名。」

⑤東陽酒：東陽，在浙江金華地區，所產之酒最爲有名。

⑥楚三閭：指曾爲楚國三閭大夫的屈原。

〔雙調〕折桂令 歎世

咸陽百二山河①，兩字功名，幾陣干戈。項廢東吳②，劉興西蜀③，夢說南柯④，韓信功兀的般證果⑤，蒯通言那裡是風魔⑥。成也蕭何⑦，敗也蕭何，醉了由他。

調譜

平平平仄（可仄）平㊥，仄（可平）仄平平（上二下二），仄（可平）仄平㊥（上二下二）。仄（可平）仄平平（上二下二），平（可仄）平平（可仄）仄（上二下二），仄（可平）仄平㊥（上二下二）。

平（可仄）仄平△△平仄㊀（可平），仄（可平）平平（可仄）△△仄平㊥，平（可仄）仄平㊥（上二下二）。仄（可平）仄平平（上二下二），仄（可平）仄平㊥（上二下二）。

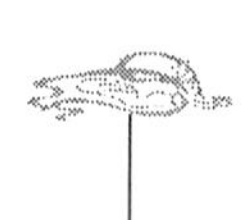

注釋

①百二山河：形容戰國時代秦國山河交錯，形勢險要，二萬兵力可抵得諸侯一百萬。語出《史記・高帝紀》：「秦形勝之國，帶河山之險，縣隔千里，持戟百萬，秦得百二焉。」《集解》引蘇林：「得百中之二焉。秦地險固，二萬人足以當諸侯百萬人也。」

②項廢東吳：指項羽在垓下兵敗，被追至烏江自刎。烏江在今安徽和縣東北，古屬東吳地。

③劉興西蜀：指劉邦被封為漢王，利用漢中及蜀中資源戰勝項羽。漢中在今陝西南部、湖北西北部，本為春秋蜀地。

④夢說南柯：本謂人生虛幻，有如南柯一夢。典出唐人李公佐小說《南柯太守傳》。此處指劉、項爭戰，到頭來仍是一場夢而已。

⑤韓信功兀的般證果：韓信，漢高祖劉邦的開國功臣，輔佐高祖定天下，與張良、蕭何並稱漢之三傑，後被呂后所害，誅夷三族。兀的般，這般。證果，佛家語，果報之意。

⑥蒯通言那裡是風魔：蒯通為漢高祖時的著名辯士，本名徹。曾勸韓信自立，與劉、項鼎足爭權天下，韓信不聽，他怕受到牽連，就裝瘋作傻以避禍。後來韓信為呂后所斬，臨刑前嘆：「悔不聽蒯徹之言，死於女子之手。」此句之意說：蒯通所說的話是有先見之明的，那裡是真正的風魔呢？風魔，即發瘋。

⑦成也蕭何二句：韓信因蕭何的推薦為劉邦所重用，後來呂后殺韓信，用的又是蕭何的獻計，故云「成也蕭何，敗也蕭何」。

〔越調〕天淨沙① 秋思

枯藤老樹昏鴉，小橋流水人家，古道西風瘦馬。夕陽西下，斷腸人在天涯。

調譜

平平（可仄）仄仄（可平）平（平），仄平（可平）平仄（可仄）平（平），仄仄（可平）平平去（仄）（可平）。平平平（去）（上二下二），仄平（可平）平仄（可仄）平（平）。

注釋

①此為元人描寫自然景物的名作。周德清《中原音韻・小令定格》譽為「秋思之祖」。

〔雙調〕湘妃怨 和盧疏齋① 西湖

春風驕馬五陵兒②，煖日西湖三月時。管絃觸水鶯花市③，不知音不到此，宜歌宜酒宜詩。山過雨顰④眉黛，柳拖煙堆鬢絲。可喜殺睡足的西施。

調譜

平（可仄）平平（可仄）仄　仄平(平)，仄（可平）仄平平　平（可仄）仄(平)。仄（可平）平仄（可平）仄　平平(仄)，△平平　平（可仄）仄(上)（可平），平平
（上二下二）（上二下二）（上二下二）

平（可仄）仄平(平)。△△△平平仄，△△△平（可仄）仄(平)，△△△仄（可仄）仄△平(平)。
（上二下二）

注釋

①盧疏齋：盧摯，號疏齋，爲初期北散曲作家，《全元散曲》收錄其小令一百二十首，有雙調〔湘妃怨〕題西湖四支。

②五陵兒：五陵本指五座漢朝皇帝的陵墓，即長陵、安陵、陽陵、茂陵及平陵，都在長安附近，此處向爲權貴豪富遊樂之地，故稱貴公子爲五陵兒。

③鶯花市：充滿鶯聲燕語、奇花異草的地方。此處用來指稱熱鬧之處。

④顰：蹙眉。

白樸

傳略

白樸，字仁甫，改字太素，號蘭谷，原籍隩州（今山西河曲縣），後遷居眞定（今河北正安縣）。生於金哀宗正大三年（西元一二二六年），元世祖至元二十八年（西元一二九一年）尙在世，卒年則不詳。

白氏七歲時，蒙古攻陷開封，其父曾任金樞密院判官，隨金主北渡黃河，其母則於亂軍中被俘，幸賴其通家父執元好問攜挈逃難，嚐盡流離喪亂之苦。入元後，移居金陵（今南京市），絕意仕進，漫遊南北，縱情詩酒以娛。

白氏聰慧穎悟，親炙元好問，元氏對其頗爲器重，曾贈詩云：「元白通家舊，諸郎獨汝賢。」有詞集《天籟集》傳世，清初楊友敬又掇拾其散曲，附錄集後，名曰《摭遺》。白氏以曲名家，曾撰雜劇十六種，與關漢卿、鄭光祖、馬致遠並稱爲「元曲四大家」，今只存《梧桐雨》、《東牆記》及《牆頭馬上》三種而已。其中《梧桐雨》一劇，尤其膾炙人口，王國維《宋元戲曲考》譽之爲「沈雄悲壯，爲元曲冠冕」。散曲現存小令三十七首，套數四，其筆致以清麗俊逸爲主，唯因幼遭國變，憂鬱憤懣之情亦時流露於不自覺間。

《太和正音譜》云：「白仁甫之詞如鵬搏九霄，風骨磊磈，詞源滂沛，若大鵬之起北溟，奮翼凌乎九霄，有一舉萬里之志，宜冠於首。」羅忼烈《元曲三百首箋》云：「樸自幼承遺山薰陶，操履高潔，學問淹博，文辭醇雅，疏放俊爽，兼而有之，咳唾迥異流俗。元初，漢卿和卿輩莫不競尙本色，以諧謔俚俗爲盡能事，樸獨不染糟醨，清麗婉約，卓然自立，一新天下耳目，若東坡詞之超然垢外也。」

〔雙調〕沉醉東風　漁父詞

黃蘆岸白蘋①渡口，綠楊隄紅蓼②灘頭，雖無刎頸交③，卻有忘機友④。點秋江白鷺沙鷗，傲殺人間萬戶侯⑤，不識字煙波釣叟。

調譜

平（可仄）仄平平仄（仄，可平），平（可仄）平平仄（可仄）平（平），仄仄（可平）平（可平），平平（仄）。仄平（可平）平（可仄）仄（可仄）仄平（可平）（上二下二）

（平），仄仄平平仄仄（平，可仄）（上二下二），仄仄仄平平去（上，可平）（可平可平可平；上二下一，上二下二）。

注釋

①白蘋：水上浮萍也。生在淺水中的隱花植物，四片小葉子合成一葉，形像「四」字，故俗稱四葉菜或田字草。

②紅蓼：一年生草本，生於水濱者稱爲水蓼，古稱辛菜，莖高一尺五六寸，紅褐色，葉爲抽針形。

③刎頸交：謂以性命相許的朋友。《史記・廉頗藺相如列傳》：「卒相與驩，爲刎頸之交。」又〈張耳陳餘列傳〉：

「餘年少，父事張耳，兩人相與爲刎頸之交。」

④忘機友：心無紛競，恬然自得，謂之忘機。儲光羲詩：「達士志寥廓，所在能忘機。」李白〈下終南山〉詩：「我醉君亦樂，陶然共忘機。」能相與達到忘機境界的朋友謂之忘機友。此處指白鷺、沙鷗而言。

⑤萬戶侯：漢制：列侯大者食邑萬戶，小者五、六百戶。此喻人間功名利祿之至高者。此處泛指大官。

〔雙調〕慶東原 嘆世

忘憂草①，含笑花②。勸君聞早③冠宜掛④，那裡也能言陸賈⑤，那裡也良謀子牙⑥，那裡也豪氣張華⑦。千古是非心，一夕漁樵話⑧。

調譜

平平仄（上二下一），平（可仄）仄㊥（上二下一）。仄（可平）平平仄（可仄）平平㊍，△△△平平仄㊤（可平）（上二下二），△△△平平仄㊥（可上）（上二下二），

△△△平仄平㊥（上二下二）。平（可仄）仄仄平平，仄（可平）仄平平㊍。

註釋

①忘憂草：即萱草，俗稱金針菜，此處取其忘憂之意。

②含笑花：木本植物，木蘭科，花如蘭，開時常不滿，如含笑然。此處取其含笑之意。

③聞早：及早。

④冠宜掛：即宜辭官。《後漢書．逢萌傳》：「王莽殺其子宇，萌謂友人曰：『三綱絕矣，不去，禍將及人。』即解冠挂東都城門，歸，將家屬浮海，客於遼東。」

⑤能言陸賈：陸賈，漢楚人，以客從高祖定天下。使南越，招諭南越尉趙佗，還拜太中大夫。奉命著秦亡漢興之故，成《新語》十二篇。諸呂用事時，病免家居，後爲陳平畫策除諸呂。孝文帝時，復拜賈爲太中大夫，使南越，令佗去帝制。以其有辯才，使命皆成，故云「能言」。

⑥子牙：即呂尚，武王尊爲師尚父，滅紂，有天下，呂尚居謀甚多，故曰良謀。

⑦豪氣張華：張華，晉人，字茂先，博學能文，武帝時拜爲中書令，力勸武帝伐吳，吳滅，出爲持節都督幽州諸軍事，權盛一時，故云豪氣。

⑧千古是非心二句：意謂自古以來，人們競相爭逐的是是非非，不過就只是漁父樵夫一夕談話之資而已。

〔仙呂〕寄生草 勸飲

長醉後方何礙①，不醒時有甚思。糟②醃兩個功名字，醅③渰千古興亡事，麴④埋萬丈虹霓志。不達時皆笑屈原⑤非，但知音盡說陶潛⑥是。

詞譜

平平仄，仄仄(平)。平平仄仄平平(去)，平平平仄平平(去)，平平仄仄平平(去)。仄平平仄仄平平，平平仄仄平平(去)。

注釋

①妨何礙：沒有妨礙，不要緊。

②糟：酒滓也，以酒漬物也叫糟。醃，鹽漬食物。

③醅：沒有濾清的酒。渰：同淹，浸沒。

④麴：釀酒時用來發酵的物品，也叫酒母。

⑤屈原：戰國時，楚人，名平，號靈均，懷王時爲三閭大夫，甚受寵信，爲同列所嫉，憂愁幽思而作〈離騷〉。襄王立，復放之於沅湘，屈原形容枯槁行吟澤畔云：「舉世混濁我獨清，衆人皆醉我獨醒。」於是作〈懷沙〉之賦，自抱石投汨羅江而死。

⑥陶潛：晉潯陽柴桑人，侃曾孫，字淵明，博學善文，爲彭澤令，郡督郵至縣，吏白應束帶見之。潛歎曰：「吾不能爲五斗米折腰，拳拳事鄉里小人。」遂辭官而去。

〔中呂〕喜春來　知幾

知榮知辱牢緘口①，誰是誰非暗點頭，詩書叢裡且淹留②。閒袖手，貧煞也風流③。

調譜

平（可仄）平平（可仄）仄平平㊀仄，（上二下二）

平（可仄）仄平平仄（可平）仄㊀平，（上二下二）

平（可仄）平平（可仄）仄仄平㊀平。（上二下二）

平去㊀仄（可平），

平（可仄）仄仄平㊀平。

注釋

①緘口：沉默不語。耶律楚材詩：「避禍宜緘口，當言肯抱囊。」

②淹留：《爾雅・釋詁》：「淹留，久也」。〈離騷〉：「時繽紛其變易兮，又何可以淹留。」

③風流：猶言風雅，韻味。《世說新語・品藻》：「韓康伯門庭蕭寂，居然有名士風流。」司空圖《詩品》：「不著一字，盡得風流。」

〔仙呂〕醉中天　佳人臉上黑痣

疑是楊妃在，怎脫馬嵬災①。曾與明皇捧硯來②，美臉風流煞，叵奈③揮毫李白，覷④著嬌態，灑松煙⑤點破桃腮。

詞譜

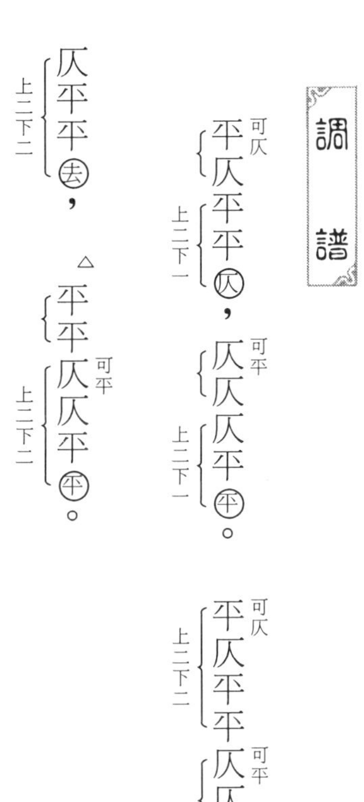

注釋

①疑是楊妃在二句：唐代安史之亂，楊貴妃被縊死馬嵬驛。此處是說見一貌似楊貴妃的佳人，奇怪她是怎麼從馬嵬那場災厄脫身的。

②曾與明皇捧硯來：唐玄宗天寶十四年間，宮中牡丹盛開，玄宗騎「照夜白」，貴妃乘步輦，在沈香亭前賞花。玄宗十分愉快，吩咐宣詔翰林學士李白入宮作新詞，因成〈清平調〉三章。相傳李白入宮之時，酒醉未醒，玄宗乃令楊國忠為

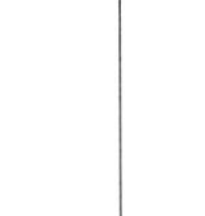

他捧硯，高力士爲他脫靴。此處用典，謂貴妃捧硯，或爲曲家創作不必太眞所致。與，爲、替。

③叵奈：無奈、豈有此理。亦作「叵耐」。

④覷：看、窺伺。

⑤松煙：古代製墨多以松木燒出之煙灰爲原料。明楊愼《洞天墨錄》：「松煙墨深重而不姿媚，油煙墨姿媚而不深重。」

喬吉

傳略

喬吉（西元一二八〇～一三四五年），字夢符，號笙鶴翁，又號惺惺道人，太原（今屬山西）人，鍾嗣成《錄鬼簿》云其「美容儀，能詞，以威嚴自飭，人敬畏之」。終生不仕，潦倒困苦。中年後流落江湖，縱情詩酒，自稱「煙霞狀元」、「江湖醉仙」，後寓居杭州。著有雜劇十一種，今存《兩世姻緣》、《金錢記》、《揚州夢》三種。《全元散曲》收小令二〇九首、套曲十一首。《太和正音譜》：「喬夢符之詞，如神鰲鼓浪。若天吳跨神鰲，噀沫於大洋，波濤洶湧，截斷衆流之勢。」明人王驥德比喬吉為詩中李賀，散曲多嘯傲山水、閒適頹放、青樓調笑之作，風格以清麗見長，注重詞藻與格律的錘鍊，表現典雅化的傾向。與張可久同為元代清麗派散曲的重要作家。

〔雙調〕折桂令　自述

華陽巾鶴氅蹁躚，鐵笛吹雲，竹杖撐天①。伴柳怪花妖，麟祥鳳瑞，酒聖詩禪②。不應舉江湖狀元，不思凡風月神仙③。斷簡殘編，翰墨雲煙，香滿山川④。

調譜

譜見第九七頁。

注釋

①華陽巾三句：華陽巾，道士所戴的頭巾。鶴氅，羽毛所製，一種道士所穿著的外套。蹁躚，舞的姿態。此三句形容詩人自己穿著道士衣帽，吹起響徹雲霄的鐵笛，拄著長竹杖漫遊四方。

②伴柳怪花妖三句：謂與花柳（歌妓）、麟鳳（異人）、詩酒（詩人酒徒）作伴。

③江湖狀元二句：此二句前說自己是個不參加科舉考試、浪蕩江湖的才子；後說自己追求風月，是個不追求名利的風月神仙。「江湖狀元」、「風月神仙」，與柳永自稱「白衣卿相」文意相當。

④斷簡殘編三句：對自己作品的自負。「斷簡」句，謂自己作品的斷章零句被人到處歌詠；「翰墨」句，指自己筆墨放縱不羈；「香滿山川」，指自己作品的影響力。

〔雙調〕水仙子　尋梅

冬前冬後幾村莊，溪北溪南兩履霜。樹頭樹底孤山①上。冷風來何處香？忽相逢縞袂綃裳②。酒醒寒驚夢，笛淒春斷腸③，淡月昏黃④。

【調譜】

譜見第一〇〇頁。〔水仙子〕又名〔湘妃怨〕、〔凌波仙〕、〔凌波曲〕、〔馮夷曲〕，宮調亦可入中呂、南呂。

【注釋】

①孤山：杭州西湖北岸有孤山，林逋（和靖）在此種梅養鶴。此處是說孤山梅花極多。

②縞袂綃裳：縞爲白色生絹，袂爲袖子，即白色衣袖，綃裳，薄綢裙子。皆指梅花而言。高啓〈梅花〉詩：「縞袂相逢半是仙，平生水竹有深緣。」

③笛淒春斷腸：李白詩：「黃鶴樓中吹玉笛，江城五月落梅花。」聽見淒咽的笛聲，想到梅落春將盡，所以斷腸。

④淡月昏黃：林逋〈梅花〉詩：「疏影横斜水清淺，暗香浮動月黃昏。」

〔中呂〕賣花聲　悟世

肝腸①百鍊爐間鐵②，富貴三更③枕上蝶④，功名兩字酒中蛇⑤。尖風⑥薄雪，殘杯冷炙⑦。掩青燈竹籬茅舍⑧。

調譜

平（可仄）平平（可仄）平仄平平㊀仄，仄（可平）仄平平仄仄㊀平，平（可仄）平仄仄（可平）仄平㊀平。

（上二下二）

平平仄仄（可叶），平（可仄）平仄（可平）㊀仄。仄平平仄平平㊀去。

（上二下二）

注釋

①肝腸：喻人的內心。

②百鍊爐間鐵：形容飽受炎涼世態的煎熬。

③三更：半夜。舊時分一夜爲五更，半夜子時爲三更，即夜十一時至一時。

④枕上蝶：即夢蝶。《莊子・齊物論》：「昔者莊周夢爲胡蝶，栩栩然胡蝶也。自喻適志與，不知周也。俄然覺，則蘧蘧然周也。」後人多借此寓言以比喻生命、事物的變幻無常。

⑤酒中蛇：漢應劭《風俗通》記杜宣飲酒，見杯中似有蛇，酒後胸腹作痛，多方醫治不癒；後知爲壁上所懸赤弩照於杯，形如蛇，病即癒。事亦見《晉書・樂廣傳》。後人因以「杯弓蛇影」或「蛇影杯弓」形容人疑神疑鬼，自相驚擾。此句則以喻功名之念，如蛇入人肚腹之中，令人有不能釋除的痛苦。

⑥尖風：刺骨的風。尖，銳利。

⑦殘杯冷炙：吃剩的酒肉，比喻受富家豪貴的施捨。北齊顏之推《顏氏家訓・雜藝》：「唯不可令有稱譽，見役動貴，處之下座，以取殘杯冷炙之辱。」杜甫〈奉贈韋左丞文二十二韻〉詩：「殘杯與冷炙，到處潛悲辛。」炙，燒烤的肉。

⑧掩青燈竹籬茅舍：謂掩上茅舍的竹籬，做一個安貧的隱者，伴青燈以讀書為樂。

〔中呂〕山坡羊 寓興

鵬摶九萬①，腰纏十萬，揚州鶴背騎來慣②。事間關③，景闌珊④，黃金不富英雄漢。一片世情天地間，白，也是眼；青，也是眼⑤。

調譜

平平（可仄）仄平（可平）(去)，（上二下二）平平（可仄）平平（可仄）(去)，（上二下二）平平（可仄）平仄平（可仄）平平(去)。（上二下二 上二下一）仄平(平)，（上一下二）仄平(平)，（上一下二）平平（可仄）仄仄（可平）平平（上二下二 上二下一）(去)。仄（可平）仄仄（可平）平平去(平)（可上），（上二下二 上二下一）平，仄（可平）去(上)（可平），（上二下一）平，仄（可平）去(上)（可平）。（上二下一）

注釋

①鵬摶九萬：形容鵬鳥飛翔之高，比喻人生之得意。《莊子・逍遙遊》謂鵬之飛「摶扶搖而上者九萬里。」
②腰纏十萬二句：形容富有。梁《殷芸小說》：「有客相從，各言所志，或願爲揚州刺史，或願多貲財，或願騎鶴上昇，其一人曰：『腰纏十萬貫，騎鶴上揚州。』蓋欲兼此三者。」
③事間關：謂行事多阻礙，間關，形容路途的艱險。
④景闌珊：景況蕭條。
⑤此二句謂不理會他人對自己評價的輕重。按晉阮籍能爲青白眼，見禮俗之士，以白眼對之；見高雅之士，以青眼對之。《名義考》云：「阮籍能爲青白眼，故後人有青盼、垂青之語，人平視睛圓，則青；上視睛藏，則白，上視，怒目而視也。」

〔越調〕天淨沙 即事

鶯鶯燕燕①春春②，花花柳柳③眞眞④，事事風風韻韻⑤，嬌嬌嫩嫩，停停當當⑥人人⑦。

調譜

譜見第九九頁。

注釋

①鶯鶯燕燕：姜夔〈踏莎行〉詞：「燕燕輕盈，鶯鶯嬌軟，分明又向華胥見。」此處即指天眞活潑的少女。

②春春：重言之以見春天欣榮景象。

③花花柳柳：李白〈流夜郎贈辛判官〉詩：「昔在長安醉花柳，五侯七賢同杯酒。」此處指美豔的女子或妓女。

④眞眞：眞眞故事見唐人杜荀鶴《松窗雜記》：「唐進士趙顏於畫工處得一軟幛，圖一婦人甚麗，顏謂畫工曰：『世無其人也，如可令生，余願納爲妻。』畫工曰：『余神畫也，此亦有名，曰眞眞，呼其名百日，晝夜不歇，即必應之，應則以百家綵灰酒灌之必活。』顏如其言，遂呼之百日，晝夜不止，乃應曰諾，急以百家綵灰酒灌之，遂呼之活，下步言笑，飲食如常，曰：『謝君召妾，妾願事箕帚。』終歲生一兒，年二歲，友人曰：『此妖也，必與君爲患，余有神劍可斬之。』其夕遺顏劍，劍纔及顏室，眞眞乃曰：『妾南岳仙也，無何爲人畫妾之形，君又呼妾之名，既不奪君願，君今疑妾，妾不可住。』言訖，攜其子，即上軟幛，嘔出先所飲百家酒，覩其幛，惟添一孩子，仍是舊畫焉。」

⑤風風韻韻：本指一個人的風度和韻致，此處指婦女的風韻。

⑥停停當當：形容體態、動作的妥善、優美。

⑦人人：稱所暱愛的人，多指女性。

薛昂夫

傳略

薛昂夫，名超吾，一字九皋，回鶻（今新疆）人，漢姓馬，故亦稱馬昂夫、馬九皋。曾官三衢路達魯花赤，晚年退出官場，隱居於杭縣皋亭山一帶。善篆書，有詩名，與詩人薩都剌有唱和，《南曲九宮正始》云：「昂夫詞句瀟灑，自命千古一人。」《太和正音譜》云：「薛昂夫之詞如雪窗翠竹。」又云：「馬九皋之詞如松陰鶴鳴。」《全元散曲》收其小令六十五首，套數三套。

〔正宮〕塞鴻秋　凌歊臺懷古

凌歊臺畔黃山舖①，是三千歌舞亡家處②。望夫山下烏江渡，是八千子弟思鄉去③。江東日暮雲，渭北春天樹④，青山太白墳如故⑤。

調譜

平（可仄）平平（可仄）仄平平㊡，（上二下二　上二下一）

△平（可仄）平平（可仄）仄平平㊡。（上二下二　上二下一）

仄（可平）平平（可仄）仄平平㊡，（上二下二　上二下一）

△仄（可平）平仄仄平平㊡。（上二下二　上二下一）

平（可仄）平仄（可平）仄平，仄（可平）仄平平去，平（可仄）平仄（可平）仄平平去。（上二下一）

注釋

①「淩歊臺」句：淩歊，地名，本因山巔高曠若臺得名，南朝宋高祖劉裕巡狩嘗登臨，並在其地營建高臺及行宮。黃山舖，《名勝志》：「黃山在當塗縣西北五里，上有劉宋淩歊臺，高四十丈。」

②「是三千」句：唐許渾〈淩歊臺〉詩：「宋祖淩歊樂未回，三千歌舞宿層臺。湘潭雲盡曉山出，巴峽雪消春水來。行殿有基荒薺合，寢園無主野棠開。百年便作萬年計，巖畔古碑生綠苔。」「亡家處」云云，即據此詩意翻出。

③「望夫」二句：望夫山，在安徽當塗縣西北四十里。《太平寰宇記》載：「昔有人往楚，累歲不還，其妻登此山望夫，乃化爲石。」烏江渡，在安徽當塗縣東北，《史記‧項羽本紀》：項王乃欲東渡烏江，烏江亭長檥船待。項王笑曰：「天之亡我，我何渡爲？且籍與江東子弟八千人渡江而西，今無一人還，縱江東父老憐而王我，我何面目見之？」乃自刎而死。

④「江東」二句：杜甫〈春日憶李白〉詩：「渭北春天樹，江東日暮雲。」這裡借用，表示對李白的懷念。

⑤青山句：青山，地名，在安徽當塗縣東南。李白墓在青山西北。

〔中呂〕山坡羊　述懷

大江東去①，長安西去②。爲功名走遍天涯路。厭舟車，喜琴書，早星星鬢影瓜田暮③。心待足時名便足。高，高處苦；低，低處苦。

調譜

譜見第一一三頁。

注釋

①大江東去：蘇軾《念奴嬌・赤壁懷古》：「大江東去，浪淘盡，千古風流人物。」

②長安西去：長安乃帝王之都，西去長安喻仕途功名。李白〈金鄉送韋八之西京〉：「客自長安來，還歸長安去。狂風吹我心，西掛咸陽樹。」

③「早星星」句：化用宋晁補之〔摸魚兒〕詞：「荒了邵平瓜圃。君試覷，滿青鏡星星鬢影今如許！」瓜田暮，見《史記・蕭相國世家》：「召（邵）平者，故秦東陵侯。秦破，為布衣。貧，種瓜於長安城東，瓜美，故世俗謂之東陵瓜，從召平以為名也。」

〔雙調〕慶東原　西皋亭①適興

興為催租敗②，歡因送酒來③，酒酣時詩興依然在④。黃花又開，朱顏未衰，正好忘懷。管甚有監州，不可無螃蟹⑤。

調譜

譜見第一〇二頁。

注釋

①西皋亭：杭縣東北有皋亭山，其西爲作者居處。

②興爲催租敗：宋潘大臨寄謝無逸書曰：「昨日得一佳句：『滿城風雨近重陽。』忽催租人至，遂敗意。」見《冷齋夜話》。

③送酒來：《宋書・隱逸傳》：「（陶潛）嘗九月九日無酒，出宅邊菊叢中坐久，值弘送酒至，即便就酌。」

④酒酣：元刊本《太平樂府》作「酒醒」。

⑤「管甚」二句：宋代各州置通判，稱爲監州，與知州爭權。有錢昆少卿，家世杭州，喜食蟹，求補外郡官。人問所欲，曰：「但得有螃蟹無通判處足矣。」蘇軾〈金門寺中見李西臺與二錢唱和絕句戲用其韻跋之〉詩：「但憂無蟹有監州。」

張可久

傳略

張可久，字小山，慶元（今浙江鄞縣）人。約生於元初（西元一二七〇年前），早年曾爲掌稅收的路吏、掌省署文牘的首領官及桐廬的典吏。一生懷才不遇，浪跡江湖。遊蹤所至，湘、贛、皖、閩、江、浙，晚年隱居杭州，吟詠不絕。元至正八年（西元一三四八年）仍在，壽當八十歲以上。他是元代最重要的散曲作家，當時已刊行《今樂府》、《吳鹽》、《蘇隄漁唱》，後來編成《張小山北曲聯樂府》三卷、《外集》一卷。《全元散曲》輯有小令八百五十五首，套數九，是元代散曲作品最多的作家。他的作品清麗文雅，擅長以詩境、詞境融入曲中。朱權《太和正音譜・古今英賢樂府格勢》云：「張小山之詞，如瑤天笙鶴：其詞清而且麗，華而不豔，有不喫煙火食氣，眞可謂不羈之材。若被太華之仙風，招蓬萊之海月，誠詞林之宗匠也。當以九方臯之眼相之。」

〔黃鐘〕人月圓 山中書事

興亡千古繁華夢，詩眼①倦天涯。孔林喬木②，吳宮蔓草③，楚廟寒鴉④。數間茅舍，藏書萬卷，投老村家⑤。山中何事，松花釀酒，春水煎茶。

調譜

平(可仄)平平(可仄)仄平平去，平(可仄)仄仄平㊥。仄(可平)平平仄，平(可仄)平仄(可平)仄，仄(可平)仄平㊥。

上二下二　上二下一　上二下二　上二下二　上二下二　上二下二

仄(可平)平平(可仄)仄，平(可仄)平仄(可平)仄，平(可仄)仄平㊥。平(可仄)平平(可仄)仄，平(可仄)平仄(可平)仄，平(可仄)仄平㊥。

上二下二　上二下二　上二下二　上二下二　上二下二　上二下二

注釋

①詩眼：詩人的觀察力。蘇軾〈次韻吳傳正枯木歌〉：「君雖不作丹青手，詩眼亦自工識拔。」

②孔林喬木：在山東省曲阜縣北，孔子墓地。林廣十餘里，相傳是孔子死後，弟子從各自的家鄉攜來種植，故皆異種。喬木，枝幹高大的樹木。

③吳宮蔓草：在今江蘇省吳縣，即春秋時吳都姑蘇。伍員諫吳王，不聽。《吳越春秋．夫差內傳》載伍員仰天呼怨曰：「今汝不用吾言，反賜我劍。吾今日死，吳宮為墟，庭生蔓草，越人掘汝社稷……」今用其意，此句是說吳國富麗的宮殿，而今已蔓草荒蕪。

④楚廟寒鴉：春秋時楚國都郢，在今湖北省江陵縣。韓愈〈題楚昭王廟〉：「丘墳滿目衣冠盡，城闕連雲草樹荒。猶有國人懷舊德，一間茅屋祭昭王。」此句是說楚國的宗廟在蕭瑟的寒風裡，只有一群聒噪的烏鴉在棲息著。

⑤投老村家：投老，到老。此句是說到老之後以鄉村為家。

〔雙調〕清江引　采石江①上

江空月明人起早，渺渺蘭舟棹②。風清白鷺洲③，花落紅雨島④，一聲杜鵑春事了。

調譜

平(可仄)平仄平(可仄)平仄(仄)(可平)，仄(可平)仄平平(去)。〔上二下二〕

平(可仄)平平(可仄)仄平，

平(可仄)仄平仄(可平可上)(去)，

仄(可平可仄)平仄平平去(上)。〔上二下二　上二下一〕

注釋

①采石江：即采石磯，在安徽當塗縣西北，爲牛渚山之北部，突入江中，形勢險固雄壯。

②棹：船槳，此處作動詞。

③白鷺洲：長江水洲名，在南京市西南長江中。李白詩：「朝別朱雀門，暮宿白鷺洲。」即指此。

④紅雨島：落滿花朵的島嶼。紅雨，形容花落如雨之多。

〔中呂〕普天樂　秋懷

爲誰忙，莫非命。
西風驛馬①，落月書燈。
青天蜀道難②，紅葉吳江冷③。
兩字功名頻看鏡，不饒人，白髮星星④。
釣魚子陵⑤，思蓴季鷹⑥，笑我飄零⑦。

調譜

仄平平，平平(去)。

平(可仄)平仄仄(可平)，仄(可平)仄平(平)。（上二下二）（上二下二）

△△仄仄(可平)平，△△平平(仄)。

仄(可平)仄平平平平(去)，仄平平平仄(可平)平(平)。（上二下二）（上一下二）（上二下二）

仄（可平）平仄㊣（可仄），平平仄（可仄）平，仄（可平）仄平㊣。
上二下二　上二下二　上二下二

注釋

①驛馬：專供驛站傳遞文書用的馬匹。

②青天蜀道難：形容道路難行。李白〈蜀道難〉詩：「蜀道之難，難於上青天。」

③紅葉吳江冷：描寫秋天淒涼的景象。崔信明詩句：「楓落吳江冷。」《全唐詩·卷三十八》有錄。

④星星：鬢髮斑白的樣子。

⑤釣魚子陵：嚴光，字子陵，與東漢光武帝劉秀是老朋友，劉秀稱帝後，敬封他為諫議大夫，嚴光堅辭不受，隱居富春江，以釣魚終老。

⑥思蓴季鷹：想念故鄉的張翰。張翰，晉人，字季鷹。在洛陽任官時，見秋風起，想起家鄉菰菜、蓴羹、鱸魚膾等美味，因想人生貴在適意，何必為求名利羈宦數千里？即日辭官返鄉。

⑦飄零：比喻飄泊無依。

〔中呂〕朝天子　閨情

與誰，畫眉，猜破風流①謎。銅駝巷②裡玉驄嘶，夜半歸來醉，小意③收拾，怪膽矜持④，不識羞誰似你！自知，理虧，燈下和衣睡。

調譜

仄(平)[可上]，仄(平)[可上]，平[可仄]仄平平(去)。平平[可仄]仄仄[可平]仄平(平)[可仄]，仄仄[可平]平平(去)，仄仄[可平]平(平)，仄仄[可平]平(平)，
上二下二　上二下二　上二下二

△仄[可平]平平[可平]仄(上)[可平]！仄(平)[可上]，仄(平)[可上]，平[可仄]仄平平(去)。

注釋

①風流：放蕩不正常的男女關係。

②銅駝巷：《洛陽記》：「洛陽有銅駝街，漢鑄銅駝三枚在宮西，四會道相對。俗語曰：金馬門外集衆賢，銅駝陌上集少年。」銅駝陌是尋歡少年聚集之地。

③小意：小心。

④矜持：刻意謹慎言行，一本正經卻不自然的樣子。

〔中呂〕山坡羊　閨思

雲鬆螺髻①，香溫鴛被②，掩春閨一覺傷春睡。柳花飛③，小瓊姬④，一聲雪下呈祥瑞，團圓夢兒生⑤喚起。誰，不做美？呸，卻是你⑥！

調譜

譜見第一一三頁。

注釋

①螺髻：形狀像螺殼之髮髻。《古今注》：「結髮爲螺髻，言其形似螺殼。」
②鴛被：繡有鴛鴦圖案的棉被。古詩：「文彩雙鴛鴦，裁爲合歡被。」
③柳花飛：此處指飄雪。《世說新語・言語》：「謝太傅寒雪日內集，與兒女講論文義。俄而雪驟，公欣然曰：『白雪紛紛何所似？』兄子胡兒曰：『撒鹽空中差可擬。』兄女曰：『未若柳絮因風起。』公大笑樂。」
④瓊姬：樓鑰詩：「泛商流羽看瓊姬」，小瓊姬，美麗的女子，此處以潔白如玉的美女形容正在飛舞的雪花。
⑤生：硬。
⑥你：指雪。

〔中呂〕朝天子 湖上

瘿杯①，玉醅②，夢冷蘆花被③。
風清月白④總相宜，樂在其中矣。
壽過顏回⑤，飽似⑥伯夷⑦，閒如越范蠡⑧。

問誰，是非，且向西湖醉。

調譜

譜見第一二六頁。

注釋

①瘿杯：用瘤狀楠木樹根製成的酒杯。杯，亦作「盃」。

②玉醅：色美如玉未經過濾的酒，指美酒。

③蘆花被：用蘆葦花絮做的被。

④風清月白：清風輕柔，月色皎潔。形容夜景的幽靜美好。蘇軾〈後赤壁賦〉：「有客無酒，有酒無肴，月白風清，如此良夜何。」

⑤顏回：即顏淵。孔子的得意學生，可惜三十二歲就死了。

⑥似：表示比較。和「於」字相當，有超過的意思。

⑦伯夷：商孤竹君的兒子。周武王立國後，不食周粟，隱居首陽山，採薇而食，後來餓死。

⑧范蠡：春秋楚國宛人。曾經輔佐越王句踐滅吳復國，功成身退，隱居西湖。

〔中呂〕賣花聲 懷古

美人自刎烏江岸①，戰火曾燒赤壁山②，將軍空老玉門關③。傷心秦漢，生民塗炭。讀書人一聲長歎。

詞譜

譜見第一一二頁。

注釋

①美人句：秦末，楚漢相爭，項羽被劉邦打敗，逃到烏江（今安徽省和縣東北），與美人虞姬自刎而死。見《史記・項羽本紀》。

②戰火句：三國時，蜀吳聯軍，與曹操會戰於赤壁（今湖北省嘉魚縣西），曹操將戰艦連接一處，佔盡優勢，周瑜部將黃蓋獻計用火燒毀曹操戰艦，大破曹軍。見《三國志・周瑜傳》。

③將軍句：《後漢書・班超傳》：「超自以久在絕域，年老思土，上疏曰：『臣不敢望到酒泉郡，但願生入玉門關。』帝感其言，乃徵超還。」當時班超因通西域有功，封定遠侯，淹留西域卅一年，故有思鄉盼歸之念。

張養浩

傳略

張養浩（西元一二六九～一三二九年），字希孟，號雲莊，濟南（今山東省）人，自幼聰明苦讀，被薦爲東平學正。後遊大都，平章不忽木薦爲御史臺掾，復授堂邑縣尹，去官十年，百姓還懷念他。武宗時，拜監察御史，敢言直諫，爲當權者所忌，遭構陷罷官。仁宗即位，官禮部尚書。英宗至治初，參議中書省事，以厭倦宦海浮沉，歸隱田園。文宗天歷二年（西元一三二九年），關中大旱，特拜陝西行臺中丞，賑濟災民，積勞成疾，卒於任上。著有《雲莊休居自適小樂府》，小令一六一首，散套二套，或描寫山林景物、田園意趣，或關心人民疾苦、抨擊政治黑暗，有濃厚的現實感。另著《歸田類稿》、《三事忠告》等。朱權《太和正音譜》：「張雲莊之詞如玉樹臨風。」

〔中呂〕山坡羊　潼關懷古

峰巒如聚①，波濤如怒②，山河表裡③潼關路。望西都④，意踟躕⑤。傷心秦漢經行處⑥，宮闕萬間都做了土。興，百姓苦；亡，百姓苦。

調譜

譜見第一一三頁。

注釋

①聚：會合。此句謂潼關周圍山峰之多。
②怒：形容氣勢強盛。此句謂黃河浪花飛濺。
③山河表裡：即表裡山河。形容地理形勢非常險要。《左傳・僖二十八年》：「若其不捷，表裡山河，必無害也。」注：「晉國外河而內山。」
④西都：原指長安，這裡泛指關中一帶。
⑤意踟躕：意緒紛繁而徘徊流連。
⑥經行處：經過之處。

〔雙調〕水仙子 詠江南

一江煙水照晴嵐①，兩岸人家接畫簷②，芰荷③叢一段秋光淡。看沙鷗舞再三，捲香風十里珠簾④。

畫船兒天邊至，酒旗兒風外颭⑤。愛殺江南。

調譜

譜見第一〇〇頁。

注釋

①晴嵐：陽光下山中升起的霧氣。嵐，山林中升起的霧氣。
②畫簷：有花紋圖案裝飾的屋簷。
③芰荷：菱與荷。
④捲香風句：即十里香風捲珠簾。杜牧〈贈別〉詩：「春風十里揚州路，卷上珠簾總不如。」指江南風景人物之美。
⑤颭：風吹物使顫動。

〔雙調〕雁兒落兼得勝令①

雲來山更佳，雲去山如畫。
山因雲晦明，雲共山高下②。

倚杖立雲沙③，回首見山家。
野鹿眠山草，山猿戲野花。
雲霞，我愛山無價。看時行踏④，雲山也愛咱。

調譜

平(可仄)平平(可仄)仄(平)，平(可仄)仄平平(去)。
平(可仄)平平(可仄)仄平，平(可仄)仄平平(去)。
仄(可平)仄仄平(平)，平(可仄)仄仄平(平)。
仄(可平)仄平平仄，平(可仄)平仄(可平)仄(平)。
平(平)，仄(可平)仄平平(去)。平(平)，平平仄(可平)仄(平)。

注釋

①雁兒落兼得勝令：這是一支帶過曲，即在一支曲後再續寫一兩支別的曲子，必須宮調相同，音律銜接。〔雁兒落〕

又名〔平沙落雁〕，常與〔得勝令〕、〔清江引〕等合爲帶過曲。

②山因雲晦明二句：山因雲去雲來，變得忽明忽暗，雲因山的高低不同，也隨之或上或下。

③雲沙：雲海茫茫，立在山崖邊，一如立於海邊沙灘般。

④行踏：來往走動。

附錄

〔中呂〕十二月兼堯民歌

從跳出功名火坑，來到這花月蓬瀛。守著這良田數頃，看一會雨種煙耕，倒大來心頭不驚，每日家直睡到天明。　見斜川雞犬樂昇平，繞屋桑麻翠煙生，杖藜無處不堪行，滿目雲山畫難成。泉聲。響時仔細聽，轉覺柴門靜。

前調　寒食道中

清明禁煙，雨過郊原。三四株溪邊杏桃，一兩處牆裡秋千，隱隱的如聞管絃，卻原來是流水濺濺。　人家渾似武陵源，煙靄濛濛淡春天。遊人馬上裊金鞭，野老田間話豐年。山川，都來杖屨邊。早子稱了閒居願。

白賁

傳略

白賁，號無咎，錢塘（今杭州）人（祖籍太原文水），生卒年月不詳。詩人白珽之子。仁宗延佑中知忻州，至治三年（西元一三二三年）任溫州路平陽州教授，後爲文林郎、南安路總管府經歷。散曲今存小令二，套數三。朱權《太和正音譜》云：「白無咎之詞，如太華孤峰，孑然獨立，巋然挺出。若孤筆之挿晴昊，使人莫不仰視也。宜乎高薦。」

〔正宮〕鸚鵡曲 漁父詞

儂家鸚鵡洲邊住①，是箇不識字漁父，
浪花中一葉扁舟，睡煞②江南煙雨。
（么）覺來時滿眼青山，抖擻③綠蓑歸去。
算從前錯怨天公，甚也有安排我處。

調譜

平平平（可仄）仄平平(去)，仄（可平）仄仄仄仄平(上)，
（上二下二）（上二下二）

仄平平仄仄平平，仄仄平（可平）平平(上)。
（上二下二）（上二下二）

（么）仄平平仄仄平平，仄仄仄平平(去)。
（上二下二）（上二下二）

仄平平仄仄平平，去上仄平平上(去)。
（上二下二）（上二下二）（上一下二）（上二下二）

注釋

①儂家句：儂，吾自稱。鸚鵡洲在湖北省漢陽縣西南，長江之中沙洲。東漢末，黃祖爲江夏太守，大會賓客於洲中，客有獻鸚鵡者，禰衡賦之，洲因名焉。唐人崔顥〈黃鶴樓〉詩：「晴川歷歷漢陽樹，芳草萋萋鸚鵡洲」即指此。

②睡煞：沉睡。

③抖擻：抖動。

王和卿

傳略

王和卿，大名（今河北）人，生平無可考，與關漢卿同時。《錄鬼簿》列於「前輩名公」，稱「王和卿學士」。元人陶宗儀《輟耕錄》云：「大名王和卿，滑稽佻達，傳播四方。」《全元散曲》錄小令二十一，套數一及殘套二，大抵以詼諧之類爲多。

〔仙呂〕醉中天 大蝴蝶

彈破莊周夢①，兩翅駕東風，三百座名園一採個空。難道是風流孽種②，唬煞③尋芳的蜜蜂。輕輕飛動，把賣花人扇過橋東。

調譜

譜見第一〇七頁。

注釋

①彈破莊周夢：莊周夢蝶見《莊子・齊物論》：「昔者莊周夢爲胡蝶，栩栩然胡蝶也。自喻適志與，不知周也。俄然覺，則蘧蘧然周也。不知周之夢爲胡蝶與？胡蝶之夢爲周與？周與胡蝶，則必有分矣，此之謂物化。」又陶宗儀《輟耕錄》：「中統初，燕市有一蝴蝶，其大異常，王賦〔醉中天〕小令云云，由是其名益著。」此處係謂大蝴蝶由莊周「夢中」而來。

②孽種：大蝴蝶將三百座名園中之花蕊都採光了，故云。孽種，咒罵話語。

③唬煞：嚇壞。

附錄

〔雙調〕撥不斷　胖夫妻

一個胖雙郎，就了個胖蘇娘。兩口兒便似熊模樣，成就了風流喘豫章。繡幃中一對兒鴛鴦象，交肚皮廝撞。

〔越調〕小桃紅 胖妓

夜深交頸效鴛鴦，錦被翻紅浪，雨歇雲收那情況。難當。一翻翻在人身上，偌長偌大，偌粗偌胖，壓匾沈東陽。

貫雲石

傳略

貫雲石（西元一二八六～一三二四年），本名小雲石海涯，號酸齋，又號蘆花道人，元代功臣阿里海涯之孫，因父名貫只哥，遂以貫爲姓，維吾爾族人。性豪爽，少年時能騰身上馬，運槊生風。初襲兩淮萬戶達魯花赤，不久把爵位讓給弟弟忽都海涯。棄武從文，受業於姚燧，擅長詩文詞曲。仁宗朝，被拜爲翰林侍讀學士、中奉大夫、知制誥，同修國史。未幾辭歸江南，卒年三十九歲。散曲與徐再思（號甜齋）齊名，近人任中敏合輯二家作品，稱《酸甜樂府》。今存小令七十九，套曲八。明朱權《太和正音譜》：「貫酸齋之詞，如天馬脫羈。」

〔正宮〕塞鴻秋　代人作

戰①西風幾點賓鴻②至，感起我南朝千古傷心事③。展花箋欲寫幾句知心事④，空教我停霜毫⑤半晌⑥無才思。往常得興時，一掃無瑕疵⑧。今日個⑨病厭厭⑩剛⑪寫下兩個相思字。

詞譜

譜見第一一七頁。

注釋

①戰：搏鬥，形容鴻雁冒風飛行的艱苦。

②賓鴻：雁之大者爲鴻。鴻雁是季候鳥，春返北，秋往南，來往如賓客，故稱賓鴻。《禮・月令》：「鴻雁來賓。」

③南朝千古傷心事：南宋吳彥高〈人月圓〉中句。吳彥高名激（或作潛），於靖康末奉命出使北軍，因名士被留。曾在燕山張總持家宴集，張之歌姬中有前宋宣和殿宮女，神情悲戚。吳彥高特爲她作〈人月圓〉，上闋：「南朝千古傷心地，曾唱後庭花；舊時王謝堂前燕子，飛向誰家？」詞極淒愴，一時盛傳南北。其中「地」字或作「事」；「曾」字或作「還」。南朝陳後主荒淫亡國，〈玉樹後庭花〉一曲，於陳亡之後仍盛行於民間，故爲文士用以哀念故國情思之寄託。但本篇作者襲用吳彥高之成句，只取「千古傷心事」之意，而無故國傷亡之思。

④知心事：謂內心秘密的情意，只有所愛的人才能知道。

⑤霜毫：毛筆。霜，白色。

⑥半晌：半刻，好一會兒。

⑦才思：猶靈感。

⑧一掃無瑕疵：謂文章一揮而就，不須修改。

⑨個：助詞。

⑩病厭厭：謂心情煩苦，精神不振。厭厭即懨懨，歐陽修〈定風波〉詞：「把酒送春惆悵甚，長恁，年年三月病懨懨。」

⑪剛：方纔、只。

〔雙調〕折桂令 送春

問東君①：何處天涯？落日啼鵑②，流水桃花，淡淡遙山，萋萋芳草，隱隱殘霞。隨柳絮③，吹歸那搭④？趁游絲⑤落在誰家？倦理琵琶，人倚秋千⑥，月照窗紗。

調譜

譜見第九七頁。

注釋

①東君：司春之神，亦稱東皇。唐成彥雄〈柳枝詞〉：「東君愛惜與先春，草澤無人處也新。」

②啼鵑：相傳古蜀王杜宇，化爲杜鵑鳥，於暮春時悲啼不已，啼聲有如「不如歸去」。故杜鵑又名催歸、子規。

③柳絮：成熟的柳樹種子，上有白色絨毛，隨風飛落如飄絮，故稱柳絮。也叫柳綿。

④那搭：猶何處。搭，指地方、位置，「一搭兒」是元曲中常用詞。

⑤趁游絲：趁，追逐。游絲，飄動的蛛絲、蟲絲，春夏間常見於空中。晏殊〈蝶戀花〉詞：「滿眼游絲兼落絮，紅杏

開時，一霎清明雨。」

⑥秋千：我國傳統遊戲，相傳春秋時齊桓公從北方山戎引入；一說漢武帝時宮中後庭之戲。本作「千秋」，取義「千秋萬歲」以祝壽，後世倒讀爲秋千，又轉爲「鞦韆」。

附錄

〔雙調〕清江引 惜別

若還與他相見時，道個眞傳示。不是不修書，不是無才思，遶清江買不得天樣紙。

〔雙調〕殿前歡

暢幽哉，春風無處不樓臺。一時懷抱俱無奈，總對天開，就淵明歸去來，伯鶴怨山禽怪，問甚功名在。酸齋笑我，我笑酸齋。

張鳴善

傳略

張鳴善，名擇，號頑老子，平陽（今江西臨汾）人，家於湖南，流寓揚州。官宣慰司令史。著有《英華集》及雜劇《煙花鬼》、《夜月瑤琴怨》、《草園閣》，俱不存。《全元散曲》收其小令十三、套數二。《太和正音譜》：「張鳴善之詞，藻思富贍，爛若春葩，誠一代之作手。」

〔雙調〕水仙子　譏時

鋪眉苫眼早三公①，裸袖揎拳享萬鍾②，胡言亂語成時用③。大綱來都是哄④，說英雄，誰是英雄？五眼雞岐山鳴鳳⑤，兩頭蛇南陽臥龍⑥，三腳貓渭水飛熊⑦。

調譜

譜見第一〇〇頁。

注釋

①鋪眉句：鋪眉苫眼，垂眉蓋眼，裝模作樣的樣子，苫，詩廉切，音ㄕㄢ。三公，最高的官爵。周以太師、太傅、太保為三公，西漢以大司馬、大司徒、大司空為三公，東漢稱太尉、司徒、司空為三公。此句是說那些裝模作樣、毫無作為的人卻早就做上了三公的大官。

②裸袖句：裸袖揎拳，捲起袖子露出拳肘，好像要打架的樣子，形容行為粗魯。萬鍾，即萬鍾粟。漢以米粟為俸祿，鍾，量器。此句是說舉止粗魯的人，卻享有萬鍾的俸祿。

③胡言句：是說胡說八道的話語最吃得開，最受重用。

④大綱句：大綱來，總而言之。哄，胡鬧。此句總結前三句，是說當政者總而言之都是一團胡鬧。

⑤五眼雞句：五眼雞，一作忤眼雞，一種好勇鬥狠的雞。岐山鳴鳳，岐山在今陝西省岐山縣東北，為周朝之發源地。《寰宇記》：「岐山即天柱山，周鸑鷟鳴於山上，時人亦謂此山為鳳凰山。」此句是說像那好勇鬥狠的五眼雞卻要偽裝成祥瑞的鳳凰。亦即惡徒卻要偽裝為聖賢。

⑥兩頭蛇句：兩頭蛇有劇毒，俗以為兇惡、不祥物。南陽臥龍，三國時諸葛亮字孔明，躬耕於南陽。《三國志・蜀志・諸葛亮傳》：「徐庶謂先主曰：諸葛孔明，臥龍也；將軍宜枉駕顧之。」臥龍喻隱居的賢才。此句是說以害人為快的人而偽稱隱居的名士。

⑦三腳貓句：三腳貓比喻不中用、只會敗事的東西。渭水飛熊，原指呂尙。《史記・齊太公世家》：「西伯將獵，卜曰：『所獲非龍非螭，非虎非羆，所獲霸王之輔。』於是西伯獵果遇太公於渭之陽。」此句是說那些不中用的人卻要冒充雄才大略。

周德清

傳略

周德清，號挺齋，高安（今江西高安）人。精通音律，工樂府。因感慨當時北曲格律混亂不定，所以歸納關、馬、鄭、白的作品，著《中原音韻》一書，分爲十九部，平聲分陰、陽，入聲派入平、上、去三聲，提供了北曲創作的規律，爲曲韻的經典之作，被稱爲「天下之正音」。所作散曲很多，對當時曲壇影響很大。今存小令三十一首，散套三套。朱權《太和正音譜》：「周德清之詞，如玉笛橫秋。」賈仲明《續錄鬼簿》云：「德清之詞，不惟江南，實天下之獨步也。」

〔中呂〕朝天子 書所見

鬢鴉①，臉霞②，屈殺將陪嫁。規模全是大人家③，不在紅娘下，笑眼偷瞧，文談回話④，眞如解語花⑤。若咱，得他，倒了葡萄架⑥。

調譜

譜見第一二六頁。

注釋

①鬒鴉：髮黑而美。杜牧〈閨情〉詩：「娟娟卻月看，新鬢學鴉飛。」

②臉霞：臉如彩霞。

③規模句：氣質、風度全屬大家閨秀的模樣。

④文談回話：即回話時溫婉可人。

⑤解語花：解語之花。《開元天寶遺事》：「太液池，千葉蓮開，明皇與妃子共賞，指妃子謂左右曰：何如此解語花耶！」

⑥倒了葡萄架：比喻老婆醋罈打翻。

〔中呂〕滿庭芳　看岳王傳

披文握武，建中興廟宇，載清史圖書①。功成卻被權臣妒，正落奸謀②。閃殺人③望旌節中原士夫④，誤殺人棄丘陵南渡鑾輿⑤。錢塘路，愁風怨雨，長是灑西湖⑥。

調譜

平平仄(上)（可平）〔上二下二〕，平平仄(仄)（可叶）〔上二下二〕，
平仄平(平)（可仄）△〔上二下二〕。
平平仄仄（可仄）〔上二下二〕平平(去)〔上二下一〕，仄仄平平（可平）△〔上二下二〕。
仄仄（可仄）△△△

仄平平仄(平)，（可仄；上二下二）△△△仄平平平仄平(平)。（可仄；上二下二）平平(去)，平平去(上)，（可平；上二下二）平仄仄平(平)。（可仄）

注釋

①披文握武三句：指岳飛兼文武之才，宋孝宗時爲岳飛建廟贈謚，功勛事蹟載入史册。

②功成卻被二句：宋高宗紹興十年（西元一一四〇年），岳飛大破金兵於朱仙鎮，本欲指日渡河北上追擊，然主和派秦檜爲相，一日用十二道金牌急召岳飛還朝，並與万俟卨等勾結，誣陷岳飛入獄。

③閃殺人：急死了人。

④望旌節句：中原的士大夫盼望岳飛的旌旗到來。

⑤誤殺人句：指靖康元年，金兵攻陷汴京，擄徽、欽二宗北去，宋高宗倉惶南渡，偏安江南，拋棄北方的土地和人民。丘陵，祖宗陵墓。鑾輿，天子車駕。

⑥錢塘路三句：指錢塘路上的愁風怨雨，總是灑在西湖上。指人民對岳飛的憑弔之情長存千秋。

〔中呂〕喜春來 別情

月兒初上鵝黃柳①，燕子先歸翡翠樓，梅魂休煖鳳香篝②，人去後，鴛被③冷堆愁。

調譜

譜見第一〇六頁。

注釋

①鵝黃柳：新柳，王安石詩：「弄日鵝黃裊裊垂。」
②鳳香篝：一種熏香的熏籠。劉克莊詩：「深炷香篝掃地眠。」
③鴛被：即繡有鴛鴦的被。

無名氏

〔中呂〕朝天子　志感

不讀書有權，不識字有錢，不曉事倒有人誇薦。老天只恁忒心偏，賢和愚無分辨。挫折英雄，消磨良善，越聰明越寒蹇。志高如魯連①，德過如閔騫②，依本分只落的人輕賤。

調譜

譜見第一二六頁。

注釋

①魯連：戰國時代，齊國高士。《史記・魯仲連傳》：「太史公曰：『魯連其指意雖不合大義，然余多其在布衣之位，蕩然肆志，不詘於諸侯，談說於當世，折卿相之權』。」

②閔騫：即閔損，字子騫，孔子弟子，少孔十五歲。《史記・仲尼弟子列傳》：「孔子曰：『孝哉閔子騫！人不問於其父母昆弟之言。』不仕大夫，不食汙君之祿。」

〔黃鐘〕紅錦袍

那老子彭澤縣懶坐衙①，倦將文卷押②。數十日不上馬③，柴門掩上咱④，籬下看黃花⑤。愛的是綠水青山⑥，見一箇白衣人來報⑦，來報五柳莊幽靜煞⑧。

調譜

平平（可仄）仄仄（可平）仄㊥，仄仄（可平）平仄㊀。平平平仄仄，平平（可仄）仄仄㊥（可仄），平（可仄）仄仄平㊥（可仄）

仄仄平平（上二下二），平平（可平）平仄（上二下二），仄仄（可平）平平去㊤。

注釋

①彭澤縣懶坐衙：懶得在彭澤縣的衙門爲官。陶潛曾任彭澤縣令，後辭官歸田，賦〈歸去來辭〉，爲官僅八十餘日。

②倦將文卷押：厭倦批閱公文。押，在文書、字畫上署名或畫記號，以爲憑信。

③上馬：即出門。馬是古代的交通工具。

④咱：語氣詞。用於句末。同「哦」、「啊」。

⑤黃花：菊花。

⑥愛的句：陶潛〈歸園田居〉詩：「少無適俗韻，性本愛丘山。」

⑦見一個句：用白衣送酒的故事。見蕭統〈陶淵明傳〉：「嘗九月九日出宅邊菊叢中坐，久之，滿手把菊，忽值弘（王弘）送酒至，即便就酌，醉而歸。」《宋書・隱逸傳》及《南史・隱逸傳》亦有記載。

⑧五柳莊幽靜煞：五柳莊非常幽靜。陶潛住宅邊有五棵柳樹，所以稱五柳莊，自號五柳先生。

〔黃鐘〕賀聖朝

春夏間，遍郊原桃杏繁，用盡丹青①圖畫難。道童將驢鞴上鞍②，忍不住只恁般頑③，將一箇酒葫蘆楊柳上栓。

詞譜

平仄㊥，仄平平平仄㊥，仄（可平）仄平平平仄㊥。（上二下二）仄平平平仄仄㊥。（上二下二）仄仄仄△仄平㊥，△△△仄平平△仄仄㊥。

注釋

①丹青：繪畫的顏料，即丹沙、青雘。

②鞴上鞍：披上坐鞍。鞴，音ㄅㄟˋ，車紲，此處作動詞。

③恁般頑：這般頑皮。

〔正宮〕叨叨令

黃塵萬古長安路，折碑三尺邙山墓①，西風一葉烏江渡②，夕陽十里邯鄲③樹，老了人也麼哥④，老了人也麼哥，英雄盡是傷心處。

詞譜

平平仄仄平平去，（首字可仄，第三字可平；上二下二）仄平平仄平平去，（首字可平，第三字可仄；上二下二）平平仄仄平平去，（首字可仄，第三字可平；上二下二）平平平仄平平去。（首字可仄，第三字可仄）仄仄平也麼哥，（第二字可仄）仄仄平也麼哥，（第三字可仄）平平仄仄平平去。（首字可仄，第三字可平；上二下二）

注釋

①邙山墓：邙山，亦稱北邙、芒山、郟山、北山，在今河南省洛陽市東北。漢魏以來，王侯公卿貴族多以此爲葬地，故後人多用以泛稱墓地。陶潛〈擬古〉詩：「一旦百歲後，相與還北邙。」

②烏江渡：烏江，水名，在安徽省和縣東北，今名烏江浦。《史記・項羽本紀》：「於是項王乃欲東渡烏江，烏江亭長檥船待。」即項羽自刎處。此句是說此時只有西風中的一葉扁舟。

③邯鄲：戰國趙國國都。此處用「邯鄲道上省悟黃粱夢」之意。

④也麼哥：曲中表示語氣之助詞，有聲無義。〔叨叨令〕五、六句句末必用「也麼哥」三字，是為定格。

〔正宮〕醉太平①

堂堂大元，姦佞專權。開河變鈔②禍根源。惹紅巾③萬千。官法濫刑法重黎民怨，人喫人鈔買鈔④何曾見，賊做官官做賊混愚賢。哀哉可憐。

調譜

平平仄（平）（可上），平仄（可仄）平（平）。平平（可仄）仄仄（可平）仄平（平），平平仄（平）（可上）。仄（可平）平平（可仄）仄平平（去），平（可仄）平仄仄平平（去），仄（可平）平仄（可平）仄平（平）。平平去（平）（可上）。

上二下二

注釋

①此曲原載陶宗儀《輟耕錄》卷廿三：「醉太平小令一闋，不知誰所造，自京師以至江南，人人能道之。古人多取里巷之歌謠者，以其有關於世教也。今此數語，切中時病，故錄之，以俟采民風者焉。」

②開河變鈔：指開浚黃河、變更鈔法二事。順帝至正四年（西元一三四四年）五、六月間，連日崩堤，兩岸十多個郡

縣受災，民衆流離失所。至正十一年四月，命賈魯爲宣撫首領官，組織二十多萬人築堤浚淤，治理黃河。但因官吏乘機搜刮，人民再次受災。同年，丞相脫脫變更鈔法，鑄至正通錢，與寶鈔並用，引起物價猛漲。

③惹紅巾：指韓山童、劉福通的紅巾軍。

④鈔買鈔：指錢鈔貶值，用舊鈔倒買新鈔。

〔正宮〕醉太平 譏貪小利者

奪泥燕口。削鐵鍼頭。刮金佛面細搜求①。無中覓有。鵪鶉膆裡尋豌豆。鷺鷥腿上劈精肉。蚊子腹內刳脂油。虧老先生②下手。

調譜

譜同前首。

注釋

①奪泥燕口三句：形容搜括不擇手段。

②老先生：唐宋以來，稱達官爲老先生，元代稱京官爲老先生。

〔南呂〕玉嬌枝過四塊玉

休爭閒氣，都只是南柯夢裡。想功名到底成何濟，總虛華幾人知。百般乖不如一就癡，十分醒爭似三分醉。則這的是人生落得，不受用圖箇甚的。　赤緊的烏緊飛，兔緊追，看看的老來催。人無百歲人，枉作千年計。將眉間悶鎖開，休把心上愁繩繫，則這的是延年益壽的理。

套

曲

關漢卿

〔南呂〕一枝花　贈朱簾秀①

〔一枝花〕輕裁蝦萬鬚②，巧織珠千串③；金鉤光錯落，繡帶舞蹁躚④。似霧非煙，粧點就深閨院，不許那等閒人取次展⑤，搖四壁翡翠濃陰，射萬瓦琉璃色淺⑥。

〔梁州〕富貴似侯家紫帳⑦，風流如謝府紅蓮⑧，鎖春愁不放雙飛燕。綺窗相近，翠戶相連，雕櫳相映，繡幙相牽⑨。拂苔痕滿砌榆錢，惹楊花飛點如綿⑩。愁的是抹回廊暮雨蕭蕭，恨的是篩曲檻西風剪剪，愛的是透長門夜月娟娟⑪。凌波殿前⑫，碧玲瓏掩映湘妃面⑬，沒福怎能勾見。千里揚州風物妍，出落著神仙⑭。

〔尾〕恰便似一池秋水通宵展，一片朝雲盡日懸⑮。你箇守戶的先生肯相戀⑯，煞是可憐⑰，則要你手掌兒裡奇擎⑱著耐心兒捲。

註釋

①本篇錄自九卷鈔本《陽春白雪》後集卷三。《北詞廣正譜》引〔一枝花〕首句及〔梁州〕「凌波殿前」，亦注關漢卿作。此曲句句詠珠簾，實喻人。朱簾秀，元代著名女演員。《青樓集》：「珠簾秀……姓朱氏，行第四，雜劇為當今獨步；駕頭、花旦、軟末泥等，悉造其妙。」珠簾秀是她的藝名。

②蝦萬鬚：蝦鬚為簾的一種，以海蝦長鬚編成，後亦作為簾的美稱。陸暢〈簾〉詩：「勞將素手捲蝦鬚，瓊室流光更綴珠。」

③珠千串：簾多用珠串綴成。《西京雜記》：「昭陽殿織珠為簾。」又舊時慣以成串的珍珠形容歌聲的清圓。李商隱〈擬意〉詩：「銀河撲醉眼，珠串咽歌喉。」

④金鈎光錯落二句：上句詠歎朱簾秀的歌聲，這二句則讚美她的舞態。金鈎、繡帶為女演員的妝飾物。錯落、蹁躚，形容輕盈舞態。此數句暗藏「朱簾秀」三字。

⑤似霧非煙三句：似霧非煙，形容簾內朦朧的人影。然後寫一個優秀演員在演出之前的再三注意妝點，不輕易出場露面。取次，隨便。展，指捲簾。

⑥搖四壁二句：濃陰，〈一枝花〉末兩句對仗，疑應是「陰濃」。二句形容朱簾秀一出場、一亮相就光采照人，震攝全場。

⑦侯家紫帳：紫帳，《漢武帝內傳》：「王母以紫錦為帷帳。」唐制，王公及三品以上許用紫色。侯家，即侯門。

⑧謝府，晉時謝氏為望族，此處代指貴家。紅蓮，南齊王儉領吏部，時人謂入儉幕府為蓮花池，謂如紅蓮映綠水，見《南齊書・庾杲傳》，後因以「府蓮」、「蓮幕」美稱幕府，此處以紅蓮映合「蓮幕」，又以「幕」字關合「簾幕」，故有是說。

⑨鎖春愁不放雙飛燕五句：藉珠簾鎖雙燕，引出朱簾秀的風流生活。鎖，幽閉。不放雙飛燕，謝朓〈怨〉詩：「風簾入雙燕。」張蠙〈春閨〉：「捲簾雙燕入。」晁沖之〈感皇恩〉：「小院重簾燕飛礙。」後四句用相近、相連、相映、相牽等親昵之詞，或暗指漢卿之心情。

⑩拂苔痕滿砌榆錢二句：榆錢，《本草綱目》：「榆木生葉時，枝條間先生榆莢，形狀似錢而小，俗呼為榆錢。」「惹楊花」，用章質夫〈水龍吟・楊花〉「輕飛點畫，……傍珠簾散漫，垂垂欲下」句意。二句暗示有狂徒對朱簾秀的侵擾與糾纏。

⑪愁的是抹回廊三句：這三句寫朱簾秀內心情感的起伏。剪剪，風輕微而帶有寒意。韓偓〈夜深〉詩：「惻惻輕寒剪剪風。」長門，漢代長安宮名，司馬相如〈長門賦〉中，有「懸明月以自照」、「起視月之精光」等語，後代文人多以長門月爲吟詠內容。娟娟，明媚美好的樣子。杜甫〈船下夔州郭宿別王十二判官〉：「依沙宿舸船，石瀨月娟娟。」

⑫凌波殿：唐代洛陽宮殿名。

⑬碧玲瓏掩映湘妃面：湘妃，湘水女神娥皇、女英。相傳她們是堯女舜妻。舜南巡死於蒼梧，她倆痛哭於湘水，淚滴竹上成斑痕，後人稱之爲湘妃竹。見《述異記》。

⑭千里揚州三句：千里，疑作「十里」。十里揚州，杜牧〈贈別〉詩云：「春風十里揚州路，捲上珠簾總不如。」此處借杜牧詩句讚美朱簾秀人才出衆。出落，即出脫，出現。

⑮朝雲盡日懸：朝雲，女神名。《文選》宋玉〈高唐賦〉：「昔者先王嘗遊高唐，怠而晝寢，夢見一婦人曰：妾巫山之女也，爲高唐之客，聞君游高唐，願薦枕席，王因幸之。去而辭曰：妾在巫山之陽，高丘之阻，旦爲朝雲，暮爲行雨，朝朝暮暮，陽臺之下。」此處形容朱簾秀的寂寞。

⑯守戶的先生肯相戀：先生，宋元時稱道士爲先生。朱簾秀後在杭州嫁一道士，當指此人。作者希望這位守戶的先生（道士）能善待朱簾秀。

⑰可憐：可愛。

⑱奇擎：奇擎，奇字助音無義。《梧桐雨》第三折：「恨不得手掌裡奇擎著解語花。」

〔南呂〕一枝花 漢卿不伏老①

〔一枝花〕攀出牆朵朵花，折臨路枝枝柳②，花攀紅蕊嫩，柳折翠條柔。浪子③風流，憑著我折柳攀花手，直煞得花殘柳敗休。半生來弄柳拈花，一世裡④眠花臥柳。

〔梁州〕我是箇普天下郎君⑤領袖，蓋世界浪子班頭⑥。願朱顏⑦不改常依舊，花中消遣，酒內忘憂。分茶攧竹⑧，打馬藏鬮⑨；通五音六律⑩滑熟，甚閒愁到我心頭！伴的是銀箏女⑪銀臺前理銀箏笑倚銀屏⑫，伴的是玉天仙攜玉手並玉肩同登玉樓⑬，伴的是金釵客歌〈金縷〉捧金樽滿泛金甌⑭，你道我老也，暫休。佔排場風月功名首，更玲瓏又剔透⑮。我是箇錦陣花營都帥頭⑯，曾翫府遊州⑰。

〔隔尾〕⑱子弟每⑲是箇茅草岡沙土窩初生的兔羔兒⑳乍向圍場㉑上走，我是箇經籠罩受索網蒼翎毛老野雞蹅踏的陣馬兒熟㉒。經了些窩弓冷箭蠟鎗頭㉓，不曾落人後。恰不道「人到中年萬事休」，我怎肯虛度了春秋。

〔尾〕㉔我是箇蒸不爛煮不熟搥不匾炒不爆響璫璫一粒銅豌豆㉕，恁子弟每誰教你鑽入他鋤不斷斫不下解不開頓不脫慢騰騰千層錦套頭㉖。我翫的是梁園月㉗，飲的是東京酒㉘，賞的是洛陽花㉙，攀的是章臺柳㉚。我也會圍棋，會蹴踘，會打圍，會插科，會歌舞，會吹彈，會嚥作，會吟詩，會雙陸㉛。你便是落了㉜我牙、歪了我嘴、瘸了我腿、折了我手，天賜與我這幾般兒歹症候，尚兀自㉝不肯休。則除是閻王親自喚，神鬼自來勾，三魂歸地府，七魄喪冥幽，天那，那其間纔不向煙花路㉞兒上走！

注釋

①不伏老：本篇錄自《雍熙樂府》卷十、《彩筆情辭》卷五、《北詞廣正譜》引此套〔一枝花〕、〔隔尾〕、〔尾〕。這支套曲寫於作者晚年，可說是作者的生平自傳，明白表露關漢卿的思想性格、才華技藝與生活。

②攀出牆朵朵花二句：宋‧葉紹翁〈遊園不值〉詩云：「春色滿園關不住，一枝紅杏出牆來。」後人乃以出牆花暗喻

妓女。下句「臨路柳」也是相同的意思。無名氏〈望江南〉詞云：「我是曲江臨池柳，者人折了那人攀，恩愛一時間。」

③浪子：指風流放誕之人。《宣和遺事》：「當時李邦彥以次相阿附，每燕飲，則爲娼優之事，雜以市井詼諧，以爲笑樂，人呼李邦彥爲『浪子宰相』。」

④一世裡：一輩子。

⑤郎君：嫖客。《百花亭》第二折：「我是個錦陣花營郎君帥首，歌臺舞榭子弟班頭。」

⑥班頭：與上文「領袖」義近，謂行業中之首腦人物。

⑦朱顏：指男性青春健壯。

⑧分茶攧竹：分茶，宋元時流行的一種獨特的烹茶技藝。沖泡時碾茶爲末，注之以湯，以筅擊拂，此時盞面上的湯紋水脈會幻變出各式圖樣來。楊萬里〈澹菴坐上觀顯上人分茶〉詩描述分茶情景云：「分茶何似煮茶好，煎茶不似分茶巧。蒸水老禪弄泉聲，隆興元春新玉爪。二者相遭兔甌面，怪怪奇奇眞幻變。紛如擘絮行太空，影落寒江能萬變。銀瓶首下仍尻高，注湯作勢字嫖姚。」攧竹，先將一把竹籤頓亂，再在不觸動其他竹籤的條件下，一根根挑出籤來，爲當時一種賭博性質的抽籤遊戲。

⑨打馬藏鬮：打馬，用五十四枚牙製的圓牌，上面標刻馬名，用擲骰子打馬牌來決定勝負，玩法見李清照〈打馬賦〉。藏鬮，每人手中握一紙片或小物件，互相猜測作戲，以爲輸贏。

⑩五音六律：泛指音樂。五音即宮、商、角、徵、羽；六律即黃鐘、太簇、姑洗、蕤賓、夷則、無射，是十二律中的陽聲之律。

⑪銀箏女：指妓女。銀箏，銀飾之箏。

⑫銀臺前句：銀臺，《後漢書・張衡傳》：「聘王母於銀臺兮，羞玉芝以療飢。」注云：「銀臺，仙人所居也。」此處則指女子梳妝用的鏡臺。銀屏，銀白色的屏風，溫庭筠〈湘東宴曲〉：「欲上香車俱脈脈，清歌響斷銀屏隔。」

⑬玉天仙句：玉天仙，美人。《玉壺春》第一折：「一個個玉天仙，一雙雙美嬋娟。」此處指歌妓。攜玉手，曹植

〈妾薄命詩〉：「攜玉手，喜同車。」玉樓，華麗的樓房。白居易〈長恨歌〉：「金屋粧成嬌侍夜，玉樓宴罷醉和春。」

⑭金釵客句：金釵客，《談苑》：「牛僧孺自誇服鐘乳千金甚得力，而歌舞之妓頗多，白樂天戲贈詩云：『鐘乳三千兩，金釵十二行。』」此處化用其意，用以指歌妓。金縷，即〈金縷衣〉，唐曲調名，杜牧〈杜秋娘〉詩：「秋持玉斝醉，與唱金縷衣。」其詞曰：「勸君莫惜金縷衣，勸君惜取少年時，花開堪折直須折，莫待無花空折枝。」金樽，名貴酒器；金甌可能爲當時一種名酒。

⑮你道我老也暫休三句：意說要在花柳場中佔排場作首領，是必須十分靈活的，你老了就該退出。此處是假設一個年輕子弟對關漢卿對話。佔排場，在妓院中佔得名聲。朱有燉《曲江池》第四折：「我當初佔排場也嘗奪第一，串了些花胡同錦屛圍。」玲瓏又剔透，舊稱花月場中老手爲「水晶毬」，故謂。

⑯錦陣花營都帥頭：錦陣花營，指娼優群集的場所。都帥頭，總頭目。

⑰翫府遊州：《彩筆情辭》作「四海遨游」。

⑱隔尾：《北詞廣正譜》「南呂宮套數分題」作「三煞」。全曲作：「他是個初出窩嫩雛兒怎敢向我圍場上走，我是個經籠罩受網索花翎毛老野雞，端的是戰馬熟。怕什麼窩弓弩箭鐵鎗頭，我也曾南北東西走，我正是錦營中花叢內都帥首，我也曾翫府遊州。」

⑲子弟每：子弟，宋元稱嫖客。《百花亭》第一折：「我也曾向煙月所上花臺做子弟來。」子弟每，即嫖客們。

⑳兔羔兒：小兔子。此處喻沒有經驗的年輕嫖客。《北詞廣正譜》作「嫩雛兒」。

㉑圍場：舊時設圍爲狩獵之場所。《宋史・禮志》：「太祖狩獵於近都，先出禁軍爲圍場五坊」。此處喻花柳場、妓院。

㉒蹅踏的陣馬兒熟：蹅踏，踐踏。陣馬兒，戰陣。此句是說我（關漢卿）有實地勘察，對陣地很熟悉。

㉓窩弓冷箭蠟鎗頭：指不光明的對手。窩弓，獵人安排在隱處的裝有機關的暗弓，蠟鎗頭，當作「鑞鎗頭」，鉛錫合金的鎗頭，元曲中常用以指外表唬人，但實際上不中用的東西，《百花亭》第二折：「我王煥是個百花亭墜了榜的鑞鎗

頭。」

㉔尾：《彩筆情詞》作〔黃鐘煞〕，《北詞廣正譜》分作〔收尾〕、〔尾聲〕二曲。〔收尾〕全文作：「我正是箇蒸不熟煮不爛炒不爆搥不碎打不破響當當一粒銅苑豆，你是箇揪不折拽不斷推不轉揉不碎扯不開慢騰騰千層錦套頭。我曾玩梁園月，飲渭城酒，簪洛陽花，插章臺柳。會吟詩，會射柳，琴又會操，箏又會搊，會圍棋，會雙了頭，折了手，那其間尚兀自未肯休。」

㉕銅豌豆：舊時妓院裡暱稱老嫖客爲「銅豌豆」。《百花亭》第二折：「水晶毬，銅豌豆，紅裙中插手，錦被裡舒頭。」

㉖錦套頭：元曲中常比喻娼妓籠客的手腕。朱有燉《小桃紅》第二折〔寄生草〕：「水晶毬滑出律情無定，錦套頭軟廝禁人難掙。」

㉗梁園：漢代梁孝王所經營的兔園，故址在今河南商丘東南。此處取「名園」之意。

㉘東京：漢時以洛陽爲東京，五代至宋，以汴州（開封）爲東京。

㉙洛陽花：牡丹，古人謂洛陽牡丹甲天下，歐陽修曾撰《洛陽牡丹記》誌之。

㉚章臺柳：《本事詩》載韓翃有寵姬柳氏，數載不見，寄詩曰：「章臺柳，章臺柳，昔日青青今在否？縱使長條似舊垂，也應攀折他人手。」後亦指妓女。

㉛「我也會」九句：《百花亭》第一折介紹「風流王煥」：「圍棋遞相，打馬投壺，撇蘭攧竹，寫字吟詩，蹴踘打諢，作畫分茶，拈花摘葉，達律知音，……端的個天下風流無出其右。」可見精通諸般技藝是當時評量「風流」的標準。蹴踘，古代的一種踢毬運動。劉向《別錄》：「蹴鞠者，傳言黃帝所作，或曰起戰國時。蹋鞠，兵執也，所以練武士，知有材也。」打圍，打獵。插科，滑稽詼諧的表演。嗽作，唱曲。雙陸，古代類似下棋的博戲。此九句《彩筆情辭》作：「我也會吟詩，會篆籀，會彈絲，會品竹，我也會唱〈鷓鴣〉，舞〈垂手〉；會打圍，會蹴踘，會圍棋，會雙陸。」

㉜落了：打掉了。

㉝兀自：尚且，猶、還。

㉞煙花路：指勾欄妓院。

馬致遠

〔雙調〕夜行船　秋思

〔夜行船〕百歲光陰一夢蝶①，重回首往事堪嗟。今日春來，明朝花謝，急罰盞夜闌燈滅②。

〔喬木查〕想秦宮漢闕，都做了衰草牛羊野。不恁麼漁樵沒話說③。縱荒墳橫斷碑，不辨龍蛇④。

〔慶宣和〕投至狐蹤與兔穴，多少豪傑。鼎足雖堅半腰裡折，魏耶？晉耶？

〔落梅風〕天教你富，莫太奢，沒多時好天良夜⑤。富家兒更做道你心似鐵⑥，爭辜負了錦堂風月⑦？

〔風入松〕眼前紅日又西斜，疾似下坡車。不爭鏡裡添白雪，上床與鞋履相別⑧，休笑鳩巢計拙⑨，葫蘆提一向裝呆⑩。

〔撥不斷〕利名竭，是非絕，紅塵不向門前惹，綠樹偏宜屋角遮，青山正補牆頭缺，更那堪竹籬茅舍。

〔離亭宴煞〕蛩吟罷一覺才寧貼，雞鳴時萬事無休歇。爭名利何年是徹！看密匝匝蟻排兵，亂紛紛蜂釀蜜，急攘攘蠅爭血。裴公綠野堂⑪，陶令白蓮社⑫，愛秋來時那些：和露摘黃花，帶霜分紫蟹，煮酒燒紅葉。想人生有限杯，渾幾箇重陽節？人問我頑

童記者⑬：便北海探吾來⑭，道東籬醉了也。

注釋

①夢蝶：《莊子・齊物論》：「昔者莊周夢爲胡蝶，栩栩然胡蝶也。自喻適志與，不知周也。俄然覺，則蘧蘧然周也。不知周之夢爲胡蝶與？胡蝶之夢爲周與？」此則指人生百歲，不過如同一場春夢罷了。

②急罰盞夜闌燈滅：急，快。罰盞，指喝酒。古人喝酒，沒有喝完的要罰喝，稱爲「浮白」。浮、罰一音之轉。白，酒杯。後來就通稱喝酒叫浮白了。夜闌，夜盡。夜闌燈滅，指夜深了，燈快要滅了。喻人已到晚年，一生將盡，再不趕快喝酒就來不及了。

③不恁麼漁樵沒話說：不恁麼，不這樣。漁樵沒話說，漁翁樵夫就沒有故事可談了。

④縱荒墳橫斷碑二句：是說到處都是荒墳，斷裂的墓碑，橫散各處。不辨龍蛇，指刻在碑上的文字已經看不清楚。意思是說帝王的墳都荒殘了，已無法辨明墓中人是誰。墓碑多用篆字，篆字圓轉曲折，所以用龍蛇形容。

⑤沒多時好天良夜：好景不會永遠存在。

⑥更做道你心似鐵：做道，縱使、即使之意。心似鐵，指守財奴不肯用錢。

⑦爭辜負了錦堂風月：爭，怎。錦堂，華貴的堂室。風月，清風明月，指良辰美景。

⑧上床與鞋履相別：喻死亡。脫鞋上床休息，明日不一定再穿。

⑨鳩巢計拙：鳩，布穀鳥。不善築巢，每取他鳥之巢居之，《詩・召南》：「惟鵲有巢，惟鳩居之。」

⑩葫蘆提一向裝呆：葫蘆提，糊糊塗塗。裝呆，裝傻。

⑪裴公綠野堂：唐朝裴度，字中立，河東聞喜人，德宗貞元進士，穆宗朝爲相，討平淮蔡有功，擒吳元濟封爲晉國公，主朝政三十年。後宦官當權，乃於文宗時致仕，居東都午橋，築別墅，有燠館冰臺，名綠野堂，和當時名士劉禹錫、

白居易等觴詠其中，不論世事。

⑫陶令白蓮社：東晉陶潛，曾爲彭澤令，所以稱爲陶令。白蓮社，爲當時高僧慧遠所發起之宗教組織。集僧徒慧永、慧持等十八人，結社於廬山東林寺，禮佛誦經，同修西方淨業。因寺中多植白蓮，故稱爲白蓮社。曾經邀陶潛參加，但陶未加入，由於二人相識，故常往作客。

⑬頑童：指侍奉自己的小童。記者，記著、記住。

⑭便北海探吾來：便，就是。北海，東漢末孔融爲北海相，性好賓客，常說：「座上客常滿，樽中酒不空，吾無憂矣。」探，訪也。

〔般涉調〕耍孩兒 借馬

〔耍孩兒〕近來時買得匹蒲梢①騎，氣命兒般②看承愛惜。逐宵上草料數十番，喂飼得膘息胖肥。但有些穢污卻早忙刷洗，微有些辛勤③便下騎。有那等無知輩，出言要借，對面難推。

〔七煞〕懶設設牽下槽，意遲遲背後隨，氣忿忿懶把鞍來鞴。我沉吟了半晌語不語，不曉事頹人知不知？他又不是不精細，道不得他人弓莫挽，他人馬休騎。

〔六〕不騎呵西棚下涼處拴，騎時節揀地皮平處騎，將青青嫩草頻頻的喂。歇時節肚帶鬆鬆放，怕坐的困尻包兒款款移④。勤覷著鞍和轡⑤，牢踏著寶鐙⑥，前口兒休提。

〔五〕飢時節喂些草，渴時節飲些水。著皮膚休使麄氈屈⑦，三山骨⑧休使鞭來打，磚瓦上休教穩著蹄。有口話你明明的記：飽時休走，飲了休馳。

〔四〕拋糞時教乾處拋，尿綽⑨時教淨處尿，拴時節揀箇牢固樁橛上繫。路途上休要踏磚塊，過水處不教踐起泥。這馬知人義，似雲長赤兔，如益德烏騅。

〔三〕有汗時休去簷下拴，渲時休教侵著頹⑩，軟煮料草鍘底細。上坡時款把身來聳，下坡時休教走得疾。休道人忒寒碎⑪，休教鞭颩⑫著馬眼，休教鞭擦損毛衣。

〔二〕不借時惡了弟兄，不借時反了面皮。馬兒行囑付叮嚀記：鞍心馬戶將伊打，刷子去刀莫作疑⑬。則歎的一聲長吁氣，哀哀怨怨，切切悲悲。

〔一〕早晨間借與他，日平西盼望你。倚門專等來家內，柔腸寸寸因他斷，側耳頻頻聽你嘶。道一聲好去，早兩泪雙垂。

〔尾〕沒道理沒道理，忒下的忒下的⑭！恰才說來的話君專記。一口氣不違借與了你。

注釋

①蒲梢：古代駿馬名。《史記・樂書》：「後伐大宛，得千里馬，馬名蒲梢。」

②氣命兒般：視若命根兒般。

③辛勤：指馬顯出辛苦憊態。

④尻包兒款款移：臀部慢慢移動。

⑤轡：馬絡頭。

⑥寶鐙：腳鐙子。

⑦著皮膚休使麄氈屈：意指不要讓粗氈子褶疊在馬的皮膚（背部）上。

⑧三山骨：肋骨。

⑨綽：多。

⑩渲時休教侵著頹：洗馬時不要碰到馬屌。頹，雄性動物的生殖器。

⑪寒碎：瑣碎。

⑫颩：音ㄉㄧㄠ，甩打之意。

⑬鞍心馬戶二句：這兩句為當時行話，一稱「拆句道字」，馬戶二字合起來為一「驢（驢）」字，刷字去了刀就是一「屌」字，二句意思是說，那個坐在鞍心打馬的人是「驢屌」。

⑭忒下的：猶言做得太狠了。

附錄

〔般涉調〕哨遍

〔哨遍〕半世逢場作戲，險些兒誤了終焉計。白髮勸東籬，西村最好幽棲。老正宜，茅廬竹徑，藥井蔬畦，自減風雲氣。嚼蠟光陰無味，傍觀世態，靜掩柴扉。雖無諸葛臥龍岡，原有嚴陵釣魚磯。成趣南園，對榻青山，繞門綠水。

〔耍孩兒〕窮則窮落覺囫圇睡，消甚奴耕婢織。荷花二畝養魚池，百泉通一道清溪。安排老子留風月，準備閑人洗是非，樂亦在其中矣。僧來筍蕨，客至琴棋。

〔二〕青門幸有栽瓜地，誰羨封侯百里。桔槔一水韭苗肥，快活煞學圃樊遲。梨花樹底三杯酒，楊柳陰中一片席。倒大來無拘繫，先生家淡粥，措大家黃虀。

〔三〕有一片凍不死衣，有一口餓不死食，貧無煩惱知閑貴，譬如風浪乘舟去。爭似田園拂袖歸，本不愛爭名利，嫌貧汙耳，與鳥忘機。

〔尾〕喜天陰喚錦鳩，愛花香哨畫眉，伴露荷中煙柳外風蒲內，綠頭鴨黃鶯兒啅七七。

睢景臣

〔般涉調〕哨遍 高祖還鄉①

〔哨遍〕社長②排門告示③，但有的差使無推故④。這差使不尋俗⑤：一壁廂納草也根⑥，一邊又要差夫，索⑦應付。又言是車駕，都說是鑾輿，今日還鄉故。王鄉老執定瓦臺盤⑧，趙忙郎抱著酒胡蘆⑨，新刷來的頭巾，恰糨來的綢衫⑩，暢好是粧么大戶⑪。

〔耍孩兒〕瞎王留引定火喬男女⑫，胡踢蹬⑬吹笛擂鼓。見一颩⑭人馬到莊門，匹頭⑮裡幾面旗舒。一面旗白胡闌套住箇迎霜兔，一面旗紅曲連打著箇畢月烏⑯，一面旗雞學舞，一面旗狗生雙翅，一面旗蛇纏胡蘆⑰。

〔五煞〕紅漆了叉，銀錚了斧⑱，甜瓜苦瓜黃金鍍⑲。明晃晃馬鐙鎗尖上挑⑳，白雪雪鵝毛扇上鋪㉑。這幾箇喬人物㉒，拿著些不曾見的器仗，穿著些大作怪衣服。

〔四〕轅條上都是馬，套頂上不見驢㉓。黃羅傘柄天生曲㉔。車前八箇天曹判，車後若干遞送夫㉕，更幾箇多嬌女㉖，一般穿著，一樣粧梳。

〔三〕那大漢下的車，眾人施禮數。那大漢覷㉗得人如無物。眾鄉老展腳舒腰拜，那大漢那身著手扶。猛可裡㉘抬頭覷，覷多時認得，險氣破我胸脯！

〔二〕你須身㉙姓劉，您妻須姓呂。把你兩家兒根腳㉚從頭數，你本身做亭長耽幾盞酒，你丈人教村學讀幾卷書。曾在俺莊東住，也曾與我喂牛切草，拽埧㉛扶鋤。

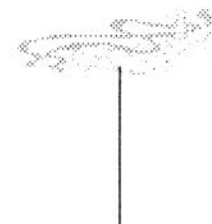

〔一〕春採了桑，冬借了俺粟，零支了米麥無重數。換田契強秤了麻三秤，還酒債偷量了豆幾斛。有甚胡突處㉜？明標著册曆㉝，見放著文書。

〔尾〕少我的錢差發內旋撥還㉞，欠我的粟稅糧中私准除㉟。只道劉三誰肯把你揪捽住㊱？白㊲ 甚麼改了姓更了名，喚做漢高祖！

注釋

①〈高祖還鄉〉最早見於元刊《太平樂府》和明刊《雍熙樂府》。此歷來傳誦之元曲名篇，元・鍾嗣成《錄鬼簿》卷下「方今才人」篇「睢景臣」載：「維揚諸公，俱作〈高祖還鄉〉套數，公哨遍製作新奇，諸公者皆出其下。」

②社長：元代統治者爲貫徹對農民的統治，在全國農村中建立「社」的組織。世祖至元七年，下令縣邑所屬村疃凡五十家立一社，擇年高曉事者一人爲社長，掌勸農、治安、差科等事。《元史・食貨志》及《元典章・戶部》對其情形有詳細記載。

③排門告示：即所謂「排門粉壁告示」之意。這是元代農村中出告示的一種特殊方式，其法於村坊各家門首立一「粉壁」，如有告令，則書於其上，見《元典章・聖政》二「明政刑」：「其使排門粉壁曉諭：告捕者有賞，不告者有刑。」

④但有句：所有一切的差遣不得藉故推托。

⑤不尋俗：不尋常。

⑥一壁廂句：一壁廂，一邊，一方面。納草也根，《雍熙樂府》作納草除根，實應作「納草輸糧」，「除」、「輸」晉南方言一音。明・朱有燉雜劇《神后山秋獮得騶虞》〔仙呂・混江龍〕：「輸糧納草，全憑耕種與鋤鉋。」

⑦索：與「須」意同。

⑧瓦台盤：陶製的托盤。

⑨酒葫蘆：將葫蘆瓜挖空、風乾，用以裝酒謂之。

⑩新刷來二句：刷，洗。糨，同漿，衣服洗淨之後打一層米汁在上面叫糨，此種糨過的衣服，曬乾後可熨得特別平直。

⑪暢好是句：眞正是裝模作樣的大戶。妝么，裝模作樣。說見徐渭《南詞敘錄》。

⑫瞎王留句：瞎王留，鄉民的諢名。趙顯宏〈滿庭芳〉曲：「賽社處王留宰豬，勸農回牛表牽驢。」喬男女，不三不四的人。喬，有滑稽、矯飾、虛僞的意思。

⑬胡踢蹬：胡亂，亂七八糟的。又人馬亂鬨，秦簡夫《東堂老勸破家子弟》雜劇第二折（二煞）：「你道是閒騎寶馬閒踢蹬。」

⑭颩：《元曲選・謝金蓮詩酒紅梨花》第四折音釋：「颩音磋」。周密《癸辛雜識》「一颩」條：「虜中謂一聚馬爲颩，或三百足（匹），或五百足（匹）。」可見「一颩」就是一大隊的意思，係北地方言。

⑮匹頭裡句：迎頭幾面展開的旗幟。

⑯白胡闌套住箇迎霜兔二句：胡闌猶言「環」，曲連猶言「圈」，都是宋元以來的「切腳語」（切語）。宋人洪邁《容齋三筆》：「世人語音有以切腳而稱者，亦間見之於書史中。如以蓬爲勃籠，鐸爲突落，叵爲不可，團爲突欒……圈爲屈欒」，屈欒即「曲連」。傳說月亮裡有玉兔搗藥，日中有三足烏，鄉民見到卻叫不出正確的名字，只能憑自己的想法來形容。按：兔旗爲元代「外仗」「二十八宿後隊」的「房宿旗」：「上繪四星，下繪兔」；烏旗爲「畢宿旗」：「上繪八星，下繪烏」。

⑰一面旗雞學舞三句：此舉出房宿旗、畢宿旗之後緊跟著的三面旗：鳳旗、飛黃旗、黃龍負圖旗。這三面旗都排在外仗的「諸衛馬前隊」中，見《元史・輿服志》二「儀仗」。

⑱銀錚了斧：指鍍了銀的斧。銀錚，銀鍍。

⑲甜瓜苦瓜黃金鍍：就是所謂的「臥瓜」、「立瓜」。《元史・輿服志》二「儀杖」云：「臥瓜，製形如瓜，塗以黃

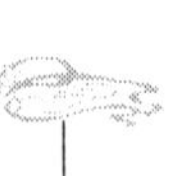

金，臥置朱漆棒首。」又：「立瓜，製形如瓜，塗以黃金，立置朱漆棒首。」或以為金瓜錘，不確。

⑳馬鐙鎗尖上挑：鎗尖上挑馬鐙，俗稱「朝天鐙」，當時則稱為「鐙杖」。其制為「朱漆棒首，標以金塗馬鐙。」

㉑白雪雪鵝毛扇上鋪：鵝毛鋪的羽扇，又稱「雉扇」。至此，皆為儀杖隊中所實有的東西。

㉒喬人物：奇怪的人物。

㉓轅條上都是馬二句：「轅條」和「套頂」都是元代車輅上的裝備。轅條是車前的平衡木。元・楊元孚〈灤京雜詠〉：「燕姬翠袖顏如玉，自按轅條駕駱駝。」自注：「轅條，車前橫木，按之則輕重前後適均。」套頂是車上的靷革，按《新元史・輿服志》「象輅」：「輅馬、誕馬皆黃色，鞍轡、鞦勒、纓拂、套頂，並金粧黃韋。」一說是套在馬脖子上的皮帶，山西晉南稱為「套圈」。

㉔黃羅傘柄天生曲：即「曲蓋」。元代儀杖中的曲蓋，其制與華蓋相仿，緋瀝水，繡瑞草，曲柄，上施金浮屠。

㉕車前八箇天曹判二句：天曹判，地獄裡的鬼判，即一般鄉民所熟悉的廟宇中的獰神惡鬼。所謂「八箇天曹判」，大概為御史大夫、御史中丞、侍御史、翰林學士、中書侍郎、黃門侍郎所組成，元代禮儀制度中「導駕官」的扈從隊伍。另又有「殿中導從隊」，執香案、交椅、水盆、唾盂、淨巾等物隨從，當指車後「若干遞送夫」而言。

㉖多嬌女：指皇帝出行，身旁所帶的嬪御。

㉗覷：看

㉘猛可裡：突然間。

㉙須：一定是。

㉚根腳：根底、身世、履歷。

㉛拽壩：壩是農具一種，亦作「耰」，木製有鐵齒，用以鬆土。

㉜胡突：即糊塗。

㉝冊曆：帳冊。

㉞差發內旋撥還：在官差錢裡扣除。差發，當官差，富者可用錢雇人替代。旋，立即。

㉟私准除：兩相抵充扣除。

㊱揪捽住：拉住。

㊲白：平白無故，或無緣無故之意。

劇

曲

宦門子弟錯立身

劇情大要

宋代西京洛陽有位宦門子弟，名叫完顏延壽馬，女眞族人氏，祖父曾官居宰輔，父親任河南府同知。他不戀功名，愛好戲曲。其時，山東東平一民間戲班來洛陽作場，女伶王金榜色藝出衆，竟把完顏延壽馬深深吸引住了。兩人接觸頻繁，遂生愛情，暗地來往。一天，父親不在家裡，延壽馬便命狗兒都管去勾欄喚請王金榜來府演唱。

王金榜由於演出繁重，身體染病。但狗兒都管前來傳話，說相公安排筵席，喚王金榜前去作場。當時遇到官府宴會，戲班必須前去承應，謂之「喚官身」，如果誤了官身，要受杖責。王金榜左右爲難，但又不能不去。她來到完顏府，誰知並無相公排宴，原來是情人召她來書房私會。兩人相見如膠似漆，延壽馬要金榜把時行的傳奇與他從頭溫習一番，於是她根據掌記（指腳本或劇本目錄），從《王魁》、《孟姜女》、《鬼做媒》、《西廂》、《牆頭馬上》一直到《趙氏孤兒》等，一本一本逐個研習。他們正在柔情蜜意之際，完顏老爺闖進了書房，見兒子與優伶在一處私會，開口便罵，立即命左右把延壽馬鎖在家中，不准外出；又喚來金榜之父王恩深，限他們的戲班次日一早即離洛陽。

完顏延壽馬被父親囚禁起來，感到活著還不如死去。看守他的狗兒勸他不要輕生，還是收拾些金銀作路費，往別處住幾時，再作商量。兒子出逃給父親很大的打擊。其時，恰好聖旨宣喚，授完顏父以採訪使之職，賜金印紫綬，於是他一面奉旨去各地採訪，一面也可打聽兒子消息。

王金榜被逐後，浪跡天涯。她白天演戲，夜深人靜時，暗思戀人，孤衾難安。延壽馬從家中逃出後，也是到處漂泊，帶的銀錢很快花光。爲了謀生，他什麼活都幹過，什麼苦都嘗遍。他到處尋訪王金榜，然而失望一個緊接著一個，只是朦朧的希望之光彷彿還在遠處閃爍著。

一天，延壽馬流浪到了東平城，在一家茶坊門口巧遇王金榜的戲班。王金榜來到茶坊，見面前坐著一個年輕客官，衣衫襤褸，形同乞丐。仔細辨認後，才認出是延壽馬。延壽馬自慚形穢，而王金榜卻不嫌他落魄。兩人正在交談，王恩深來尋金榜。倆人表示要重好，延壽馬要求跟隨戲班，一同演戲。經過一番問答，他誠懇地表示，情願做行院人家的女婿。王恩深見他精通戲劇，又有決心，加上當初女兒曾與他相愛，於是同意把他招爲女婿。從此延壽馬跟隨戲班，吃盡千辛萬苦。

再說完顏父受命四處採訪民情，但兒子下落尚未查明。一日心裡愁悶，命人去叫行院來演些院本解悶。誰知叫到的正巧是王恩深的戲班，在紅氍毹上，意外地與兒子及王金榜重逢。他念子心切，見兒子與王金榜已結絲蘿，只好承認既成事實。

此劇有《永樂大典戲文三種》本，原題「古杭才人新編」，今收入《古本戲曲叢刊》初集。元代有李直夫雜劇《宦門子弟錯立身》，元人趙文敬也作有同名雜劇。與此情節相似的還有雜劇《諸宮調風月紫雲庭》。本劇情節與雜劇相同，劇中所用的南北合套曲，爲元代沈和所創，據此可知，它的出現當在雜劇之後。（《中國古典名劇鑑賞辭典》）

私　出（節錄《永樂大典戲文三種‧宦門子弟錯立身》第五出）

（生上唱）【醉落魄】令人去久傳音耗，至今不到。（淨上）心忙意急歸來報。（旦上）得見情人，心下稱懷抱。

（相見介）（生白）你。一似蕭何不赴宴，你好難請。（旦）害瞎的去尋羊，小哥，你好難得見。（淨）

悲秋生在脊梁上，你好難入①。（生）小姐，兩日不見你。（旦）我要來你處，又怕相公知道。（生）我瞞了相公，教它來請你，來書院中說些話。（旦唱）

【賞花時】憔悴容顏只爲你，每日在書房攻甚詩書！（生）閑話且②休提，你把這時行的傳奇③，（旦白）看掌記④。（生連唱）你從頭與我再溫習。

（旦白）你直待⑤要唱曲，相公知道，不是要處。（生）不妨，你帶得掌記來，敷演一番。（旦）這里有分付⑥；（淨看門介）（旦唱）。

【排歌】聽說因依⑦，其中就里：一個負心王魁；孟姜女千里送寒衣；脫像雲卿鬼做媒；鴛鴦會，卓氏女；郭華因爲買胭脂，瓊蓮女，船浪舉，臨江驛內再相會。（又）

【那吒令】這一本傳奇，是《周孛太尉》；這一本傳奇，是《崔護覓水》；這一本傳奇，是《秋胡戲妻》；這一本是《關大王獨赴單刀會》；這一本是《馬踐楊妃》。（又）

【排歌】柳耆卿，《欒城驛》；張珙《西廂記》；《殺狗勸夫婿》；《京娘四不知》；張協斬貧女；《樂昌公主》；牆頭馬上擲青梅，錦香亭上賦新詩，契合皆因手帕兒；洪和尚，錯下書；呂蒙正《風雪破窰記》；楊寔遇，韓瓊兒；冤冤相報《趙氏孤兒》。（又）

【鵲踏枝】劉先主跳檀溪；雷轟了薦福碑；丙吉教子立起宣帝；老萊子斑衣；包待制上陳州糶米；這一本是《孟母三移》⑧。（生唱）

【樂安神】一從當日，心中指望燕鶯期。功名不戀待何如？拚卻和伊拋故里。不圖身富貴，不去苦攻書，但只教兩眉舒。（又）

【六么序】一意隨它去，情願爲路岐⑨。管甚麼抹土搽灰⑩，折莫⑪擂鼓吹笛，點拗收拾⑫。更溫習幾本雜劇，問甚麼粧孤扮末⑬諸般會，更那堪會跳索撲旗⑭。只得⑮同歡共樂同鴛被，衝州撞府⑯，求衣覓食。

【尾聲】我和你同心意，願得百歲鎮⑰相隨，盡老今生不暫離。

（淨介）（外上白）隔牆猶有耳，窗外豈無人，老夫幾日不曾到書院中。（介）（見淨介）（旦悶介）（先見旦介）（罵介）（外唱）

【鎖南枝】潑禽獸⑱，沒道理！書院中怎不攻文藝？指望你背紫腰金⑲，怎知你不成器！因甚底，來這里？便與我，捍出去⑳！（生）

【同前換頭】爹爹聽咨啓，孩兒又怎知？正在書房中獨坐，忽見狗兒都管，與它㉑同來至。我問它，只因甚的？它說道是爹爹，喚它至。（旦）

【同前】相公聽，奴拜啓：它說道相公排宴會，特地喚取奴，來到這書房裡。誰信道，都是計。智賺奴，望容恕。（淨）

【同前換頭】思量老奴婢，只是怨恨你，兩個將咱連累。如今打得我，渾身上下都麻痺。要把刀，割下腿。告相公：沙八赤㉒。

（外白）當初望你攻書，已後爲官，今日剗地㉓如此做作？左右那裡！（末上）有福之人人伏事㉔，無福之人伏事人。（外）你速去喚散樂王恩深來。（末）理會得。一心忙似箭，兩腳走如飛。（末下）（婆、末改扮上）㉕威聲如霹靂，人命若塵埃。不知相公那裡有甚事？去走一遭。（見外介）（外說付介）你今夜快與我收拾去，不許在此住。明日早□㉖若見你在此，那時節別有施行㉗。老都管，如今這小畜生鎖在家中，不許順情。明日慢慢問這廝。（淨生先下）（外說末卜㉘介）你明日若不去時，教你從前作過事，沒興㉙一齊來。（外下）（末卜商量介）萬事不由人計較，一生都是命安排。（並下）

注釋

①蕭何不赴宴，你好難請三句：此種言語爲謎語的一種，即所謂「江湖俏語」。如「啞子吃黃連，苦在心裡」上句爲謎面，下句爲謎底。「悲秋生在脊梁上，你好難入」則更爲穢語，隱含某種男女之事。所謂「悲秋」，即目前在紹興一帶口語的「彼啾」、「彼區」，啾、區是語助詞，無義。

②且：猶云「卻」。

③傳奇：此處指宋元戲文。明成化刻本《白兔記》：「今日戾家子弟搬演一本傳奇」。

④掌記：伶人、歌妓隨身攜帶抄寫曲譜的小册子或腳本，即後世藝人所用之「手折」。《雍熙樂府》十七「風流客人」：「鶯花市販本，風月店調箏，揣懷掌記入花門。」

⑤直待：眞箇打算。直，語氣詞，有「眞」、「竟」之意。

⑥分付：交代，意指掌記上所交代的劇情。

⑦因依：因由，緣故。

⑧〔排歌〕至〔鵲踏枝〕四支曲共舉宋金元初戲文計二十九本。其中《殺狗》、《張協》、《破窰》、《孤兒》四種尚有傳本，除《張協》之外，均已爲明人修改，失去了本來面目。另《王魁》、《孟姜女》、《鬼做媒》、《郭華》、《瓊蓮女》、《崔護》、《欒城驛》、《西廂》、《京娘》、《樂昌》、《牆頭馬上》、《錦香亭》、《錯下書》、《楊寔》十四種尚有佚曲流傳，可在錢南揚《宋元戲文輯佚》一書中見到，此外，《鴛鴦會》等十一種則隻字無存。

⑨路岐：大都指出外謀生、終年奔波的戲劇職業演員。蘇軾〈次韻周開祖長官見寄〉：「俯仰東西閱數州，老於岐路豈伶優。」《武林舊事》卷六「瓦子勾欄」條云：「或有路岐不入勾欄。」《藍采和》第四折〔慶東原〕：「是一火村路岐。」

⑩抹土搽灰：亦作「搽灰抹土」，指演員面部化妝。戲文《張協狀元》：「苦會插科使砌，何吝搽灰抹土。」

⑪折莫：宋元俗語，意謂「不論」、「不問」。也作折末、者么、者莫、遮莫。

⑫點拗收拾：拗，錢南揚以爲是「撥」字之誤（見《永樂大典戲文三種校注》）。點撥，吹打彈唱；收拾，指演畢收場。意謂以「曲破斷送」（吹打彈唱）送走觀衆之藝亦精湛。孫楷第先生《也是園古今雜劇考．品題》：「蓋扮雜劇至末折尾聲止，正劇雖完，而當場之藝猶未結束，觀者猶未去也。至打散訖而承應之事始畢。打散者乃正劇之後散段，其事爲送正劇而作者。」所指即此。

⑬粧孤扮末：孤，宋元俗語對官員之慣稱。妝孤，扮演戲劇中的官員。末，在戲文中可扮劇中多種人物。妝孤扮末，指的是會扮演男演員所應扮的各種劇中人物。

⑭更那堪會跳索撲旗：更那堪，更兼之。跳索，宋時雜技一種。《東京夢華錄》卷八「六月二十四日神保觀神生日」條：「自早呈拽百戲，如上竿、趯弄、跳索：：」撲旗，即撲旗子，宋隊舞之一，《東京夢華錄》卷七「駕登寶津樓諸軍呈百戲」條：「次一紅巾者手執兩白旗子，跳躍旋風而舞，謂之撲旗子。」元．高安道〈般涉．哨遍〉〈淡嗓行院〉套：「撲紅旗裹著慣老」，可見宋元時代，跳索、撲旗等技藝已爲戲劇演出的一部分。

⑮只得：只要。

⑯衝州撞府：指戲劇演員走南投北的跑江湖生活。

⑰鎮：長也。鎮相隨，長相隨。柳永〈傾杯序〉詞：「情知世上，難使皓月長圓，彩雲鎮聚。」鎮聚，長聚。

⑱潑禽獸：潑，惡劣、可惡、壞。此處意即「可惡的畜牲」。

⑲背紫腰金：即衣紫腰金。唐制：三品以上文官穿紫衣，腰間賜佩金魚袋。見《舊唐書．輿服志》、《新唐書．車服志》。此處是指望其做大官。

⑳「因甚」四句：指旦角王金榜而言。

㉑它：即「她」，但下文之它又指淨角狗兒都管，所以淨云「思量老奴婢」。

㉒沙八赤：蒙古語，寬恕之意。
㉓剗地：也作「剗的」，猶云「怎的」。
㉔伏事：服侍。
㉕婆末改扮上：婆，即「虔」，本戲指王金榜母。末，在本戲前出原扮完顏家家人，此處改扮王金榜父王恩深，故云改扮。由此可見早期戲文之中，末只有一個，並無副付、小末之分。
㉖早下疑脫一「晨」字。
㉗施行：即按法令執行。
㉘卜：鴇兒的簡稱，卜爲鴇的簡體字，是包括倡優在內的年老人的稱謂，含義與「虔」相似。本劇之中的「虔」、「婆」、「卜」可互用。
㉙沒興：猶云「倒霉」。《侯鯖錄》卷七：「孫莘老形貌古奇，熙寧中論事不合，責出。世謂沒興孔夫子。」

感天動地竇娥冤

關漢卿

劇情大要

楚州有個窮書生竇天章，妻子去世後，獨自帶著幼女端雲過活。他曾向城裡蔡婆婆借過二十兩銀子，如今連本帶利要還四十兩。蔡婆婆幾次前來討債，見他無力償還，便提出要端雲做童養媳。竇天章心中不忍，然而為了上京趕考，最終還是把女兒帶到蔡家。蔡婆婆留下年僅七歲的端雲，將借債的文書還給他，又送他十兩銀子做盤纏。竇天章揮淚與女兒分別，上京應舉去了。

蔡婆婆為端雲改了小名，喚做竇娥。十年後，她給竇娥和自己的兒子完了婚；不料成婚不久，竇娥便成了寡婦。竇娥想起自己的不幸身世，常暗自嘆息：「眞是好命苦啊！」這就樣，她在孤苦中又過了三個年頭。一天，蔡婆婆出門，找賽盧醫討債。這賽盧醫在山陽縣南門開著生藥局，借過蔡婆婆十兩銀子，如今連本帶息共欠二十兩，一直拖欠不還。他見蔡婆婆找上門來，便把她騙到無人之處，掏出準備好的繩子，欲把她勒死。這時恰巧張驢兒父子從這裡經過，賽盧醫慌忙逃走。張驢兒聽了蔡婆婆一番訴說，得知她家中還有個寡婦，就提出他們父子分別娶她們婆媳二人。蔡婆婆不同意，張驢兒拿起繩子，以勒死相威脅。蔡婆婆無奈，只好把他們帶到家裡。見了竇娥，蔡婆婆囁囁嚅嚅地說出原委，竇娥非但不肯應允，還把婆婆數落了一番。張驢兒上前拉扯，竇娥厲聲痛斥，把他推倒在地。

張驢兒父子本是無賴，便賴在蔡家不走。不久，蔡婆婆病了，張驢兒想趁機把她毒死，以便把竇娥弄到手。他從賽盧醫那裡弄到毒藥，找機會把毒藥放在蔡婆婆要喝的羊肚兒湯裡。不料這碗湯被張老頭吃下，很快倒地死了。張驢兒藉機威逼竇娥順從自己，否則帶她見官，竇娥理直氣壯地表示情願和他去見官。

楚州太守桃杌個貪官、昏官。他讓差役拿大棍子拷打竇娥，但竇娥忍痛抗辯，堅決不肯招認毒死張老頭。桃杌又下令打蔡婆婆，竇娥心軟了，爲了救婆婆，她違心地招認了。桃杌當即判斬，明日押赴市曹正法。

第二天，竇娥被押赴刑場。她戴著枷鎖，一路上呼冤叫屈，動地驚天。想起自己遭受的冤枉，她不由得埋怨起天地：「爲善的受貧窮命更短，造惡的享富貴又壽延。天地也，做得個怕硬欺軟。」「地也，你不分好歹何爲地？天也，你錯勘賢愚枉做天！」在刑場上，她發下三個誓願：若是我竇娥確實冤枉，刀過頭處，血飛丈二白練；三伏天降三尺瑞雪遮掩屍首；楚州亢旱三年。劊子手準備動刀時，刑場上突然陰雲密布，冷風颼颼，等殺了竇娥，果然血濺白練，大雪紛飛。監斬官也驚異地說死者必有冤枉。

再說竇天章自從進京應考，一舉及第，官拜參知政事，至今已十六年了。他也曾派人到楚州打聽女兒消息，不料蔡婆婆早已搬家，音信全無。他爲官清正廉明，被遷爲兩淮肅政廉訪使，到外巡查案件。這次他來到楚州，聽說這兒三年不雨，十分詫異。晚上，他批閱案卷，見頭一宗文卷上就寫著：「一起犯人竇娥，將毒藥致死公公……」他想，這頭一件怎麼就與自己同姓？藥死公公罪在十惡不赦，又是結了案的，他不想看下去，隨手將文卷壓在底下。由於鞍馬勞頓，他伏在書案上睡著了。這時，竇娥的鬼魂前來托夢與他，他醒後見燈忽明忽滅，拿起一宗文卷，仍是竇娥的，於是又壓在底下，燈又忽明忽暗，他剔燈再拿文卷，還是竇娥的，不禁大驚，疑心有鬼。竇娥的鬼魂上前一拜，細訴了自己的遭遇。竇天章聽罷，泣不成聲，表示一定要爲她做主。第二天他升廳坐衙，將張驢兒解到審問。張驢兒依然狡辯，竇娥的鬼魂出現，與他質對；賽盧醫也被解到，講出眞相。竇娥悲痛地訴說：「衙門自古向南開，就中無個不冤哉！」她希望父親「從今後把金牌勢劍從頭擺，將濫官污吏都殺壞，與天子分憂，萬民除害。」最後，竇天章判

張驢兒死刑，賽盧醫充軍，已升任州守的桃杌永不敘用，並將蔡婆婆收養，爲竇娥洗去罪名。（《中國古典名劇鑑賞辭典》）

楔子①

（卜兒②蔡婆上，詩云③：）花有重開日，人無再少年。不須長富貴，安樂是神仙。老身蔡婆婆是也，楚州人氏，嫡親三口兒家屬。不幸夫主亡逝已過，止有一箇孩兒，年長八歲，俺娘兒兩箇，過其日月。家中頗有些錢財，這裡一箇竇秀才，從去年問我借了二十兩銀子，如今本利該銀四十兩。我數次索取，那竇秀才只說貧難，沒得還我。他有一箇女兒，今年七歲，生得可喜，長得可愛，我有心看上他，與我家做箇媳婦，就准④了這四十兩銀子，豈不兩得其便。他說今日好日辰，親送女兒到我家來。老身且不索錢去，專在家中等候，這早晚竇秀才敢待來也。（沖末⑤扮竇天章引正旦⑥扮端雲上，詩云：）讀盡縹緗⑦萬卷書，可憐貧殺馬相如⑧；漢庭一日承恩召，不說當壚說子虛。小生姓竇，名天章，祖貫長安京兆人也。幼習儒業，飽有文章；爭奈⑨時運不通，功名未遂。不幸渾家⑩亡化已過，撇下這個女孩兒，小字端雲，從三歲上亡了他母親，如今孩兒七歲了也。小生一貧如洗，流落在這楚州居住。此間一箇蔡婆婆，他家廣有錢物；小生因無盤纏，曾借了他二十兩銀子，到今本利該對還他四十兩。他數次問小生索取，教我把甚麼還他；誰想蔡婆婆常常著人來說，要小生女孩兒做他兒媳婦。況如今春榜動，選場開⑪，正待上朝取應⑫，又苦盤纏缺少。小生出於無奈，只得將女孩兒端雲與蔡婆婆做兒媳婦去。（做歎科⑬，云：）嗨！這箇那裡是媳婦？分明是賣與他一般。就准了他那先借的四十兩銀子，分外但得些少東西，勾小生應舉之費，便也過望了。說話之間，早來到他家門首。婆婆在家麼？（卜兒上，云：）秀才，請家裡坐，老身等候多時也。（做相見科，竇天章云：）小生今日一徑的將女孩兒送來與婆婆，怎敢說做媳婦，只與婆婆早晚使用。小生目下就要上朝進取功名去，留下女兒在此，只望婆婆看覷則箇⑭。（卜兒云：）這等，你是我親家了。你本

利少我四十兩銀子，兀的⑮是借錢的文書，還了你；再送與你十兩銀子做盤纏，親家，你休嫌輕少。（竇天章做謝科，云：）多謝了婆婆。先少你許多銀子，都不要我還了；今又送我盤纏，此恩異日必當重報。婆婆，女孩兒早晚呆癡，看小生薄面，看覷女孩兒咱⑯。（卜兒云：）親家，這不消你囑付，令愛到我家就做親女兒一般看承他，你只管放心的去。（竇天章云：）婆婆，端雲孩兒該打呵，看小生面則⑰罵幾句；當罵呵，則處分⑱幾句。孩兒，你也不比在我跟前，我是你親爺，將就的你；你如今在這裡，早晚若頑劣呵，你只討那打罵喫。兒嚛！我也是出於無奈。（做悲科）（唱：）

【仙呂賞花時】我也只爲無計營生四壁貧，因此上割捨得親兒在兩處分。從今日遠踐洛陽塵，又不知歸期定准，則落的無語闇消魂⑲。（下）

（卜兒云：）竇秀才留下他這女孩兒與我做媳婦兒，他徑上朝應舉去了。（正旦做悲科，云：）爹爹，你直下的⑳撇了我孩兒去也。（卜兒云：）媳婦兒，你在我家，我是親婆，你是親媳婦，只當自家骨肉一般。你不要啼哭，跟著老身前後執料㉑去來㉒。（同下）

注釋

①楔子：元雜劇一般爲四折，或在四折之外，加上一個或兩個楔子。位置不固定，或在劇首，或在折與折之間，亦稱「楔兒」，見《中原音韻》、《太和正音譜》。

②卜兒：劇中老婦角色，係「娘」之省形；或謂即「鴇兒」之諧音。

③詩云：元雜劇中，主要角色上場，每喜歡吟詩四句，敘述其身分或心志。

④准：兩相折償、抵充之意。唐．韓愈〈贈崔立之評事〉詩：「墻根菊花好沽酒，錢帛縱空衣可准。」

⑤沖末：末，是劇中的男角名稱，猶如京劇中的「生」角。正末爲男主角，此外尚有副末、沖末、小末、外末等名

目，均為男配角：沖末為沖（衝）場之角色。

⑥正旦：旦，是劇中的女角名稱。正旦為女主角。此外尚有副旦、貼旦、小旦、大旦、老旦、花旦、色旦、搽旦、外旦等名目。

⑦縹緗：珍貴書籍的代稱。縹，音ㄆㄧㄠˇ，青白色綢。緗，ㄒㄧㄤ，淺黃色綢，古人用以包書，或作書囊。

⑧馬相如：即司馬相如，漢代的大文學家。曾琴挑卓文君，雙雙私奔，開個小酒店，文君當鑪沽酒，他自己打雜。後來漢武帝讀到他寫的〈子虛賦〉，大為讚歎，召他到朝中當官，見《史記》、《漢書》本傳。

⑨爭奈：爭，同「怎」，有無可奈何之意。

⑩渾家：稱自己妻子，和「老婆」相當，為宋元時習慣用語。猶今北方農村稱妻子為家裡、屋裡人。

⑪春榜動，選場開：科舉時代，進士考試和放榜的時間，多在春季，故云。

⑫上朝取應：赴京城趕考。

⑬科：戲劇術語，表示角色的動作，或稱「介」。

⑭看覷則箇：照顧著吧。看覷，照顧也。覷，音ㄑㄩˋ。則箇，宋元小說、戲劇中經常使用的一個表示希望的語助詞，略近「著」或「者」。

⑮兀的：猶如說「這個」、「那個」。亦作兀底、兀得、阿的。

⑯咱：用法同「吧」，用在句尾，有命令或希望的意思。

⑰則：只。

⑱處分：責備，批評的意思。

⑲闇消魂：即黯然銷魂。語本江淹〈別賦〉：「黯然銷魂者，唯別而已矣。」

⑳直下的：猶言「竟捨得」。

㉑執料：照料。

㉒去來：就是「去」。來，語尾助詞，無義。

第一折

（淨①扮賽盧醫②上，詩云：）行醫有斟酌，下藥依《本草》③；死的醫不活，活的醫死了。自家姓盧，人道我一手好醫，都叫做賽盧醫，在這山陽縣南門開著生藥局④，在城有箇婆婆，我問他借了十兩銀子，本利該還他二十兩；數次來討這銀子，我又無的還他。若不來便罷，若來呵，我自有箇主意。我且這藥鋪中坐下，看有甚麼人來？（卜兒上，云：）老身蔡婆婆。我一向搬在山陽縣居住，儘也靜辦⑤。自十三年前竇天章秀才留下端雲孩兒與我做兒媳婦，改了他小名，喚做竇娥。自成親之後，不上二年，不想我這孩兒害弱症死了。媳婦兒守寡，又早三箇年頭，服孝將除了也。我和媳婦兒說知，我往城外賽盧醫家索錢去也。（做行科，云：）驀⑥過隅頭，轉過屋角，早來到他家門首。賽盧醫在家麼？（盧醫云：）婆婆，家裡來。（卜兒云：）我這兩箇銀子長遠了，你還了我罷。（盧醫云：）婆婆，我家裡無銀子，你跟我莊上去取銀子還你。（卜兒云：）我跟你去。（做行科）（盧醫云：）來到此處，東也無人，西也無人，這裡不下手等甚麼？我隨身帶的有繩子。兀那婆婆，誰喚你哩？（卜兒云：）在那裡？（做勒卜兒科。孛老⑦同副淨張驢兒衝上，賽盧醫慌走了，孛老救卜兒科。張驢兒云：）爹，是箇婆婆，爭些⑧勒殺了。（孛老云：）兀那婆婆，你是那裡人氏？姓甚名誰？因甚著這箇人將你勒死？（卜兒云：）老身姓蔡，在城人氏，止有箇寡媳婦兒，相守過日。因為賽盧醫少我二十兩銀子，今日與他取討。誰想他賺我到無人去處，要勒死我，賴這銀子。若不是遇著老的和哥哥呵，那得老身性命來？（張驢兒云：）爹，你聽的他說麼？他家還有箇媳婦哩。救了性命，他少不得要謝我；不若你要這婆子，我要他媳婦兒，何等兩便，你和他說去。（孛老云：）兀那婆婆，你無丈夫，我無渾家，你肯與我做箇老婆，意下如何？（卜兒云：）是何言語！待我回家，多備些錢鈔相謝。（張驢兒云：）你敢⑨是不肯，故意將錢鈔哄我？賽盧醫的繩子還在，我仍舊勒死了你罷。（做拿繩科）（卜兒云：）哥哥，待我慢慢地尋思咱。（張驢兒云：）你尋思些甚麼？你隨我老子，我便要你媳婦兒。（卜兒背云：⑩）我不依他，他又勒殺我。罷罷罷，你爺兒兩箇隨我到家中去來。（同下）（正旦上，云：）妾身姓竇，小字端雲，祖居楚州人氏。我三歲上亡了母親，七歲上離了父親；俺父親將我嫁與蔡婆婆爲兒媳婦，改名竇娥。至十七歲與夫成親，不幸丈夫亡化，可早三年光景，我今二十歲也。這南門外有箇賽盧醫，他少俺婆婆銀子，本利該二十兩，數次索取不還，今俺婆婆親自索取去了。竇娥也，你這命好苦也啊！（唱：）

【仙呂點絳唇】滿腹閒愁，數年禁受⑪，天知否？天若是知我情由，怕不待和天瘦。

【混江龍】則問那黃昏白晝，兩般兒忘飡廢寢幾時休？大都來⑫昨宵夢裡，和著這今日心頭。催人淚的是錦爛熳花枝橫繡闥，斷人腸的是剔團圞⑬月色掛粧樓。長則是⑭急煎煎按不住意中焦，悶沉沉展不徹眉尖皺，越覺的情懷冗冗⑮，心緒悠悠。

（云：）似這等憂愁，不知幾時是了也呵！（唱：）

【油葫蘆】莫不是八字兒該載著一世憂，誰似我無盡頭！須知道人心不似水長流。我從三歲母親身亡後，到七歲與父分離久，嫁的箇同住人，他可又拔著短籌⑯。撇的俺婆婦每⑰都把空房守，端的箇有誰問有誰偢⑱？

【天下樂】莫不是前世裡燒香不到頭⑲，今也波生⑳，招禍尤，勸今人早將來世修。我將這婆侍養，我將這服孝守㉑，我言詞須應口。

（云：）婆婆索錢去了，怎生這早晚不見回來？（卜兒同孛老、張驢兒上）（卜兒云：）你爺兒兩箇且在門首等，我先進去。（張驢兒云：）妳妳，你先進去，就說女婿在門首哩。（卜兒見正旦科）（正旦云）妳妳回來了，你喫飯麼？（卜兒做哭科，云：）孩兒也，你教我怎生說波！（正旦唱：）

【一半兒】爲甚麼泪漫漫不住點兒流？莫不是爲索債與人家惹爭鬥？我這裡連忙迎接慌問

候，他那裡要說緣由。（卜兒云：）羞人答答的，教我怎生說波！（正旦唱：）則見他一半兒徘徊一半兒醜㉒。

（云：）婆婆，你為甚麼煩惱啼哭那？（卜兒云：）我問賽盧醫討銀子去，他賺我到無人去處，行起兇來，要勒死我。虧了一箇張老幷他兒子張驢兒，救得我性命。那張老就要我招他做丈夫，因這等煩惱。（正旦云：）婆婆，這箇怕不中㉓麼？你再尋思咱：俺家裡又不是沒有飯吃，沒有衣穿，又不是少欠錢債，被人催逼不過；況你年紀高大，六十以外的人，怎生又招丈夫那？（卜兒云：）孩兒也，你說的豈不是？但是我的性命全虧他這爺兒兩箇救，我也曾說道，待我到家，多將些錢物，酬謝你救命之恩。不知他怎生知道我家裡有箇媳婦兒，道我婆媳婦又沒老公，他爺兒兩箇又沒老婆，正是天緣天對。若不隨順，他依舊要勒死我。那時節我就慌張了，莫說自己許了他，連你也許了他。兒也，這也是出於無奈。（正旦云：）婆婆，你聽我說波。（唱：）

【後庭花】避凶神要擇好日頭，拜家堂要將香火修；梳著箇霜雪般白鬏髻㉔，怎將這雲霞般錦帕兜。怪不的女大不中留，你如今六旬左右，可不道到中年萬事休，舊恩愛一筆勾，新夫妻兩意投，枉教人笑破口。

（卜兒云：）我的性命都是他爺兒兩箇救的，事到如今，也顧不得別人笑話了。（正旦唱：）

【青哥兒】你雖然是得他得他營救，須不是筍條㉕筍條年幼，剗的㉖便巧畫蛾眉㉗成配偶。想當初你夫主遺留，替你圖謀，置下田疇，蚤晚羹粥，寒暑衣裘；滿望你鰥寡孤獨，無捱無靠，母子每到白頭。公公也，則落得乾生受㉘。（卜兒云：）孩兒也，他如今只待過門，喜事匆匆的，教我怎生回得他去？（正旦唱：）

【寄生草】你道他匆匆喜，我替你倒細細愁；愁則愁興闌刪㉙嚥不下交歡酒，愁則愁眼昏騰扭不上同心扣，愁則愁意朦朧睡不穩芙蓉褥。你待要笙歌引至畫堂前，我道這姻緣敢落在他人

後㉚。

（卜兒云：）孩兒也，再不要說我了，他爺兒兩箇都在門首等候；事已至此，不若連你也招了女婿罷。（正旦云：）婆婆，你要招你自招，我並然不要女婿。（卜兒云：）那箇是要女婿的。爭奈他爺兒兩箇自家捱過門來，教我如何是好？（張驢兒云：）我們今日招過門去也。帽兒光光，今日做箇新郎；袖兒窄窄，今日做箇嬌客。好女婿，不枉了，不枉了。（同孛老入拜科）（正旦做不禮㉛科，云：）兀那廝㉜，靠後！（唱：）

【賺煞】我想這婦人每，休信那男兒口，婆婆也，怕㉝沒的貞心兒自守，到今日招著箇村老子㉞領著箇半死囚。（張驢兒做嘴臉科，云：）你看我爺兒兩箇這等身段，儘也選得女婿過，你不要錯過了好時辰，我和你早些兒拜堂罷。（正旦不禮科，唱：）則被你坑殺人燕侶鶯儔。婆婆也，你豈不知羞！俺公公撞府沖州，闒闒㉟的銅斗兒家緣㊱百事有，想著俺公公置就，怎忍教張驢兒情受？㊲（張驢兒做扯正旦拜科，正旦推跌科，唱：）兀的不是俺沒丈夫的婦女下場頭。（下）

（卜兒云：）你老人家不要惱懆㊳，難道你有活命之恩，我豈不思量報你；只是我那媳婦兒氣性最不好惹的，既是他不肯招你兒子，教我怎好招你老人家？我如今拚的好酒好飯養你爺兒兩箇在家，待我慢慢的勸化俺媳婦兒；待他有箇回心轉意，再作區處㊴。（張驢兒云：）這歪剌骨㊵，便是黃花女兒㊶，剛剛扯的一把，也不消這等使性，平空的推了我一交，我肯乾罷！就當面賭箇誓與你；我今生今世不要他做老婆，我也不算好男子。（詞云：）美婦人我見過萬千向外，不似這小妮子㊷生得十分憊賴㊸；我救了你老性命死裡重生，怎割捨得不肯把肉身陪待？（同下）

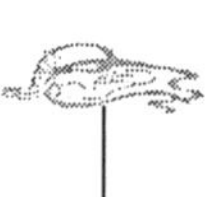

注釋

①淨：一般扮演粗暴剛烈或奸狡人物。腳色命名由來，一與「參軍」戲有關，二與粉白黛綠之「靚」粧有關。

②賽盧醫：盧醫，本指古代名醫扁鵲。元劇中常稱庸醫為「賽盧醫」，用的是反語打諢。

③本草：記載中藥的書籍。《本草》之名，見《漢書．平帝紀》，本名為《神農本草經》，後經歷代補充修訂，有《唐本草》、《本草拾遺》等，至明代李時珍著成《本草綱目》，為集大成之總結著作。劇中所謂《本草》指古代藥物學著作。

④生藥局：即中藥店，亦作「生藥鋪」。

⑤靜辦：清靜。「儘也靜辦」，意為「倒也清靜」。

⑥驀過隅頭：驀，邁過。隅頭，墻角，角落。此句即「轉過墻角」之意。

⑦孛老：劇中老頭兒角色。孛，音ㄅㄟˋ，又音ㄅㄛˊ，此為市井口語，非角色之名。王國維《古劇角色考》：「金元之際，鮑老之名，分化而為三：其扮盜賊者，謂之邦老；扮老人者，謂之孛老，扮老婦者，謂之卜兒。」

⑧爭些：差一點兒，險些。

⑨敢：莫非，大約。

⑩背云：戲劇術語。演員在臺上背對著別的角色，說出自己心裡的話，假裝別人聽不見。

⑪禁受：忍受，承當。

⑫大都來：算來。

⑬剔團圞：意謂非常圓的意思。，剔音ㄊㄧ，是形容極圓的副詞。圞，音ㄌㄨㄢˊ，圓也。

⑭長則是：意即老是、總是、常常是。長，「常」之借字。

⑮兀兀：遲疑猶豫的樣子，形容心情雜亂煩躁的樣子。

⑯拔著短籌：籌，舊時計數的竹籤，每根籤上均刻明數目，拔著短籌，就是抽到數目小的籤，比喻短命的意思。

⑰婆婦每：猶「婆媳們」。每，同「們」，常用於人稱之後，表示多數。

⑱偢：即「理睬」、「照顧」。

⑲前世裡燒香不到頭：迷信的說法，前世裡燒了斷頭香，今生裡就得受生離死別的果報，夫妻不能白頭到老。

⑳今也波生：即「今生」。也波，句中襯字，無義。

㉑服孝守二句：元代爲維持漢族習慣，禁止服內結婚。《元典章》：「居父母及夫喪內嫁娶者，徒三年，各離之。」

應口，算數，兌現。

㉒醜：《脈望館古名家雜劇》本作「羞」。

㉓不中：不行。

㉔鬏髻：古時婦女頭上套網的假髮。鬏音ㄉㄧˊ。髻，音ㄐㄧˋ。

㉕筍條：竹根所生的幼芽，比喻人的年輕。

㉖剗的：無緣無故地。剗，音ㄔㄢˇ。

㉗巧畫蛾眉：漢代張敞曾爲妻子描眉，後人常用這個典故比喻夫婦感情好。此處是竇娥借此典故反譏其婆婆。

㉘乾生受：猶言「白受辛苦」。

㉙興闌刪：打不起精神來。

㉚敢落在他人後：大概要被人看不起。敢，大概、恐怕的意思。

㉛不禮：不理睬的樣子。禮，「理」的同音借字。

㉜那廝：廝，音ㄙ，對男子的賤稱。猶言「這傢伙」、「那傢伙」的意思。

㉝怕：難道。

㉞村老子：猶言「鄉下老頭子」。

㉟⿵門爭⿵門坐：謀求、積攢的意思。音ㄓㄥ ㄓㄞˋ。

㊱銅斗兒家緣：用銅斗比喻家產殷實穩固。

㊲情受：承受、繼承。

㊳惱懆：煩惱不安。懆，音ㄘㄠˇ。

㊴區處：分別處置。

㊵歪剌骨：猶「潑辣貨」，是侮辱婦女的話。明．沈德符《萬曆野獲編》卷二十五「俚語」條：「北人詈婦人之下劣者曰歪剌骨。」或作「瓦拉姑」。

㊶黃花女兒：指處女。

㊷小妮子：宋元時稱未婚的女奴為小妮子。就是「小丫頭」。

㊸憊賴：刁頑、潑辣、調皮的意思。憊，音ㄅㄟˋ。

第二折

（**賽盧醫上，詩云**：）小子太醫出身，也不知道醫死多少人，何嘗怕人告發，關了一日店門？在城有箇蔡家婆子，剛少的他廿兩花銀，屢屢親來索取，爭些撚斷脊筋。也是我一時智短，將他賺到荒村，撞見兩箇不識姓名男子，一聲嚷道：「浪蕩乾坤，怎敢行兇撒潑，擅自勒死平民！」諕得我丟了繩索，放開腳步飛奔。雖然一夜無事，終覺失精落魂；方知人命關天關地，如何看做壁上灰塵。從今改過行業，要得滅罪修因，將以前醫死的性命，一箇箇都與他一卷超度的經文。小子賽盧醫的便是。只為要賴婆婆廿兩銀子，賺他到荒僻去處，正待勒死他，誰想遇見兩箇漢子，救了他去。若是再來討債時節，教我怎生見他？常言道的好：三十六計，走為上計。喜得我是孤身，又無家小連累；不若收拾了細軟行李，打箇包兒，悄悄的躲到別處，另做營生，豈不乾淨？（張驢兒上，云：）自家張驢兒，可奈那竇娥百般的不肯隨順我；如今那老婆子害病，我討服毒藥，與他喫了，藥死那老婆子，這小妮子好歹①做我的老婆。（做行科，云：）且住，城裡人耳目廣，口舌多，倘見我討毒藥，可不嚷出事來？我前日看見南門外有箇藥鋪，此處冷靜，正好討藥。（做到科，叫云：）太醫哥哥，我來討藥的。（賽盧醫云：）你討甚麼藥？（張驢兒云：）我討服毒藥。（賽盧醫云：）誰敢合②毒藥與你？這廝好大膽也。（張驢兒云：）你眞箇不肯與我藥麼？（賽盧醫云：）我不與你，你就怎地我？（張驢兒做拖盧云：）好呀，前日謀死蔡婆婆的，不是你來？你說我不認的你哩？我拖你見官去。（賽盧醫做慌科，云：）大哥，你放我，有藥有藥。（做與藥科，張驢兒云：）既然有了藥，且饒你罷。正是：得放手時須放手，得饒人處且饒人。（下）（賽盧醫云：）可不悔氣③！剛剛討藥的這人，就是救那婆子的。我今日與了他這服毒藥去了，以後事發，越越要連累我；趁早兒關上藥鋪，到涿州賣老鼠藥去。（下）（卜兒上，做病伏几科）（孛老同張驢兒上，云：）老漢自到蔡婆婆家來，本望做箇接腳④，卻被他媳婦堅執不從。那婆婆一向收留俺爺兒兩箇在家同住，只說好事不在忙，等慢慢裡勸轉他媳婦，誰想那婆婆又害起病來。孩兒，你可曾算我兩箇的八字，紅鸞天喜⑤幾時到命哩？（張驢兒云：）看什麼天喜到命，只賭本事做得去自去做。（孛老云：）孩兒也，蔡婆婆害病好幾日子了，我與你去問病波。（做見卜兒問科，云：）婆婆，你今日病體如何？（卜兒云：）我身子十分不快哩。（孛老云：）你可想些甚麼吃？（卜兒云：）我思量些羊䐗兒湯吃。（孛老云：）孩兒，你對竇娥說，做些羊䐗兒湯與婆婆吃。（張驢兒向古門⑥云：）竇娥，婆婆想羊䐗兒湯吃，快安排將來。（正旦持湯上，云：）妾身竇娥是也。有俺婆婆不快，想羊䐗湯吃，我親自安排了與婆婆吃去。婆婆也，我這寡婦人家，凡事也要避些嫌疑，怎好收留那張驢兒父子兩箇？非親非眷的，一家兒同住，豈不惹外人談議？婆婆也，你莫要背地裡許了他親事，連我也累做不清不潔的。我這婦人心好難保也呵。（唱：）

【南呂一枝花】他則待一生鴛帳眠，那裡肯半夜空房睡；他本是張郎婦，又做了李郎妻。有一等⑦婦女每相隨，並不說家克計，則打聽些閒是非；說一會不明白打鳳⑧的機關，使了些調虛囂⑨撈龍的見識。

【梁州第七】這一箇似卓氏般當罏滌器，這一箇似孟光般舉案齊眉⑩；說的來藏頭蓋腳多怜俐⑪，道著難曉，做出纔知。舊恩忘卻，新愛偏宜；墳頭上土脈猶濕，架兒上⑫又換新衣。那裡有奔喪處哭倒長城⑬，那裡有浣紗時甘投大水⑭，那裡有上山來便化頑石⑮。可悲，可恥，婦人家直恁的⑯無仁義；多淫奔少志氣，虧殺前人在那裡，更休說本性難移。

（云：）婆婆，羊肚兒湯做成了，你吃些兒波。（張驢兒云：）等我拿去。（做接嘗科，云：）這裡面少些鹽醋，你去取來。（正旦下）（張驢兒放藥科）（正旦上，云：）這不是鹽醋？（張驢兒云：）你傾下些。（正旦唱：）

【隔尾】你說道少鹽欠醋無滋味，加料添椒纔脆美。但願娘親蚤痊濟，飲羹湯一杯，勝甘露⑰灌體，得一個身子平安倒大來喜⑱。

（孛老云：）孩兒，羊肚湯有了不曾？（張驢兒云：）湯有了，你拿過去。（孛老將湯云：）婆婆，你吃些湯兒。（卜兒云：）有累你。（做嘔科，云：）我如今打嘔，不要這湯吃了，你老人家吃罷。（孛老云：）這湯特做來與你吃的，便不要吃，也吃一口兒。（卜兒云：）我不吃了，你老人家請吃。（孛老吃科：）（正旦唱：）

【賀新郎】一箇道你請喫，一箇道婆先喫，這言語聽也難聽，我可是氣也不氣！想他家與咱家有甚的親和戚？怎不記舊日夫妻情意，也曾有百縱千隨。婆婆也，你莫不為黃金浮世寶，白髮故人稀，因此上把舊恩情全不比新知契。則待要百年同墓穴，那裡肯千里送寒衣。

（孛老云：）我吃下這湯去，怎覺昏昏沉沉的起來？（做倒科）（卜兒慌科，云：）你老人家放精神著，你扎掙著些兒。（做哭科，云：）兀的不是死了也！（正旦唱：）

【鬥蝦蟆】空悲戚，沒理會，人生死是輪迴。感著這般病疾，值著這般時勢，可是風寒暑濕，或是饑飽勞役，各人證候自知。人命關天關地，別人怎生替得？壽數非干今世，相守三朝五夕，說甚一家一計㉗。又無羊酒段匹，又無花紅財禮；把手爲活過日，撒手如同休棄；不是竇娥忤逆，生怕傍人論議。不如聽咱勸你，認箇自家悔氣，割捨的一具棺材，停置㉗幾件布帛，收拾出了咱家門裡，送入他家墳地。這不是你那從小兒年紀指腳㉗的夫妻；我其實不關親，無半點恓惶淚。休得要心如醉，意似癡，便這等嗟嗟怨怨，哭哭啼啼。

（張驢兒云：）好也囉！你把我老子藥死了，更待乾罷！（卜兒云：）孩兒，這事怎了也？（正旦云：）我有什麼藥在那裡，都是他要鹽醋時，自家傾在湯兒裡的。（唱：）

【隔尾】這廝搬調㉗咱老母收留你，自藥死親爺待要唬嚇誰？（張驢兒云：）我家的老子，倒說是我做兒子的藥死了，人也不信。（做叫科，云：）四鄰八舍聽著：竇娥藥殺我家老子哩。（卜兒云：）罷麼，你不要大驚小怪的，嚇殺我也。（張驢兒云：）你可怕麼？（卜兒云：）可知㉗怕哩。（張驢兒云：）你要饒麼？（卜兒云：）可知要饒哩。（張驢兒云：）你教竇娥隨順了我，叫我三聲的的親親的丈夫，我便饒了他。（卜兒云：）孩兒也，你隨順了他罷。（正旦云：）婆婆，你怎說這般言語？（唱：）

我一馬難將兩鞍鞴。想男兒在日，曾兩年匹配，卻教我改嫁別人其實做不得。

（張驢兒云：）竇娥，你藥殺了俺老子，你要官休？要私休？（正旦云：）怎生是官休？怎生是私休？（張驢兒云：）你要官休呵，拖你到官司，把你三推六問㉗，你這等瘦弱身子，當不過拷打，怕你不招認藥死我老子的罪犯！你要私休呵，你早些與我做了老婆，倒也便宜了你。（正旦云：）我又不曾藥死你老子，情願和你見官去來。（張驢兒拖正旦卜兒下）（淨扮孤㉗引祇候㉗上，詩云：）我做官人勝別人，告狀來的要金銀；若是上司當刷卷㉗，在家推病不出門。下官楚州太守桃杌㉗是也。今早升廳坐衙，左右，喝攛廂

㉙。（祇候么喝科）（張驢兒拖正旦卜兒上，云：）告狀告狀。（祇候云：）拿過來。（做跪見，孤亦跪科，云：）請起。（祇候云：）相公，他是告狀的，怎生跪著他？（孤云：）你不知道，但來告狀的，就是我衣食父母㉚。（祇候么喝科，孤云：）那箇是原告？那箇是被告？從實說來。（張驢兒云：）小人是原告張驢兒，告這媳婦兒，喚做竇娥，合毒藥下在羊賭湯兒裡，藥死了俺的老子。這個喚做蔡婆婆，就是俺的後母。望大人與小人做主咱。（孤云：）是那一箇下的毒藥？（正旦云：）不干小婦人事。（卜兒云：）也不干老婦人事。（張驢兒云：）也不干我事。（孤云：）都不是，敢是我下的毒藥來？（正旦云：）我婆婆也不是他後母，他自姓張，我家姓蔡。我婆婆因為與賽盧醫索錢，被他賺到郊外勒死；我婆婆卻得他爺兒兩箇救了性命，因此我婆婆收留他爺兒兩箇在家，養膳終身，報他的恩德。誰知他兩箇倒起不良之心，冒認婆婆做了接腳，要逼勒小婦人做他媳婦。小婦人元是有丈夫的，服孝未滿，堅執不從。適值我婆婆患病，著小婦人安排羊賭湯兒喫。不知張驢兒那裡討得毒藥在身，接過湯來，只說少些鹽醋，支轉小婦人，闇地傾下毒藥。也是天幸，我婆婆忽然嘔吐，不要湯吃，讓與他老子吃，纔吃的幾口，便死了。與小婦人並無干涉，只望大人高抬明鏡㉛，替小婦人做主咱。（唱：）

【牧羊關】大人你明如鏡，清似水，照妾身肝膽虛實。那羹本五味俱全，除了外百事不知。他推道嘗滋味，喫下去便昏迷。不是妾訟庭上胡支對㉜，大人也，卻教我平白地說甚的。

（張驢兒云：）大人詳情：他自姓蔡，我自姓張，他婆婆不招俺父親接腳，他養我父子兩箇在家做甚麼？這媳婦年紀兒雖小，極是箇賴骨頑皮，不怕打的。（孤云：）人是賤蟲，不打不招。左右，與我選大棍子打著。（祇候打正旦，三次噴水科）（正旦唱：）

【罵玉郎】這無情棍棒教我捱不的。婆婆也，須是你自做下，怨他誰！勸普天下前婚後嫁婆娘每，都看取，我這般，傍州例㉝。

【感皇恩】呀！是誰人唱叫揚疾㉞，不由我不魄散魂飛。恰消停，纔蘇醒，又昏迷。捱千般打拷，萬種淩逼，一杖下，一道血，一層皮。

【採茶歌】打的我肉都飛，血淋漓，腹中冤枉有誰知！則我這小婦人毒藥來從何處也，天那！怎麼的覆盆不照太陽暉㉟！

（孤云：）你招也不招？（正旦云：）委的㊱不是小婦人毒藥來。（孤云：）既然不是，你與我打那婆子。（正旦忙云：）住住住，休打我婆婆，情願我招了罷。是我藥死公公來。（孤云：）既然招了，著他畫了伏狀㊲，將枷來枷上，下在死囚牢裡去。到來日判箇斬字，押付市曹典刑。（卜兒哭科，云：）竇娥孩兒，這都是我送了你性命，兀的不痛殺我也！（正旦唱：）

【黃鐘尾】我做了箇銜冤負屈沒頭鬼，怎肯便放了你好色荒淫漏面賊？想人心，不可欺，冤枉事，天地知，爭到頭，競到底，到如今，待怎的，情願認藥殺公公與了招罪。婆婆也，我若是不死呵如何救得你？（隨祇候押下）

（張驢兒做叩頭科，云：）謝青天老爺做主！明日殺了竇娥，纔與小人的老子報的冤。（卜兒哭科，云：）明日市曹中殺竇娥孩兒也，兀的不痛殺我也！（孤云：）張驢兒，蔡婆婆，都取保狀，著隨衙聽候，左右，打散堂鼓，將馬來回私宅去也。（同下）

注釋

①好歹：無論如何。

②合：調製。

③悔氣：即晦氣。

④接腳：丈夫死了，再招一個丈夫，這個被招的人就叫「接腳」。

⑤紅鸞天喜：紅鸞，星命家所指爲吉星，主婚姻成就。天喜，星命家認爲日支與月建相合，如寅月逢戌日，卯月逢亥日，就稱「天喜」，就是吉日。

⑥古門：戲臺裡的上下場門，亦稱古門道、鬼門道。元．柯九思〈論曲〉云：「构肆中戲房出入之所，謂之鬼門道。」

⑦一等：一種。

⑧打鳳、撈龍：安排圈套，讓人中計上當。撈龍：亦作牢籠、牢龍、撈籠。

⑨虛囂：僞詐。

⑩舉案齊眉：東漢時，梁鴻娶妻孟光，夫婦相敬如賓。開飯的時候，孟光把「案」（托盤）高舉齊眉，表示對丈夫的尊敬。這裡是竇娥諷刺婆婆對張老兒的親暱。

⑪多怜俐：多乾淨、沒有牽連。此處反譏其婆婆不清不白。

⑫架兒上：身上。

⑬奔喪處哭倒長城：民間傳說，秦時有孟姜女萬里尋夫，哭倒長城，才發現到她丈夫范杞梁的屍骨。

⑭浣紗時甘投大水：春秋時伍子胥從楚國逃往吳國，在江邊遇一浣紗女給他飯吃，臨走時伍員囑咐她守密，她竟投江自殺來表明救他的心志。

⑮上山來便化頑石：古代神話傳說，某人出外久久未歸，其妻日日登山遙望，日久化爲石頭，稱爲「望夫石」。

⑯直恁的：直，竟然。恁的，如此、這般的。

⑰甘露：佛教的說法，甘露，是諸天不死之藥。人喝了可以健康長壽，力大體光。

⑱倒大來喜：倒大，意猶十分、非常。意指極其歡喜。

⑲一家一計：宋元時成語，一家人、一條心之意。

⑳停置：購買。

㉑指腳夫妻：即結髮夫妻。

㉒搬調：搬弄、調唆。

㉓可知：猶言「當然」。

㉔三推六問：多次審訊的意思。

㉕孤：戲劇名詞。劇中扮官吏之人。

㉖祗候：較高級的衙役。祗，音ㄓ。

㉗刷卷：元代由肅政廉訪使，稽查所屬各衙門處理獄訟案件，不使枉屈或拖延，叫做「刷卷」。

㉘桃杌：《左傳．文公十八年》：「顓頊氏有不才子，不可教訓，不知話言。告之則頑，舍之則嚚；傲很明德，以亂天常，天下之民謂之檮（桃）杌。」此處暗指太守的心性。

㉙喝攛廂：古代官員開庭審案時，衙役分列兩廂，大聲吆喝，以壯聲威，使嫌犯不敢說謊，叫做「喝攛廂」。攛，音ㄘㄨㄢ。

㉚衣食父母：諷刺貪官向打官司的老百姓進行敲詐的行爲，所以稱打官司的人是他的衣食父母。

㉛高抬明鏡：官吏斷案，明白公正，沒有冤屈，就被稱爲高抬明鏡。

㉜胡支對：隨意應付，胡亂對答。

㉝傍州例：辦案量刑，依據法律條文，若無法可依，則按已往判例。傍州例，他處的判例。此處引申爲例子、榜樣。

㉞唱叫揚疾：吵鬧喧嚷的意思。

㉟覆盆不照太陽暉：覆盆之下暗無天日，用以比喻官吏和衙門的黑暗。

㊱委的：眞的。

㊲伏狀：承認犯罪的書面供詞。

第三折

（外①扮監斬官上，云：）下官監斬官是也。今日處決犯人，著做公的把住巷口，休放往來人閒走。（淨扮公人，鼓三通，鑼三下科②。劊子磨旗③、提刀、押正旦帶枷上，劊子云：）行動些，行動些，監斬官去法場上多時了。（正旦唱：）

【正宮端正好】沒來由犯王法，不隄防遭刑憲，叫聲屈動地驚天。頃刻間遊魂先赴森羅殿，怎不將天地也生埋怨。

【滾繡球】有日月朝暮懸，有鬼神掌著生死權，天地也，只合把清濁分辨，可怎生糊突了盜跖顏淵④：爲善的受貧窮更命短，造惡的享富貴又壽延。天地也！做得箇怕硬欺軟，卻元來也這般順水推船。地也！你不分好歹何爲地？天也！你錯勘賢愚枉做天。哎！只落得兩淚漣漣。

（劊子云：）快行動些，誤了時辰也。（正旦唱：）

【倘秀才】則被這枷紐的我左側右偏，人擁的我前合後偃，我竇娥向哥哥行⑤有句言。（劊子云：）你有甚麼話說？（正旦唱：）前街裡去心懷恨，後街裡去死無冤，休推辭路遠。（劊子云：）你如今到法場上面，有甚麼親眷要見的，可教他過來，見你一面也好。（正旦唱：）

【叨叨令】可憐我孤身隻影無親眷，則落的吞聲忍氣空嗟怨。（劊子云：）難道你爺娘家也沒的？（正旦云：）止有箇爹爹，十三年前上朝取應去了，至今杳無音信。（唱：）蚤已是十年多不睹爹爹面。（劊子云：）你適纔要我往後街裡去，是什麼主意？（正旦唱：）怕則怕前街裡被我婆婆見。（劊子云：）你性命也顧不得，怕他見怎的？（正旦云：）俺婆婆若見我披枷帶鎖赴法場飡刀去呵，（唱：）枉將他氣殺也麼哥⑥，枉將他氣殺也麼哥。告哥哥，臨危好與人行方便。

（卜兒哭上科，云：）天那，兀的不是我媳婦兒！（劊子云：）婆子靠後。（正旦云：）既是俺婆婆來了，叫他來，待我囑付他幾句話咱。（劊子云：）那婆子，近前來，你媳婦要囑付你話哩。（卜兒云：）孩兒，痛殺我也！（正旦云：）婆婆，那張驢兒把毒藥放在羊腨兒湯裡，實指望藥死了你，要霸佔我為妻。不想婆婆讓與他老子吃，倒把他老子藥死了。我怕連累婆婆，屈招了藥死公公，今日赴法場典刑。婆婆，此後遇著冬時年節、月一十五，有瀽⑦不了的漿水飯，瀽半碗兒與我吃，燒不了的紙錢，與竇娥燒一陌兒⑧，則是看你死的孩兒面上。（唱：）

【快活三】念竇娥葫蘆提⑨當罪愆，念竇娥身首不完全，念竇娥從前已往幹家緣⑩，婆婆也！你只看竇娥少爺無娘面。

【鮑老兒】念竇娥伏侍婆婆這幾年，遇時節將碗涼漿奠；你去那受刑法屍骸上烈些紙錢，只當把你亡化的孩兒薦⑪。（卜兒哭科，云：）孩兒放心，這箇老身都記得。天那，兀的不痛殺我也！（正旦唱：）婆婆也！再也不要啼啼哭哭，煩煩惱惱，怨氣衝天。這都是我做竇娥的沒時沒運，不明不闇，負屈銜冤。

（劊子做喝科，云：）兀那婆子靠後，時辰到了也。（正旦跪科）（劊子開枷科）（正旦云：）竇娥告監斬大人，有一事肯依竇娥，便死而無怨。（監斬官云：）你有什麼事？你說。（正旦云：）要一領淨席，等我竇娥站立；又要丈二白練，挂在旗鎗上，若是我竇娥委實冤枉，刀過處頭落，一腔熱血休半點兒沾在地下，都飛在白練上者。（監斬官云：）這箇就依你，打甚麼不緊⑫。（劊子做取席站科，又取白練挂旗上科）（正旦唱：）

【耍孩兒】不是我竇娥罰下這等無頭願，委實的冤情不淺；若沒些兒靈聖與世人傳，也不見得湛湛青天。我不要半星熱血紅塵灑，都只在八尺旗鎗素練懸。等他四下裡皆瞧見，這就是咱萇弘化碧⑬，望帝啼鵑⑭。

（劊子云：）你還有甚的說話，此時不對監斬大人說，幾時說那？（正旦再跪科，云：）大人，如今是三伏天道，若竇娥委實冤枉，身死之後，天降三尺瑞雪，遮掩了竇娥屍首。（監斬官云：）這等三伏天道⑮，你便有衝天的怨氣，也召不得一片雪來，可不胡說！（正旦唱：）

【二煞】你道是暑氣暄，不是那下雪天，豈不聞飛霜六月因鄒衍⑯。若果有一腔怨氣噴如火，定要感的六出冰花⑰滾似綿，免著我屍骸現；要什麼素車白馬⑱，斷送⑲出古陌荒阡？

（正旦再跪科，云：）大人，我竇娥死的委實冤枉，從今以後，著這楚州亢旱三年。（監斬官云：）打嘴！那有這等說話！（正旦唱：）

【一煞】你道是天公不可期，人心不可憐，不知皇天也肯從人願。做甚麼三年不見甘霖降，也只爲東海曾經孝婦冤⑳。如今輪到你山陽縣，這都是官吏每無心正法，使百姓有口難言。

（劊子做磨旗科，云：）怎麼這一會兒天色陰了也。（內做風科，劊子云：）好冷風也！（正旦唱：）

【煞尾】浮雲爲我陰，悲風爲我旋，三樁兒誓願明題徧㉑。（做哭科，云：）婆婆也，直等待雪飛六月，亢旱三年呵。（唱：）那其間纔把你個屈死的冤魂這竇娥顯。

（劊子做開刀，正旦倒科）（監斬官驚云：）呀，眞箇下雪，有這等異事！（劊子云：）我也道平日殺人，滿地都是鮮血，這個竇娥的血都飛在那丈二白練上，並無半點落地，委實奇怪。（監斬官云：）這死罪必有冤枉。早兩樁兒應驗了，不知亢旱三年的說話，准也不准？且看後來如何。左右，也不必等待雪晴，便與我抬他屍首，還了那婆婆去罷。（眾應科，抬屍下）。

注釋

①外：元雜劇之「外」，多爲「外末」之省稱，扮演老漢、官員角色。

②鼓三通，鑼三下科：明代葉子奇《草木子・談藪》：「起解殺人強盜，亦用巡尉司金鼓，則用一聲鼓，一聲鑼。」三科，指重覆三次。

③磨旗：即揮旗。孟元老《東京夢華錄》：「先一人空手出馬，謂之引馬。次一人磨旗出馬，謂之開道旗。」

④盜跖顏淵：均為春秋時人，盜跖是大盜，顏淵是賢人。後人將他們當作壞人與好人的典型。跖，音ㄓˊ。

⑤哥哥行：行，音ㄏㄤˊ，於宋、元語言裡，在自稱、人稱之後加「行」字，都是指示方位的。哥哥行，就是：「哥哥那邊」的意思。

⑥也麼哥：語尾助詞，有聲無義。

⑦瀽：音ㄐㄧㄢˇ，潑倒的意思。

⑧一陌兒：就是一百張，或一串。

⑨葫蘆提：猶言「糊糊塗塗」、「不明不白」的意思。

⑩幹家緣：操持家務。

⑪薦：追薦。即做佛事，以求死去的鬼魂升天。

⑫打甚麼不緊：猶言「有什麼要緊」，就是有甚麼關係的意思。

⑬萇弘化碧：相傳周朝時的大夫萇弘被殺害以後，有人把他流出的血藏起來。三年以後，血竟變成了青綠色的美石。《莊子・外物》：「萇弘死於蜀，藏其血三年而化為碧。」

⑭望帝啼鵑：相傳蜀王杜宇，號望帝。死後魂魄化為杜鵑鳥，鳴聲極為淒厲。事見《太平御覽》卷一百六十六引《蜀王本紀》。

⑮天道：天氣，時節。

⑯飛霜六月因鄒衍：戰國時的鄒衍，被人誣陷下獄，他仰天大哭，感動天地，竟在暑天六月裡下起霜來。王充《論衡・感虛》：「鄒衍無罪，見拘於燕，當夏五月，仰天而嘆，天為隕霜。」

⒄六出冰花：即雪花。蓋因它的結晶體多爲六瓣之故。

⒅素車白馬：代表送葬的意思。

⒆斷送：就是「送」的意思。

⒇東海曾經孝婦冤：相傳東漢時，東海有一個寡婦周青，非常孝順婆婆。她婆婆因他事自縊身亡，周青被誣告判以斬刑。臨刑時，她指著身旁的長竹竿說：我若是冤枉的，被斬後，血就不會流在骯髒的地上，會沿著竹竿逆流而上。行刑時，血果然逆流而上。於是東海一帶，三年不雨。後冤情得以昭雪，才又下雨。

㉑明題徧：明明白白都說完了。

第四折

（竇天章冠帶引丑①張千祇從上，詩云：）獨立空堂思黯然，高峰月出滿林煙：非關有事人難睡，自是驚魂夜不眠。老夫竇天章也。自離了我那端雲孩兒，可蚤十六年光景。老夫自到京師，一舉及第，官拜參知政事。只因老夫廉能清正，節操堅剛，謝聖恩可憐，加②老夫兩淮提刑肅政廉訪使③之職，隨處審囚刷卷，體察濫官污吏，容老夫先斬後奏。老夫一喜一悲：喜呵，老夫身居臺省，職掌刑名，勢劍金牌④，威權萬里：悲呵，有端雲孩兒，七歲上與了蔡婆婆爲兒媳婦，老夫自得官之後，使人往楚州問蔡婆婆，他鄰里街坊道，自當年蔡婆婆不知搬在那裡去了，至今音信皆無。老夫爲端雲孩兒，啼哭的眼目昏花，憂愁的鬢髮斑白。今日來到這淮南地面，不知這楚州爲何三年不雨？老夫今在這州廳安歇。張千，說與那州中大小屬官，今日免參，明日蚤見。（張千向古門云：）一應大小屬官，今日免參，明日蚤見。（竇天章云：）張千，說與那六房吏典，但有合刷照文卷，都將來，待老夫燈下看幾宗波。（張千送文卷科，竇天章云：）張千，你與我掌上燈，你每都辛苦了，自去歇息罷。我喚你便來，不喚你休來。（張千點燈同祇從下，竇天章云：）我將這文卷看幾宗咱。一起犯人竇娥，將毒藥致死公公，我纔看頭一宗文卷，就與老夫同姓：這藥死公公的罪名，犯在十惡不赦⑤，俺同姓之人也有不畏法度的。這是問結了的文書，不看他罷；我將這文卷壓在底下，別看一宗咱。（做打呵欠科，云：）不覺一陣昏沉上來，皆因老夫年紀高大，鞍馬勞困之故。待我搭伏定書案，歇息些兒咱。（做睡科，魂旦⑥上，唱：）

【雙調新水令】我每日哭啼啼守住望鄉臺⑦，急煎煎把讐人等待，慢騰騰昏地裡走，足律律⑧旋風中來，則被這霧鎖雲埋，攛掇⑨的鬼魂快。

（魂旦望科，云：）門神戶尉⑩不放我進去。我是廉訪使竇天章女孩兒，因我屈死，父親不知，特來此託一夢與他咱。（唱：）

【沈醉東風】我是那提刑的女孩，須不比現世的妖怪⑪，怎不容我到燈影前，卻攔截在門桯⑫外？（做叫科，云：）我那爺爺呵，（唱：）枉自有勢劍金牌，把俺這屈死三年的腐骨骸，怎脫離無邊苦海！

（做入見哭科，竇天章亦哭科，云：）端雲孩兒，你在那裡來？（魂旦虛下）（竇天章做醒科，云：）好是奇怪也！老夫纔合眼去，夢見端雲孩兒，恰便似來我跟前一般，如今在那裡？我且再看這文卷咱。（魂旦上做弄燈科）（竇天章云：）奇怪，我正要看文卷，怎生這燈忽明忽滅的！張千也睡著了，我自己剔燈咱。（做剔燈，魂旦翻文卷科，竇天章云：）我剔的這燈明了也，再看幾宗文卷。一起犯人竇娥藥死公公。（做疑怪科，云：）這一宗文卷，我爲頭看過，壓在文卷底下，怎生又在這上頭？這幾時問結了的，還壓在底下，我別看一宗文卷波。（魂旦再弄燈科，竇天章云：）怎麼這燈又是半明半闇的，我再剔這燈咱。（做剔燈，魂旦再翻文卷科，竇天章云：）我剔的這燈明了，我另拿一宗文卷看咱。一起犯人竇娥藥死公公。呸！好是奇怪！我纔將文書分明壓在底下，剛剔了這燈，怎生又翻在面上？莫不是楚州後廳有鬼麼。便無鬼呵，這樁事必有冤。將這文卷再壓在底下，待我另看一宗，如何？（魂旦又弄燈科，竇天章云：）怎生這燈又不明了？敢有鬼弄這燈？我再剔一剔去。（做剔燈科，魂旦上，做撞見科，竇天章舉劍擊桌科，云：）呸！我說有鬼，兀那鬼魂，老夫是朝廷欽差帶牌走馬肅政廉訪使，你向前來，一劍揮之兩段。張千，虧你也睡的著，快起來，有鬼有鬼。兀的不唬殺老夫也。（魂旦唱：）

【喬牌兒】則見他疑心兒胡亂猜，聽了我這哭聲兒轉驚駭。哎！你個竇天章直恁的威風大，且受我竇娥這一拜。

（竇天章云：）兀那鬼魂，你道竇天章是你父親，受你孩兒竇娥拜，你敢錯認了也？我的女兒叫做端雲，七歲上與了蔡婆婆爲兒媳婦。你是竇娥，名字差了，怎生是我女孩兒？（魂旦云：）父親，你將我與了蔡婆婆家，改名做竇娥了也。（竇天章云：）你便是端雲孩兒？我不問你別的，這藥死公公是你不是？（魂旦云：）是你孩兒來。（竇天章云：）噤聲！你這小妮子，老夫爲你啼哭的眼也花了，憂愁的頭也白了，你剗地犯下十惡大罪，受了典刑。我今日官居臺省，職掌刑名，來此兩淮審囚刷卷，體察濫官污吏；你是我親生之女，老夫將你治不的，怎治他人？我當初將你嫁與他家呵，要你三從四德：三從者，在家從父，出嫁從夫，夫死從子；四德者，事公姑，敬夫主，和妯娌，睦街坊。今三從四德全無，剗地犯了十惡大罪。我竇家三輩無犯法之男，五世無再婚之女；到今日被你辱沒祖宗世德；又連累我的清名。你快與我細吐眞情，不要虛言支對；若說的有半釐差錯，牒發你城隍祠內，著你永世不得人身，罰在陰山永爲餓鬼。（魂旦云：）父親停嗔息怒，暫罷狼虎之威，聽你孩兒慢慢的說一咱。我三歲上亡了母親，七歲上離了父親，你將我送與蔡婆婆做兒媳婦。至十七歲與夫配合，纔得兩年，不幸兒夫亡化，和俺婆婆守寡。這山陽縣南門外有個賽盧醫，他少俺婆婆廿兩銀子。俺婆婆去取討，被他賺到郊外，要將婆婆勒死；不想撞見張驢兒父子兩個，救了俺婆婆性命。那張驢兒知道我家有個守寡的寡婦，便道：「你婆兒媳婦既無丈夫，不若招我父子兩個。」俺婆婆初也不肯，那張驢兒道：「你若不肯，我依舊勒死你。」俺婆婆懼怕，不得已含糊許了。只得將他父子兩個領到家中，養他過世。有張驢兒數次調戲你女孩兒，我堅執不從。那一日俺婆婆身子不快，想羊睹兒湯喫，你孩兒安排了湯。適值張驢兒父子兩個問病，道：「將湯來我嘗一嘗。」說：「湯便好，只少些鹽醋。」賺的我去取鹽醋，他就闇地裡下了毒藥，實指望藥殺俺婆婆，要強逼我成親。不想俺婆婆偶然發嘔，不要湯吃，卻讓與老張吃，隨即七竅流血藥死了。張驢兒便道：「竇娥藥殺了俺老子，你要官休要私休？」我便道：「怎生是官休？怎生是私休？」他道：「要官休，告到官司，你與俺老子償命；若私休，你便與我做老婆。」你孩兒便道：「好馬不備雙鞍，烈女不更二夫，我至死不與你做媳婦，我願和你見官去。」她將你孩兒拖到官中，受盡三推六問，吊拷綳扒⑬，便打死孩兒，也不肯認。怎當州官見你孩兒不認，便要拷打俺婆婆；我怕婆婆年老，受刑不起，只得屈認了。因此押赴法場，將我典刑。你孩兒對天發下三樁誓願：第一樁，要丈二白練掛在旗鎗上，若係冤枉，刀過頭落，一腔熱血休滴在地下，都飛在白練上；第二樁，現今三伏天道，下三尺瑞雪，遮掩你孩兒屍首；第三樁，著他楚州大旱三年。果然血飛上白練，六月下雪，三年不雨，都是為你孩兒來。（詩云：）不告官司只告天，心中怨氣口難言；防他老母遭刑憲，情願無辭認罪愆。三尺瓊花骸骨掩，一腔鮮血練旗懸；豈獨霜飛鄒衍屈，今朝方表竇娥冤。（唱：）

【雁兒落】你看這文卷曾道來不道來，則我這冤枉要忍耐如何耐？我不肯順他人，倒著我赴法場；我不肯辱祖上，倒把我殘生壞。

【得勝令】呀！今日箇搭伏定攝魂臺⑭，一靈兒⑮怨哀哀。父親也，你現掌著刑名事，親蒙聖主差，端詳這文冊，那廝亂綱常當合敗，便萬剮了喬才⑯，還道報冤仇不暢懷。

（竇天章做泣科，云：）哎！我那屈死的孩兒，則被你痛殺我也！我且問你：這楚州三年不雨，可真個是為你來？（魂旦云：）是為你孩兒來。（竇天章云：）有這等事！到來朝我與你做主。（詩云：）白頭親苦痛哀哉，屈殺了你箇青春女孩；只恐怕天明了你且回去，到來日我將文卷改正明白。（魂旦暫下）（竇天章云：）呀，天色明了也。張千，我昨日看幾宗文卷，中間有一鬼魂來訴冤枉。我喚你好幾次，你再也不應，直恁的好睡那。（張千云：）我小人兩個鼻子孔一夜不曾閉，並不聽見女鬼訴什麼冤狀，也不曾聽見相公呼喚。（竇天章做叱科，云：）喝！今番升廳坐衙，張千，喝攛廂者。（張千做么喝科，云：）在衙人馬平安，抬書案。（稟云：）州官見。（外扮州官入參科）（張千云：）該房吏典見。（丑扮吏入參見科）（竇天章云：）你這楚州一郡，三年不雨，是爲何來？（州官云：）這個是天道亢旱，楚州百姓之災，小官等不知其罪。（竇天章做怒云：）你等不知罪麼！那山陽縣有用毒藥謀死公公犯婦竇娥，他問斬之時，曾發願道：「若是果有冤枉，著你楚州三年不雨，寸草不生。」可有這件事來？（州官云：）這罪是前陞任桃州守問成的，現有文卷。（竇天章云：）這等糊突的官，也著他陞去！你是繼他任的。三年之中，可曾祭這冤婦麼？（州官云：）此犯係十惡大罪，元不曾有祠，所以不曾祭得。（竇天章云：）昔日漢朝有一孝婦守寡，其姑自縊身死，其姑女告孝婦殺姑。東海太守將孝婦斬了，只爲一婦含冤，致令三年不雨。後于公治獄，彷彿見孝婦抱卷哭於廳前，于公將文卷改正，親祭孝婦之墓，天乃大雨。今日你楚州大旱，豈不正與此事相類。張千，分付該房僉牌下山陽縣，著拘張驢兒、賽盧醫、蔡婆婆一起人犯，火速解審，毋得違片刻者。（張千云：）理會得。（下）（丑扮解子押張驢兒、蔡婆婆，同張千上，稟云：）山陽縣解到審犯聽點。（竇天章云：）張驢兒。（張驢兒云：）有。（竇天章云：）蔡婆婆。（蔡婆婆云：）有。（竇天章云：）怎麼賽盧醫是緊要人犯不到？（解子云：）賽盧醫三年前在逃，一面著廣捕批緝拿去了，待獲日解審。（竇天章云：）張驢兒，那蔡婆婆是你的後母麼？（張驢兒云：）母親好冒認的？委實是。（竇天章云：）這藥死你父親的毒藥，卷上不見有合藥的人，是那個的毒藥？（張驢兒云：）是竇娥自合就的毒藥。（竇天章云：）這毒藥必有一個賣藥的醫舖，想竇娥是個少年寡婦，那裡討這藥來：張驢兒，敢是你合的毒藥？（張驢兒云：）若是小人合的毒，不藥別人，倒藥死自家老子？（竇天章云：）我那屈死的兒嚛，這一節是緊要公案，你不自來折辯，怎得一個明白，你如今冤魂卻在那裡？（魂旦上，云：）張驢兒，這藥不是你合的，是那個合的？（張驢兒做怕科，云：）有鬼有鬼，撮鹽入水，太上老君，急急如律令⑰，敕。（魂旦云：）張驢兒，你當日下毒藥在羊賭兒湯裡，本意藥死俺婆婆，要逼勒我做渾家。不想俺婆婆不吃，讓與你父親吃，被藥死了，你今日還敢賴哩！（唱：）

【川撥棹】猛見了你這喫敲材⑱，我只問你這毒藥從何處來？你本意待闇裡栽排⑲，要逼勒我和諧⑳，倒把你親爺毒害，怎教咱替你耽罪責！

（魂旦做打張驢兒科）（張驢兒做避科，云：）太上老君，急急如律令，敕。大人說這毒藥必有箇賣藥的醫鋪，若尋得這賣藥的人，和小人折對㉑，死也無詞。（丑扮解子解賽盧醫上，云：）山陽縣續解到犯人一名賽盧醫。（張千喝云：）當面。（竇天章云：）你三年前要勒死蔡婆婆，賴他銀子，這事怎麼說？（賽盧醫叩頭科，云：）小的要賴蔡婆婆銀子的情是有的，當被兩個漢子救了，那婆婆並不曾死。（竇天章云：）這兩個漢子，你認的他叫做什麼名姓？（賽盧醫云：）小的認便認得，慌忙之際，可不曾問的他名姓。（竇天章云：）現有一個在階下，你去認來。（賽盧醫做下認科，云：）這個是蔡婆婆。（指張驢兒云：）想必這毒藥事發了。（上云：）是這一個，容小的訴稟：當日要勒死蔡婆婆時，正遇見他爺兒兩個，救了那婆婆去。過得幾日，他到小的舖中，討服毒藥，小的是念佛吃齋人，不敢做昧心的事，說道：「舖中只有官料藥，並無什麼毒藥。」他就睜著眼道：「你昨日在郊外要勒死蔡婆婆，我拖你見官去。」小的一生最怕的是見官，只得將一服毒藥與了他去。小的見他生相㉒是個惡的，一定拿這藥去藥死了人，久後敗露，必然連累，小的一向逃在涿州地方，賣些老鼠藥。剛剛是老鼠被藥殺了好幾個，藥死人的藥，其實再也不曾合。

（魂旦唱：）

【七弟兄】你只為賴財，放乖㉓，要當災，（帶云：）這毒藥呵，（唱：）原來是你賽盧醫出賣張驢兒買，沒來由填做我犯由牌，到今日官去衙門在。

（竇天章云：）帶那蔡婆婆上來，我看你也六十外人了，家中又是有錢鈔的，如何又嫁了老張，做出這等事來？（蔡婆婆云：）老婦人因為他爺兒兩個救了我的性命，收留他在家養膳過世。那張驢兒常說要將他老子接腳進來，老婦人並不曾許他。（竇天章云：）這等說，你那媳婦就不該認做藥死公公了。（魂旦云：）

當日問官要打俺婆婆，我怕他年老受刑不起，因此喒認做藥死公公，委實是屈招箇。（唱：）

【梅花酒】你道是咱不該這招狀供寫的明白，本一點孝順的心懷，倒做了惹禍的胚胎。我只道官吏每還覆勘，怎將咱屈斬首在長街。第一要素旗鎗鮮血灑，第二要三尺雪將死屍埋，第三要三年旱示天災，咱誓願委實大。

【收江南】呀！這的是衙門從古向南開，就中無個不冤哉。痛殺我嬌姿弱體閉泉臺，蚤三年以外，則落的悠悠流恨似長淮。

（竇天章云：）端雲兒也，你這冤枉，我已盡知，你且回去。待我將這一起人犯幷原問官吏，另行定罪，改日做個水陸道場㉔，超度你生天便了。（魂旦拜科，唱：）

【鴛鴦煞尾】從今後把金牌勢劍從頭擺，將濫官污吏都殺壞，與天子分憂，萬民除害。（云：）我可忘了一件，爹爹，俺婆婆年紀高大，無人侍養，你可收恤家中，替你孩兒盡養生送死之禮，我便九泉之下，可也瞑目。（竇天章云：）好孝順的兒也。（魂旦唱：）囑付你爹爹，收養我妳妳，可憐他無婦無兒，誰管顧年衰邁。再將那文卷舒開，（帶云：）爹爹，也把我竇娥名下，（唱：）屈死的於伏罪名兒改。（下）

（竇天章云：）喚那蔡婆婆上來。你可認的我麼？（蔡婆婆，云：）老婦人眼花了，不認的。（竇天章云：）我便是竇天章。適纔的鬼魂，便是我屈死的女孩兒端雲。你這一行人，聽我下斷：張驢兒毒殺親爺，姦佔寡婦，合擬凌遲㉕，押付市曹中，釘上木驢㉖，剮一百二十刀處死。陞任州守桃杌，該房吏典，刑名違錯，各杖一百，永不敘用。賽盧醫不合賴錢，勒死平民；又不合修合毒藥，致傷人命，發煙障地面㉗，永遠充軍。蔡婆婆我家收養，竇娥罪改正明白。（詞云：）莫道我念亡女與他滅罪消愆，也只可憐見楚州郡大旱三年。昔于公曾表白東海孝婦，果然是感召得靈雨如泉。豈可便推諉道天災代有，竟不想人之意感應通天。今日個將文卷重行改正，方顯的王家法不使民冤。

題目　秉鑑持衡廉訪法
正名㉘　感天動地竇娥冤

注釋

①丑：角色名。

②加：加官。在原有官銜之外加領其他官職。

③提刑肅政廉訪使：提刑，宋代官制，主管各州司法、刑獄、監察。元代於全國各道設提刑按察使，世祖至元二十八年改爲肅政廉訪使，爲正三品官。掌管糾察官吏善惡、政治得失和獄刑等事。

④勢劍金牌：勢劍，猶如皇帝所賜的尚方寶劍；金牌，據元代規定：萬戶（武官名）佩金虎符。符趺（足）爲伏虎形，首有明珠，牌上刻有「長生天氣力裡，蒙哥汗福蔭裡，不奉命者死」等字。勢劍金牌，都是表示地位和職權極高的意思。臺省，臺爲御史臺，省爲中書省。

⑤十惡不赦：古代刑律裡規定有十項大罪，即謀反、謀大逆、謀叛、不道、大不敬、不孝、不睦、不義、內亂、惡逆。如犯其中作何一條，均須按律治罪，不得赦免。

⑥魂旦：扮演女鬼的角色。

⑦望鄉臺：民間傳說，人死之後，魂魄登上陰間的望鄉臺，就可以再看到陽世間家裡的情形。

⑧足律律：形容鬼魂在陰風之中，走得很快的樣子。又作卒律律、促律律、足呂呂。

⑨攛掇：催促之意。

⑩門神戶尉：舊時習俗，每逢過農曆年時，大門上要貼神像，左爲「門丞」，右爲「戶尉」，統稱門神。據說可以擋

住鬼魂，不讓進門。

⑪恠：怪。

⑫門桯：即門檻、門限。桯，音ㄊㄧㄥ。

⑬吊拷綳扒：剝去衣服，把人用繩子綑住吊起來拷打。

⑭攝魂臺：相傳爲東嶽大帝所轄管拘留鬼魂之所。

⑮一靈兒：指竇娥的游魂。

⑯喬才：即壞蛋、壞傢伙。

⑰急急如律令：道教在畫符念咒的時候，用「太上老君，急急如律令，敕」作爲結尾，表示請求快按照符咒上所要求的去辦的意思。

⑱喫敲材：元代把杖殺稱「敲」，材，賊也。意指該打死的賊。

⑲闇裡栽排：暗中安排詭計。

⑳和諧：成親。

㉑折對：即對證。

㉒生相：即長相。

㉓放乖：放刁、使壞。乖，惡劣之意。

㉔水陸道場：佛教設齋供奉神鬼水陸衆生的法會。

㉕凌遲：古代的剮刑，砍斷犯人肢體，刺穿咽喉，讓他慢慢地痛苦而死。

㉖木驢：在執行剮刑之前，先把犯人放在有鐵刺的木樁上，遊街示衆，叫「上木驢」。

㉗煙障地面：古代罪犯充軍的地方，常是瘴霧很多，不適於生活的荒僻之處。

㉘題目正名：元雜劇每本末尾用兩句或四句對子，標明劇情提要，確定劇本名稱，把全劇內容全部包括在裡面，作個總結，叫「題目正名」。詳見本書〈曲學簡論〉第二章「雜劇」之體製。

牡丹亭

湯顯祖

劇情大要

本劇敷演南宋河東舊族柳春卿，貧薄而居嶺南，與其先人柳宗元園丁郭槖駝之嫡裔郭駝，栽接花果，相依過活，雖志慧聰明，惜未遭時勢。一日，夢一美人立於園中梅樹下道：「柳生，柳生，遇俺有姻緣之分，發跡之期。」因改名夢梅，志意走馬章臺，籠定百花魁。

時南安太守杜寶，係杜甫之後，婚配魏文甄皇后嫡派甄氏，獨生一女名麗娘，年已及笄，才貌端妍，爲使詩禮賢淑，光輝門楣，其父乃聘一老儒陳最良教授之。侍女春香天眞促狹，無心伴讀而偷遊花園，更引逗小姐遊園，雖暫受責亦啓麗娘慕春之情。適太守下鄉勸農，麗娘即整妝偕春香信步花園，見姹紫嫣紅開遍，春色撩人，頓起懷春慕色之思。倦遊凭几假寐，夢一書生丰姿俊雅，折柳請題，乍驚還喜，牡丹亭畔，芍藥欄邊，得花神之助而兩情歡幸無限，忽值乃母喚醒，周身冷汗，竟是南柯一夢。自此傷春心緒益烈，夢境縈懷難遣，於是獨自悄赴後園尋夢，無奈已夢去人遠，唯見一梅樹依依可人，嘆曰：「我杜麗娘若死後得葬於此，幸矣。」此後相思日篤，容顏清減，乃自繪春容，題詩其上曰：「近覩分明是儼然，遠觀自在若飛仙，他年得傍蟾宮客，不在梅邊在柳邊。」並囑春香若其死後，當藏此畫於太湖石底。迨至中秋，而香消玉殞，乃依遺志，葬之梅樹下。是時金寇南窺，杜寶奉旨陞安撫使，鎮守淮揚，須即刻赴任。於是割後園一角，建梅花庵觀，奉神位，命石道姑焚修看守，又置祭田，託陳最良監收以爲祭費，舉家乃倉促北上。

逾三年，柳夢梅赴臨安應舉，途經南安，遇風雪而染寒疾，不慎跌交落水，幸遇陳最良救起，送至梅花菴暫住養痾。且說杜麗娘死後，至冥府，經十地閻羅王下之胡判官審理，因其慕色而亡，正擬編入鶯燕隊，幸花神申辯，重判再生人世。夢梅病稍癒，閒步至後花園解悶，不意於假山下拾得麗娘眞容，觀其題詩，尋思再三，頻頻叫喚。麗娘魂靈犀相感而夜叩生門，生啓門，細認是畫中美人，自此夜夜相與共枕。一夕麗娘向生道明眞相，並請開棺使其復生。生依言與石道姑謀，擇吉發墳開棺，但見異香襲人，幽姿如故，已而復甦。息養數日，精神暢旺，二人遂雇舟偕石道姑往臨安應試，且擬尋父許婚。

忽值金兵大軍南下攻宋，使溜金王李全騷擾江淮。李全楚州人，本爲強盜，降金後，封爲溜金王，其妻楊娘娘孔武有力，助夫督兵，計議圍淮安，誘杜安撫分兵揚州，俾從中取事，攻陷淮揚，惟兩方屢戰不下，重圍難解。另方面，陳最良驚悉麗娘墳爲人發掘，急赴揚州，轉淮安欲報知杜寶；於淮安城外爲賊兵所捕，李全知其欲往安撫處，遂思一計，令其詐報夫人與春香已被殺，以挫杜軍士氣，另勸之降讓淮安城。安撫聞夫人喪命，女墳被劫，一時悲痛，方寸立亂，已而鎭定，即修書一封使陳最良送至楊娘娘處，誘以討金娘娘之封號，及降宋之利，淮安城遂得以解圍。

其先，杜夫人與春香自揚州避難臨安，途中乞宿一人家，巧與麗娘相遇。時柳生已應試畢，受麗娘之託攜其自畫眞容，至安撫處請婚，會淮安解圍，正擺太平宴，柳生稱婿求見，以其衣衫襤褸，門人不許，強請之，觸安撫之怒，命縛之拷問，見麗娘像，益驚而怒，謂旣藏此畫，定是偷墳人。生剴陳麗娘回生事，不聽，命左右吊打之。然此時發榜，柳生狀元及第，報喜者尋至，安撫不信；考官往證，復不信。杜安撫以柳生事奏天子，柳生亦奏上一本辨疏，兩人爭是非於闕下；麗娘登朝欲其父認其復生，雖取照膽鏡，問明前亡後化事，悉其再生無誤，敕命父子夫婦相認返里成親，及歸，安撫尙不認，迨聖旨至，闔家皆有陞進，乃齊謝聖恩，圓滿落幕。

【遶池遊】（旦上）夢回鶯囀，亂煞年光遍①。人立小庭深院。（貼）炷盡沉煙，拋殘繡線，恁今春關情似去年②？（烏夜啼）「（旦）曉來望斷梅關③，宿妝殘④。（貼）你側著宜春髻子恰憑闌⑤。（旦）翦不斷，理還亂⑥，悶無端。（貼）已分付催花鶯燕借春看。」（旦）春香，可曾叫人掃除花徑？（貼）分付了。（旦）取鏡臺衣服來。（貼取鏡臺衣服上）「雲髻罷梳還對鏡，羅衣欲換更添香。」⑦鏡臺衣服在此。

【步步嬌】（旦）裊晴絲吹來閒庭院⑧，搖漾春如線。停半晌、整花鈿。沒揣菱花⑨，偷人半面，迤逗的彩雲偏⑩。（行介）步香閨怎便把全身現（貼）今日穿插的好。

【醉扶歸】（旦）你道翠生生出落的裙衫兒茜⑪，豔晶晶花簪八寶瑱⑫，可知我常一生兒愛好是天然⑬。恰三春好處無人見⑭。不隄防沈魚落雁鳥驚諠⑮，則怕的羞花閉月花愁顫。（貼）早茶時了，請行。（行介）你看：「畫廊金粉半零星，池館蒼苔一片青。踏草怕泥新繡襪⑯，惜花疼煞小金鈴⑰。」（旦）不到園林，怎知春色如許！

【皂羅袍】原來奼紫嫣紅開遍⑱，似這般都付與斷井頹垣。良辰美景奈何天，賞心樂事誰家院⑲！恁般景致，我老爺和奶奶再不提起。（合）朝飛暮捲⑳，雲霞翠軒；雨絲風片，煙波畫船——錦屏人忒看的這韶光賤㉑！（貼）是花都放了㉒，那牡丹還早。

【好姐姐】（旦）遍青山啼紅了杜鵑㉓，荼蘼外煙絲醉軟㉔。春香呵，牡丹雖好，他春歸怎占的先㉕！（貼）成對兒鶯燕呵。（合）閒凝眄，生生燕語明如翦，嚦嚦鶯歌溜的圓。（旦）去罷。（貼）這園子委是觀之不足也㉖。（旦）提他怎的！（行介）

【隔尾】觀之不足由他繾㉗，便賞遍了十二亭臺是枉然。到不如興盡回家閒過遣。（作

到介）（貼）「開我西閣門，展我東閣床」㉘。瓶插映山紫㉙，爐添沉水香。」小姐，你歇息片時，俺瞧老夫人去也。（下）（旦歎介）「默地遊春轉，小試宜春面㉚。」春呵，得和你兩留連，春去如何遣？咳，恁般天氣，好困人也。春香那裡？（作左右瞧介）（又低首沉吟介）天呵，春色惱人，信有之乎！常觀詩詞樂府，古之女子，因春感情，遇秋成恨，誠不謬矣。吾今年已二八，未逢折桂之夫；忽慕春情，怎得蟾宮之客？昔日韓夫人得遇于郎㉛，張生偶逢崔氏㉜，曾有《題紅記》、《崔徽傳》二書。此佳人才子，前以密約偷期㉝，後皆得成秦晉㉞。（長嘆介）吾生於宦族，長在名門。年已及笄㉟，不得早成佳配，誠為虛度青春，光陰如過隙耳。（淚介）可惜妾身顏色如花，豈料命如一葉乎㊱！

【山坡羊】沒亂裡春情難遣㊲，驀地裡懷人幽怨。則為俺生小嬋娟，揀名門一例、一例裡神仙眷。甚良緣，把青春拋的遠！俺的睡情誰見？則索因循靦腆㊳。想幽夢誰邊，和春光暗流轉？遷延，這衷懷那處言！淹煎，潑殘生㊴，除問天！身子困乏了，且自隱几而眠㊵。（睡介）（夢生介）（生持柳枝上）「鶯逢日暖歌聲滑，人遇風情笑口開。一徑落花隨水入，今朝阮肇到天臺㊶。」小生順路兒跟著杜小姐回來，怎生不見？（回看介）呀，小姐，小姐！（旦作驚起介）（相見介）（生）小生那一處不尋訪小姐來，卻在這裡！（旦作斜視不語介）（生）恰好花園內，折取垂柳半枝。姐姐，你既淹通書史，可作詩以賞此柳枝乎？（旦作驚喜，欲言又止介）（背想）這生素昧平生，何因到此？（生笑介）小姐，咱愛殺你哩！

【山桃紅】則為你如花美眷，似水流年，是答兒閒尋遍㊷。在幽閨自憐。小姐，和你那答兒講話去。（旦作含笑不行）（生作牽衣介）（旦低問）那邊去？（生）轉過這芍藥欄前，緊靠著湖山石邊。（旦低問）秀才，去怎的？（生低答）和你把領扣鬆，衣帶寬，袖梢兒搵著牙兒苫也，則待你忍耐溫存一晌眠㊸。（旦作羞）（生前抱）（旦推介）（合）是那處曾相見，相看儼然，早難道這好處相逢無一言㊹？（生強抱旦下）（末扮花神束髮冠，紅衣插花上）「催花御史惜花天㊺，檢點春工又一年。蘸客傷心紅雨下㊻，勾人懸夢綵雲邊。」吾乃掌管南安府後花園花神是也。因杜知府小姐麗娘，與柳夢梅秀才，後日有姻緣之分。杜小姐遊春感傷，致使柳秀才入夢。咱花神專掌惜玉憐香，竟來保護他，要他雲雨十分歡幸也。

【鮑老催】（末）單則是混陽蒸變，看他似蟲兒般蠢動把風情搧。一般兒嬌凝翠綻魂兒顫㊼。這是景上緣㊽，想內成，因中見。呀，淫邪展污了花臺殿㊾。咱待拈片落花兒驚醒他。（向鬼門丟花介）㊿他夢酣春透了怎留連？拈花閃碎的紅如片。秀才纔到的半夢兒；夢畢之時，好送杜小姐仍歸香閣。吾神去也。（下）

【山桃紅】（生、旦攜手上）（生）這一霎天留人便，草藉花眠。小姐可好？（旦低頭介）（生）則把雲鬟點，紅鬆翠偏。小姐休忘了呵，見了你緊相偎，慢廝連，恨不得肉兒般團成片也，逗的箇日下胭脂雨上鮮。（旦）秀才，你可去呵？（合）是那處曾相見，相看儼然，早難道這好處相逢無一言？（生）姐姐，你身子乏了，將息，將息。（送旦依前作睡介）（輕拍旦介）姐姐，俺去了。（作回顧介）姐姐，你可十分將息，我再來瞧你那。「行來春色三分雨，睡去巫山一片雲。」（下）（旦作驚醒，低叫介）秀才，秀才，你去了也？（又作癡睡介）（老旦上）「夫婿坐黃堂，嬌娃立繡窗。怪他裙衩上，花鳥繡雙雙。」孩兒，孩兒，你爲甚瞌睡在此？（旦作醒，叫秀才介）咳也。（老旦）孩兒怎的來？（旦作驚起介）奶奶到此！（老旦）我兒，何不做些鍼指，或觀玩書史，舒展情懷？因何晝寢於此？（旦）孩兒適花園中閒玩，忽值春暄惱人，故此回房。無可消遣，不覺困倦少息。有失迎接，望母親恕兒之罪。（老旦）孩兒，這後花園中冷靜，少去閒行。（旦）領母親嚴命。（老旦）孩兒，學堂看書去。（旦）先生不在，且自消停(51)。（老旦嘆介）女孩兒長成，自有許多情態，且自由他。正是：「宛轉隨兒女，辛勤做老娘。」（下）（旦長嘆介）（看老旦下介）哎也，天那，今日杜麗娘有些僥倖也。偶到後花園中，百花開遍，睹景傷情。沒興而回，晝眠香閣。忽見一生，年可弱冠(52)，丰姿俊妍。於園中折得柳絲一枝，笑對奴家說：「姐姐既淹通書史，何不將柳枝題賞一篇？」那時待要應他一聲，心中自忖，素昧平生，不知名姓，何得輕與交言。正如此想間，只見那生向前說了幾句傷心話兒，將奴摟抱去牡丹亭畔，芍藥闌邊，共成雲雨之歡。兩情和合，真箇是千般愛惜，萬種溫存。歡畢之時，又送我睡眠，幾聲「將息」。正待自送那生出門，忽值母親來到，喚醒將來。我一身冷汗，乃是南柯一夢[53]。忙身參禮母親，又被母親絮了許多閒話。奴家口雖無言答應，心內思想夢中之事，何曾放懷。行坐不寧，自覺如有所失。娘呵，你教我學堂看書去，知他看那一種書消悶也。（作掩淚介）

【綿搭絮】雨香雲片[54]，纔到夢兒邊。無奈高堂，喚醒紗窗睡不便。潑新鮮冷汗粘煎，閃的俺心悠步嚲[55]，意軟鬟偏。不爭多費盡神情[56]，坐起誰忺[57]？則待去眠。（貼上）「晚妝銷粉印，春潤費香篝」[58]。」小姐，薰了被窩睡罷。

【尾聲】（旦）困春心遊賞倦，也不索香薰繡被眠。天呵，有心情那夢兒還去不遠。

春望逍遙出畫堂，張說　間梅遮柳不勝芳。羅隱
可知劉阮逢人處？許渾　回首東風一斷腸。韋莊

注釋

①亂煞年光遍：撩亂的春光到處都是。

②炷盡沉煙句：沉煙，沉水香。恁，恁麼。關情，意惹情牽。末句指為何今春比去年更牽人情懷。

③梅關：即大庾嶺，宋代在這裡設有梅關。在本劇故事發生地點江西省南安府（大庾）的南面。

④宿妝：隔夜的殘妝。

⑤宜春髻子：相傳立春那天，婦女剪綵作燕子狀，戴在髻上，上貼「宜春」二字。見《荊楚歲時記》。

⑥翦不斷，理還亂：南唐後主李煜詞〈相見歡〉中的兩句。

⑦羅衣欲換更添香兩句：薛逢〈宮詞〉中的兩句，見《全唐詩》卷二十。

⑧晴絲：遊絲、飛絲，蟲類（金蛛科）所吐的絲縷，常在空中飄遊，在春天晴朗的日子最易看見。

⑨沒揣：不意，驀然。菱花：鏡子。古時用銅鏡，背面所鑄花紋一般爲菱花，因此稱菱花鏡，或用菱花作鏡子的代稱。

⑩迤（ㄊㄨㄛ）逗的彩雲偏：迤逗，引惹，挑逗；彩雲，美麗的髮捲的代稱。全句是想不到鏡子（擬人化）偷偷地照出她半張粉臉兒，害得（迤逗的）她羞答答地把髮捲也弄歪了。這幾句寫出一個少女含情脈脈的微妙心理，她是連看見鏡子裡自己的影子也有些不好意思的。迤逗，元曲中或作拖逗。

⑪翠生生出落的裙衫兒茜（ㄑㄧㄢˋ）：翠生生，極言彩色鮮豔。蘇軾詩：「一朵妖紅翠欲流。」用法正同。見《蘇詩編註集成》卷十一〈和述古冬日牡丹〉四首。《老學庵筆記》卷八：「鮮翠，猶言鮮明也。」出落的，顯出，襯托出。茜，茜紅色。

⑫豔晶晶花簪八寶瑱：鑲嵌著多種寶石的光燦燦的簪子。

⑬天然：天性使然。上文愛好，猶言愛美。《紫簫記》十一齣〈懶畫眉〉：「道你綠鬢烏紗映畫羅。」係丫環讚李十郎詞，下接十郎云：「小生從來帶一種愛好的性子。」用法正同。現在浙江還有這樣的方言。

⑭三春好處：比喻自己的青春美貌。三春，暮春三月。

⑮沉魚落雁：小說戲曲中用來形容女人的美貌。意思說，魚見到她的美色，自愧不如而下沉；雁則爲貪看她的美色而停落下來。下文羞花閉月，同。

⑯泥：沾污。這裡作動詞用。

⑰惜花疼煞小金鈴：《開元天寶遺事》：「天寶初，寧王……於後園中紉紅絲爲繩，密綴金鈴，繫於花梢之上。每有鳥鵲翔集，則令園吏掣鈴索以驚之。蓋惜花之故也。」疼，爲惜花常常掣鈴，連小金鈴都被拉得疼煞了。這是誇大的描

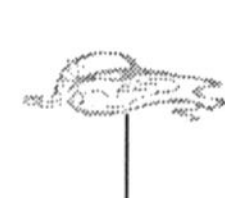

寫。

⑱姹（ㄔㄚˋ）紫嫣紅：花色鮮豔貌。

⑲誰家：何處。一說作「甚麼」解，見張相《詩詞曲語辭匯釋・誰家》條。全句本謝靈運〈擬魏太子鄴中集詩序〉：「天下良辰美景賞心樂事，四者難并。」

⑳朝飛暮捲：唐王勃《滕王閣詩》：「畫棟朝飛南浦雲，朱簾暮捲西山雨。」

㉑錦屏人：深閨中人，包括遊園前的自己。

㉒是：凡是、所有的。

㉓啼紅了杜鵑：開遍了紅色的杜鵑花。從杜鵑（鳥）泣血聯想起來的。

㉔荼蘼：花名，晚春時開放。

㉕牡丹雖好，他春歸怎占得先：牡丹雖雍容美好，但遲至暮春才開花，怎能占得百花之先呢？

㉖觀之不足：看不厭。

㉗繾：留戀、牽縮。

㉘開我西閣門，展我東閣床：〈木蘭辭〉：「開我東閣門，坐我西閣床。」

㉙映山紫：映山紅（杜鵑花）的一種，色紫，故名。

㉚宜春面：指新妝。

㉛韓夫人得遇于郎：唐人傳奇故事：唐僖宗時，宮女韓氏以紅葉題詩，從御溝中流出，被于祐拾到。于祐也以紅葉題詩，投入溝水的上流，寄給韓氏。後來兩人結爲夫婦。見《青瑣高議》前集卷五《流紅記》。元・白樸有《流紅葉》雜劇，明代祝長生撰《紅葉記》傳奇，王驥德亦據此作《題紅記》傳奇。

㉜張生偶逢崔氏：即張生和崔鶯鶯的愛情故事，見唐・元稹《會眞記》。後來《西廂記》演的就是這個故事。下文說的《崔徽傳》是另外一個故事，見《麗情集》：妓女崔徽和裴敬中相愛，分別之後不再相見。崔徽請畫工畫了一幅像，託

人帶給敬中說：「崔徽一旦不及卷中人，徽且爲郎死矣！」這裡《崔徽傳》疑是《鶯鶯傳》或《西廂記》的筆誤。

㉝偷期：幽會。

㉞得成秦晉：得成夫婦。春秋時代，秦、晉兩國世代聯姻，後世稱聯姻爲秦晉。

㉟及笄：古代女子十五歲開始以笄（簪）束髮，叫及笄。見《禮記・內則》。及笄，意指女子已成年，到了婚配的年齡。

㊱豈料命如一葉句：元好問《鷓鴣天・薄命妾》詞：「顏色如花畫不成，命如葉薄可憐生。」

㊲沒亂裡：形容心緒撩亂。

㊳靦腆：害羞。上文只索，只得。索：要，須。

㊴淹煎，潑殘生：淹煎，受熬煎，遭磨折；潑殘生，苦命兒。潑，表示厭惡，原來是罵人的話。

㊵隱几：靠著几案。

㊶阮肇到天臺：見到愛人。用劉晨和阮肇在天臺山桃源洞遇見仙女的故事。參看十二齣〈尋夢〉注⑭。

㊷是答兒：到處。是，凡。答兒，宋元方言俗語，表示方位。下文，那答兒，那邊。

㊸一晌：一會兒。

㊹早難道：豈不聞。

㊺催花御史：《說郛》卷二十七《雲仙散錄》引《玉麈集》：唐「穆宗，每宮中花開，則以重頂帳蒙蔽欄檻，置惜花御史掌之。」

㊻蘸：指紅雨（落花）沾在人的身上。

㊼單則是混陽蒸變：：魂兒顫：形容幽會。

㊽景上緣：景，影；與下文的想、因都是佛家的說法。景上緣，想內成，喻姻緣短暫，是不眞實的夢幻。因中見（現），佛家認爲一切事物都由因緣造合而成。

㊾展污：沾污、弄髒。

㊿鬼門：一作古門，戲臺上演員的上、下場門。

(51)消停：休息。

(52)弱冠：二十歲。《禮・曲禮》上：「人生十年曰幼學；二十曰弱冠；三十曰壯，有室……」冠，男子到二十歲行冠禮，表示已經成人。

(53)南柯一夢：唐人傳奇故事：淳于棼夢見自己被大槐安國國王招爲駙馬，做南柯太守。歷盡了富貴榮華，人世浮沉。醒來，才發現槐安國不過是大槐樹下的一個蟻穴，南柯郡則是南面樹枝下的另一個蟻穴。見《太平廣記》卷四七五引李公佐《淳于棼》。南柯，後來被用作夢的代稱。

(54)雨香雲片：雲雨，指夢中的幽會。

(55)步嚲：腳步挪不動。嚲，偏斜。上文閃得俺，弄得我，害得我。

(56)不爭多：差不多，幾乎。

(57)忺：愜意。

(58)香篝：即薰籠，薰香用。

尋夢（節錄《牡丹亭》第十二齣）

【夜遊宮】（貼上）膩臉朝雲罷盥，倒犀簪斜插雙鬟。侍香閨起早，睡意闌珊①：衣桁前②，妝閣畔，畫屏間。伏侍千金小姐，丫鬟一位春香。請過貓兒師父，不許老鼠放光。僥倖《毛詩》感動，小姐吉日時良。拖帶春香遣悶，後花園裡遊芳。誰知小姐瞌睡，恰遇著夫人問當③，絮了小姐一會，要與春香一場④。春香無言知罪，以後勸止娘行，夫人還是不放，少不得發咒禁當⑤。（內介）春香姐，發箇甚咒來？（貼）敢再跟娘胡撞，教春香即世裡不見兒郎⑥。雖然一時抵對，烏鴉管的鳳凰？一夜小姐焦躁，起來促水朝妝。由他自言自語，日高花影紗窗。（內介）快請小姐早膳。（貼）「報道官廚飯熟，且去傳遞茶湯。」（下）

【月兒高】（旦上）幾曲屏山展，殘眉黛深淺。爲甚衾兒裡不住的柔腸轉？這憔悴非關愛月眠遲倦，可爲惜花，朝起庭院？「忽忽花間起夢情，女兒心性未分明。無眠一夜燈明滅，分⑦煞梅香喚不醒。」昨日偶爾春遊，何人見夢。綢繆顧盼，如遇平生。獨坐思量，情殊悵怳。眞箇可憐人也。（悶介）（貼捧茶食上）「香飯盛來鸚鵡粒⑧，清茶擎出鷓鴣斑⑨。」小姐早膳哩。（旦）咱有甚心情也！

【前腔】梳洗了纔勻面，照臺兒未收展⑩。睡起無滋味，茶飯怎生咽？（貼）夫人分付，早飯要早。（旦）你猛說夫人，則待把飢人勸。你說爲人在世，怎生叫做喫飯？（貼）一日三餐。（旦）咳，甚甌兒氣力與擎拳！生生的了前件⑪。你自拏去喫便了。（貼）「受用餘杯冷炙，勝如賸粉殘膏。」（下）（旦）春香已去。天呵，昨日所夢，池亭儼然。只圖舊夢重來，其奈新愁一段。尋思展轉，竟夜無眠。咱待乘此空閒，背卻春香，悄向花園尋看。（悲介）哎也，似咱這般，正是：「夢無綵鳳雙飛翼，心有靈犀一點通⑫。」（行介）一逕行來，喜的園門洞開，守花的都不在。則這殘紅滿地呵！

【懶畫眉】最撩人春色是今年。少甚麼低就高來粉畫垣⑬，元來春心無處不飛懸。（絆介）哎，睡荼蘼抓住裙衩線，恰便是花似人心好處牽。這一灣流水呵！

【前腔】為甚呵，玉真重遡武陵源⑭？也則為水點花飛在眼前。是天公不費買花錢，則咱人心上有啼紅怨。咳，辜負了春三二月天。（貼上）喫飯去，不見了小姐，則得一逕尋來。呀！小姐，你在這裡！

【不是路】何意嬋娟，小立在垂垂花樹邊⑮。纔朝膳，箇人無伴怎遊園？（旦）畫廊前，深深驀見銜泥燕，隨步名園是偶然。（貼）娘回轉，幽閨窣地教人見⑯，「那些兒閒串⑰？那些兒閒串？」

【前腔】（旦作惱介）唗，偶爾來前，道的咱偷閒學少年⑱。（貼）咳，不偷閒，偷淡。（旦）欺奴善，把護春臺⑲都猜做謊桃源。（貼）敢胡言，這是夫人命，道春多刺繡宜添線，潤逼鑪香好膩箋⑳。（旦）還說甚來？（貼）這荒園塹，怕花妖木客尋常見㉑。去小庭深院，去小庭深院！（旦）知道了。你好生答應夫人去，俺隨後便來。（貼）「閒花傍砌如依主，嬌鳥嫌籠會罵人㉒。」（下）（旦）丫頭去了，正好尋夢。

【忒忒令】那一答可是湖山石邊，這一答似牡丹亭畔。嵌雕闌芍藥芽兒淺，一絲絲垂楊線，一丟丟楡莢錢㉓。線兒春甚金錢吊轉！呀，昨日那書生將柳枝要我題詠，強我歡會之時。好不話長！

【嘉慶子】是誰家少俊來近遠，敢迤逗這香閨去沁園㉔？話到其間靦腆。他捏這眼，奈煩也天㉕，咱噷這口，待酬言。

【尹令】那書生可意呵，咱不是前生愛眷，又素乏平生半面。則道來生出現，乍便今生夢見。生㉖就箇書生，恰恰生生抱咱去眠。那些好不動人春意也。

【品令】他倚太湖石，立著咱玉嬋娟。待把俺玉山推倒㉗，便日暖玉生煙㉘。捱過雕闌，轉過鞦韆，掯著裙花展㉙。敢席著地，怕天瞧見。好一會分明，美滿幽香不可言。夢到正好時節，甚花片兒弔下來也！

【豆葉黃】他興心兒㉚緊嚥嚥，嗚著咱香肩㉛。俺可也慢掂掂做意兒周旋㉜。等閒間把一箇照人兒昏善，那般形現，那般軟䌈㉝。忑一片撒花心的紅影兒弔將來半天㉞。敢是咱夢魂兒廝纏？咳，尋來尋去，都不見了。牡丹亭，芍藥闌，怎生這般悽涼冷落，杳無人跡？好不傷心也！

【玉交枝】（淚介）是這等荒涼地面，沒多半亭臺靠邊，好是㉟咱瞇𥉻色眼尋難見。明放著白日青天，猛教人抓不到魂夢前。霎時間有如活現，打方旋再得俄延㊱，呀，是這答兒壓黃金釧匾㊲。要再見那書生呵。

【月上海棠】怎賺騙，依稀想像人兒見。那來時荏苒㊳，去也遷延。非遠，那雨跡雲蹤纔一轉，敢依花傍柳還重現。昨日今朝，眼下心前，陽臺一座登時變。再消停一番。（望介）呀，無人之處，忽然大梅樹一株，梅子磊磊可愛。

【二犯么令】偏則他暗香清遠，傘兒般蓋的周全。他趁這，他趁這春三月紅綻雨肥天㊴，葉兒青。偏迸著苦仁兒裡撒圓㊵。愛殺這晝陰便，再得到羅浮夢邊㊶。罷了，這梅樹依依可人，我杜麗娘若死後得葬於此，幸矣。

【江兒水】偶然間心似繾，梅樹邊。這般花花草草由人戀，生生死死隨人願，便酸酸楚楚無人怨㊷。待打併香魂一片㊸，陰雨梅天，守的箇梅根相見。（倦坐介）（貼上）「佳人拾翠春亭遠㊹，侍女添香午院清。」咳，小姐走乏了，梅樹下眄。

【川撥棹】你遊花院，怎靠著梅樹偃？（旦），一時間望，一時間望眼連天，忽忽地傷心自憐。（泣介）（合）知怎生情悵然，知怎生淚暗懸？（貼）小姐甚意兒？

【前腔】（旦）春歸人面，整相看無一言，我待要折，我待要折的那柳枝兒問天，我如今悔，我如今悔不與題箋。（貼）這一句猜頭兒是怎言㊺？（合前）（貼）去罷。（旦作行又住介）

【前腔】爲我慢歸休，緩留連。（內鳥啼介）聽，聽這不如歸春暮天㊻，難道我再，難道我再到這亭園，則掙的箇長眠和短眠㊼！（合前）（貼）到了，和小姐瞧瞧奶奶去。（旦）罷了。

【意不盡】軟咍咍剛扶到畫闌偏㊽，報堂上夫人穩便。咱杜麗娘呵，少不得樓上花枝也則是照獨眠㊾。

（旦）武陵何處訪仙郎？釋皎然　（貼）只怪遊人思易忘。韋莊
（旦）從此時時春夢裡，白居易　（貼）一生遺恨繫心腸。張祜

注釋

①闌珊：衰殘，這裡是未消的意思。
②衣桁：衣架。
③問當：就是問。當，語助詞。
④一場：這裡指打一場或罵一場。
⑤禁當：禁當是同義複詞，指抵對、對付之意。
⑥即世裡不見兒郎：這輩子嫁不到丈夫。

⑧鸚鵡粒：飯。杜甫〈秋興〉：「香稻啄餘鸚鵡粒。」

⑨鷓鴣斑：形容盞中茶影。黃庭堅《滿庭芳・詠茶》：「冰磁瑩玉，金縷鷓鴣斑。」

⑩照臺兒：鏡臺。

⑪甚甌兒氣力與擎拳！生生的了前件：哪有氣力捧碗吃飯！勉強算吃過了。擎拳，猶言一舉手之力。《孤本元明雜劇・太平仙記》一折白：「焦休忻誅龍是舉手，李存孝打虎是擎拳。」前件，指吃飯。

⑫夢無綵鳳雙飛翼，心有靈犀一點通：唐李商隱〈無題〉中兩句，見《全唐詩》卷二十。原詩「夢」作「身」，意思說人雖不相見，心卻可以相通。靈犀，通靈的犀角。

⑬少甚麼：多的是。全句，重重的粉牆關不住滿園春色。

⑭玉真重遡武陵源：比喻自己到花園裡來尋夢。玉真，仙人，原指劉晨、阮肇，於天臺山桃源洞遇見仙女後，又回到人間。後又重到天臺山找尋仙女。元雜劇有《誤入桃源》。武陵源，晉陶潛〈桃花源記〉所提到的通向桃花源的溪水名。後桃花源與劉、阮故事牽混，武陵、桃源皆用作戀愛典故。

⑮垂垂花樹：指梅花。杜甫〈和裴迪登蜀州東亭送客，逢早梅相憶見寄〉：「江邊一樹垂垂發。」見《草堂詩箋》卷二十五。垂垂，形容花朵下垂。

⑯窣：同「猝」。

⑰那些兒閒串：「哪兒亂跑？」春香學杜母可能責問她的口氣。

⑱道的咱偷閒學少年：宋程顥〈春日偶成〉：「時人不識余心樂，將謂偷閒學少年。」下文偷淡從偷閒（鹹）引起。

⑲護春臺：這裡指花園。

⑳膩：處理紙張使它更加滑潤。《全唐詩》卷十二羊士諤〈都城從事蕭員外寄海梨花詩盡綺麗至惠然遠及〉：「浣花春水膩魚箋。」

㉑見：同「現」。上文木客，山魈。

㉒嬌鳥嫌籠會罵人：《全唐詩》卷二十四李山甫〈公子家〉二首：「鸚鵡嫌籠解罵人。」

㉓一丟丟：一串串。下榆莢，榆樹的果實，圓形如錢，又叫榆錢。

㉔迤逗這香閨去沁園：逗引我到花園裡去。沁園，原爲東漢明帝沁水公主的園林，借作花園的代稱。香閨，此指閨中小姐。

㉕他揑這眼，奈煩也天：他揑這眼，這是回憶夢中幽會時少年對她的撫愛。奈煩也天，極言少年對她溫柔體貼，百般愛惜。下文噷，動、開。

㉖生：有勉強，半推半就的意思。下句恰恰生生，或即怯怯生生、羞答答。

㉗玉山：指身體。三國魏嵇康酒醉，「若玉山之將崩。」。見《世說新語・容止》。

㉘日暖玉生煙：《全唐詩》卷二十李商隱〈錦瑟〉：「藍田日暖玉生煙。」指歡會之事。

㉙揞：把持、勒住。

㉚興心兒：著意。

㉛嗚：吻，吮嘬。

㉜慢怗怗：慢吞吞。下文做意兒，特意。

㉝等閒間把一箇照人兒昏善句：輕易地把一個明白的人弄得這般昏迷軟善，這一切是那麼鮮活地如在目前，又是那麼地溫柔纏綿。

㉞忑（ㄊㄜˋ，特）：受驚。全句，指夢中被花神用花片驚醒。

㉟好是：正是。

㊱打方旋：盤旋，徘徊。

㊲匾：扁。全句，原來這就是幽會的所在。

㊳荏苒：時間慢慢地過去。即下句遷延的意思。

㊴紅綻雨肥天：梅子成熟的時候。杜甫〈陪鄭廣文遊何將軍山林十首〉：「紅綻雨肥梅。」見《草堂詩箋》卷三。

㊵偏迸著苦仁兒裡撒圓：梅子是圓的，它的果仁是苦的。仁，雙關人。全句含有這樣的意思：怨梅子偏在她苦命的人的面前結得圓圓的。上句「偏則他暗香清遠，傘兒般蓋的周全」，也用來反襯麗娘的孤單。兩句都以「偏」字開始，表達了杜麗娘的幽怨。

㊶再得到羅浮夢邊：意指能和柳夢梅再在夢裡相會。羅浮夢邊，用隋代趙師雄的神話故事：趙師雄在羅浮山遇見了美人，一起飲酒。他喝醉就睡著了。天亮醒來，才發現自己是在一棵大梅花樹下。見《柳河東集・龍城錄》卷上〈趙師雄醉憩梅花下〉。

㊷……便酸酸楚楚無人怨：如能這般想愛甚麼就愛甚麼，情愛由心，生死隨願，縱使歷經情的酸楚，也再無怨尤。

㊸待打併：期盼自己付出所有。打拚，拼著。

㊹拾翠：遊園。翠爲翠鳥之羽。

㊺猜頭兒：謎語。

㊻不如歸：「不如歸去」，擬杜鵑鳥的啼聲。

㊼短眠句：長眠指死，短眠指夢，全句之意，是杜麗娘自問，難道除了死、除了夢，自己就不能再到這亭園麼？

㊽軟咍咍：軟綿綿，意態闌珊。

㊾照獨眠一句：花枝，形容杜麗娘之美，這句表達杜麗娘尋夢不得之後的悵惘。

長生殿

洪昇

劇情大要

《長生殿》初以白居易〈長恨歌〉、陳鴻〈長恨歌傳〉爲粉本，後又雜採小說、諸宮調、雜劇、傳奇等增潤刪削而成。茲附〈長恨歌傳〉如后：

開元中，泰階平，四海無事。玄宗在位歲久，勌於旰食宵衣，政無大小，始委於右丞相，稍深居遊宴，以聲色自娛。先是元獻皇后武淑妃皆有寵，相次即世。宮中雖良家子千數，無可悅目者。上心忽忽不樂。時每歲十月，駕幸華清宮，內外命婦，熠耀景從，浴日餘波，賜以湯沐，春風靈液，澹蕩其間。上心油然，若有所遇，顧左右前後，粉色如土。詔高力士潛搜外宮，得弘農楊玄琰女於壽邸，既笄矣。鬢髮膩理，纖穠中度，舉止閑冶，如漢武帝李夫人。別疏湯泉，詔賜藻瑩，既出水，體弱力微，若不任羅綺。光彩煥發，轉動照人。上甚悅。進見之日，奏霓裳羽衣曲以導之；定情之夕，授金釵鈿合以固之。又命戴步搖，垂金璫。明年，册爲貴妃，半后服用。繇是冶其容，敏其詞，婉孌萬態，以中上意。上益嬖焉。時省風九州，泥金五嶽，驪山雪夜，上陽春朝，與上行同輦，止同室，宴專席，寢專房。雖有三夫人，九嬪，二十七世婦，八十一御妻，暨後宮才人，樂府妓女，使天子無顧盼意。自是六宮無復進幸者。非徒殊豔尤態致是，蓋才智明慧，善巧便佞，先意希旨，有不可形容者。叔父昆弟皆列位清貴，爵爲通侯。姊妹封國夫人，富埒王宮，車服邸第，與大長公主侔矣。而恩澤勢力，則又過之，出入禁門不問，京師長吏爲之側目。故當時謠詠有云：「生女勿悲酸，生男勿喜歡。」又曰：「男不封侯女作妃，看女卻爲門上楣。」其爲人心羨慕如此。天寶末，兄國忠盜丞相位，愚弄國柄。及安祿山引兵嚮闕，以討楊氏爲詞。潼關不守，翠華南幸，出咸陽，道次馬嵬亭。六軍徘徊，持戟不進。從官郎吏伏上馬前，請

誅晁錯以謝天下。國忠奉氂纓盤水，死於道周。左右之意未快。上問之。當時敢言者，請以貴妃塞天下怨。上知不免，而不忍見其死，反袂掩面，使牽之而去。倉皇展轉，竟就死於尺組之下。既而玄宗狩成都，肅宗受禪靈武。明年大赦改元，大駕還都。尊玄宗爲太上皇，就養南宮。自南宮遷於西內。時移事去，樂盡悲來。每至春之日，冬之夜，池蓮夏開，宮槐秋落。梨園弟子，玉琯發音，聞霓裳羽衣一聲，則天顏不怡，左右歔欷。三載一意，其念不衰。求之夢魂，杳不能得。適有道士自蜀來，知上心念楊妃如是，自言有李少君之術。玄宗大喜，命致其神。方士乃竭其術以索之，不至。又能遊神馭氣，出天界，沒地府以求之，不見。又旁求四虛上下，東極天海，跨蓬壺。見最高仙山，上多樓闕，西廂下有洞戶，東嚮，闔其門，署曰「玉妃太真院」。方士抽簪扣扉，有雙鬟童女，出應其門，方士造次未及言，而雙鬟復入。俄有碧衣侍女又至，詰其所從。方士因稱唐天子使者，且致其命。碧衣云：「玉妃方寢，請少待之。」於時雲海沈沈，洞天日曉，瓊戶重闔，悄然無聲。方士屏息斂足，拱手門下。久之，而碧衣延入，且曰：「玉妃出。」見一人冠金蓮，披紫綃，珮紅玉，曳鳳舄，左右侍者七八人，揖方士，問「皇帝安否？」次問天寶十四載已還事。言訖，憫然。指碧衣取金釵鈿合，各析其半，授使者曰：「爲我謝太上皇，謹獻是物，尋舊好也。」方士受辭與信，將行，色有不足。玉妃固徵其意。復前跪致詞：「請當時一事，不爲他人聞者，驗於太上皇，不然，恐鈿合金釵，負新垣平之詐也。」玉妃茫然退立，若有所思，徐而言曰：「昔天寶十載。侍輦避暑於驪山宮。秋七月，牽牛織女相見之夕，秦人風俗，是夜張錦繡，陳飲食，樹瓜華，焚香於庭，號爲乞巧。宮掖間尤尚之。時夜殆半，休侍衛於東西廂，獨侍上。上凭肩而立，因仰天感牛女事，密相誓心，願世世爲夫婦。言畢，執手各嗚咽。此獨君王知之耳。」因自悲曰：「由此一念，又不得居此。復墮下界，且結後緣。或爲天，或爲人，決再相見，好合如舊。」因言：「太上皇亦不久人間，幸惟自安，無自苦耳。」使者還奏太上皇，皇心震悼，日日不豫。其年夏四月，南宮宴駕。元和元年冬十二月，太原白樂天自校書郎尉于盩厔。鴻與瑯琊王質夫家於是邑，暇日相攜遊仙遊寺，話及此事，相與感歎。質夫舉酒於樂天前曰：「夫希代之事，非遇出世之才潤色之，則與時消沒，不聞於世。樂天深於詩，多於情者也。試爲歌之。如何？」樂天因爲長恨歌。意者不但感其事，亦欲懲尤物，窒亂階，垂於將來者也。歌既成，使鴻傳焉。世所不聞者，予非開元遺民，不得知。世所知者，有玄宗本紀在。今但傳長恨歌云爾。

驚　變　（節錄《長生殿》第廿四齣）

（丑上）「玉樓天半起笙歌，風送宮嬪笑語和。月殿影開聞夜漏，水晶簾捲近秋河。」咱家高力士，奉萬歲爺之命，著咱在御花園中安排小宴，要與貴妃娘娘同來遊賞，只得在此伺候。（生、旦乘輦，老旦、貼隨後，二內侍引，行上）

【北中呂粉蝶兒】天淡雲閒，列長空數行新雁。御園中秋色斕斑：柳添黃，蘋減綠，紅蓮脫瓣。一抹雕闌，噴清香桂花初綻。

（到介）（丑）請萬歲爺娘娘下輦。（生、旦下輦介）（丑同內侍暗下）（生）妃子，朕與你散步一回者。（旦）陛下請。（生攜旦手介）（旦）

【南泣顏回】攜手向花間，暫把幽懷同散。涼生亭下，風荷映水翩翻。愛桐陰靜悄，碧沉沉並遶迴廊看。戀香巢秋燕依人，睡銀塘鴛鴦蘸眼①。

（生）高力士，將酒過來，朕與娘娘小飲數盃。（丑）宴已排在亭上，請萬歲爺娘娘上宴。（旦作把盞，生止住介）妃子坐了。

【北石榴花】不勞你玉纖纖高捧禮儀煩，子待借小飲對眉山②。俺與你淺斟低唱互更番，三杯兩盞，遣興消閒。妃子，今日雖是小宴，倒也清雅。迴避了御廚中，迴避了御廚中烹龍炰鳳堆盤案，咿咿啞啞樂聲催攢。只幾味脆生生③，只幾味脆生生蔬和果清肴饌，雅稱你仙肌玉骨美人餐④。

妃子，朕與你清遊小飲，那些梨園舊曲，都不耐煩聽他。記得那年在沉香亭上賞牡丹，召翰林李白草〈清平調〉三章，令李龜年度成新譜，其詞甚佳。不知妃子還記得麼？（旦）妾還記得。（生）妃子可為

朕歌之，朕當親倚玉笛以和。（旦）領旨。（老旦進玉笛，生吹介）（旦按板介）

【南泣顏回】【換頭】花繁，穠艷想容顏。雲想衣裳光璨。新粧誰似，可憐飛燕嬌懶。名花國色，笑微微常得君王看。向春風解釋春愁，沉香亭同倚闌干。

（生）妙哉，李白錦心，妃子繡口，眞雙絕矣。宮娥，取巨觴來，朕與妃子對飲。（老旦、貼送酒介）

（生）

【北鬥鵪鶉】暢好是⑤喜孜孜駐拍停歌，喜孜孜駐拍停歌，笑吟吟傳杯送盞。妃子乾一杯，（作照乾介）不須他絮煩煩射覆藏鈎⑥，鬧紛紛彈絲弄板。（又作照杯介）妃子，再乾一杯。（旦）妾不能飲了。（生）宮娥每，跪勸。（老旦、貼）領旨。（跪旦介）娘娘，請上這一杯。（旦勉飲介）

（老旦、貼作連勸介）（生）我這裡無語持觴仔細看，早子見花一朵上腮間。（旦作醉介）妾眞醉矣。

（生）一會價軟咍咍柳嚲花欹⑦，軟咍咍柳嚲花欹，困騰騰鶯嬌燕懶。

妃子醉了，宮娥每，扶娘娘上輦進宮去者。（老旦、貼）領旨。（作扶旦起介）（旦作醉態呼介）萬歲！

（老旦、貼扶旦行）（旦作醉態介）

【南撲燈蛾】態懨懨輕雲軟四肢，影濛濛空花亂雙眼，嬌怯怯柳腰扶難起，困沉沉強抬嬌腕，軟設設金蓮倒褪，亂鬆鬆香肩嚲雲鬟，美甘甘思尋鳳枕，步遲遲，倩宮娥攙入繡幃間。

（老旦、貼扶旦下）（丑同內侍暗上）（內擊鼓介）（生驚介）何處鼓聲驟發？（副淨急上）「漁陽鼙鼓動地來，驚破霓裳羽衣曲。」（問丑介）萬歲爺在那裡？（丑）在御花園內。（副淨）軍情緊急，不免逕入。

（進見介）陛下，不好了。安祿山起兵造反，殺過潼關，不日就到長安了。（生大驚介）守關將士何在？

（副淨）哥舒翰兵敗，已降賊了。（生）

【北上小樓】呀，你道失機的哥舒翰……稱兵的安祿山，赤緊的離了漁陽，陷了東京，破了潼關。唬得人膽戰心搖，唬得人膽戰心搖，腸慌腹熱，魂飛魄散，早驚破月明花粲。

卿有何策，何退賊兵？（副淨）當日臣曾再三啓奏，祿山必反，陛下不聽，今日果應臣言。事起倉卒，怎生抵敵？不若權時幸蜀，以待天下勤王⑧。（生）依卿所奏。快傳旨，諸王百官，即時隨駕幸蜀便了。（副淨）領旨。（急下）（生）高力士，快些整備軍馬。傳旨令右龍武將軍陳元禮，統領羽林軍士三千，扈駕前行⑨。（丑）領旨。（下）。（內侍）請萬歲爺回宮。（生轉行嘆介）唉，正爾歡娛，不想忽有此變，怎生是了也！

【南撲燈蛾】穩穩的宮庭宴安，擾擾的邊廷造反。鼕鼕的鼙鼓喧，騰騰的烽火黫⑩。的溜撲碌臣民兒逃散，黑漫漫乾坤覆翻，磣磕磕⑪社稷摧殘，磣磕磕社稷摧殘。當不得蕭蕭颯颯西風送晚，黯黯的，一輪落日冷長安。

（向內問介）宮娥每，楊娘娘可曾安寢？（老旦、貼內應介）已睡熟了。（生）不要驚他，且待明早五鼓同行。（泣介）天那，寡人不幸，遭此播遷，累他玉貌花容，驅馳道路。好不痛心也！

【南尾聲】在深宮兀自嬌慵慣，怎樣支吾蜀道難！（哭介）我那妃子呵，愁殺你玉軟花柔要將途路趲。

宮殿參差落照間，　盧　綸　　漁陽烽火照函關。　吳　融
遏雲聲絕悲風起⑫，　胡　曾　　何處黃雲是隴山⑬。　武元衡

注釋

①蘸（ㄓㄢˋ，占）眼：耀眼，引人注目。和「照眼」的詞意相近，但語氣更強。

②子待借小飲對眉山：子待，只待、只要。眉山，眉毛，與前句玉手高捧，暗用梁鴻妻孟光「舉案齊眉」之典故。

③脆生生：生生，形容脆的程度。

④雅稱：很相稱。

⑤暢好是：眞正是。

⑥射覆藏鈎：射覆，類似猜（射）字謎的一種酒令；藏鈎，猜東西藏在誰哪兒的一種遊戲。

⑦一會價軟咍咍柳嚲花欹：一會價，一會兒。軟咍（ㄏㄞ，咳）咍，軟綿綿。嚲（ㄉㄨㄛˇ，朵），垂下。柳、花和下句鶯、燕都用來比楊貴妃。

⑧勤王：朝廷有難，起兵援救。

⑨扈駕：隨駕。

⑩黫：音ㄧㄢ，黑色。

⑪磣磕磕：或作磣可可；磕磕，不表示意義。磣，慘的同音異寫。悲慘、慘痛的意思。

⑫遏雲：停住了行雲。形容音樂的美妙。

⑬何處黃雲是隴山：隴山，在陝西、甘肅一帶，由長安往成都，經隴山東麓而南行。

附錄　中原音韻 正語之本 變雅之端

元・周德清著

東鍾

平聲

陰

東冬○鍾鐘中忠衷終○通蓪○松嵩○冲充衝舂忡椿艟穜狆种○邕噰雝○空悾○宗椶騣○風楓豐封葑

峯鋒烽丰蜂○鬆惚○匆葱聰驄囱（烟突）○蹤縱樅○穹芎傾○工功攻公蚣弓躬恭宮龔供肱觥○烘叿（人聲）轟薨

○凶兇胸洶兄○翁螉癰灉（辟）壅泓○崩繃○烹

陽

同筒銅桐峒童僮曈瞳朣潼鼕○戎茙駥絨毦茸○龍隆癃窿○窮藭蛩邛笻○籠曨朧櫳瓏礱聾嚨○膿農

儂○濃穠醲○重蟲慵鱅崇○馮逢縫○叢藂琮○熊雄○容溶蓉瑢鎔庸傭鄘鏞墉融榮○蒙濛朦矇甍盲瞢

萌○紅䙇虹洪鴻宏紘橫嶸弘○蓬篷芃鬔彭棚鵬○從

上聲

董懂○腫踵種冢○孔恐○桶統○汞嗊○隴壠○簣攏○洶詾○聳竦○拱鞏珙○勇擁涌踊慂永俑○蠓懵

猛艋蜢○總○捧○寵○宂○噥○唪

去聲

洞動棟凍蝀○鳳奉諷縫○貢共供○宋送○弄哢礱○控空鞚○訟誦頌○甕齆罋○痛慟○衆中仲重種○

縱從粽○夢孟○用詠瑩○哄閧橫○綜○迸○銃

江陽

平聲

陰

姜江杠釭薑疆韁殭僵○邦梆幫○桑喪○雙艭霜孀鸘驦○章漳獐樟璋彰麞張○商傷殤觴湯(洪水)○漿螿將

○莊粧裝樁○岡剛鋼綱缸扛玒亢○康穅○光恍○當璫簹襠艡○荒巟肓○香鄉○鎊滂雱○腔跫蜣羌○

鴦央殃秧泱○方芳枋妨坊肪○昌猖娼菖閶○湯鏜○湘廂相箱襄驤○搶鏘蹡○匡筐眶○汪尫○倉蒼○

牕瘡○臟臧

陽

陽揚楊暘昜颺羊徉洋佯○忙茫邙芒鋩哤狵厖○粮良涼綡輬梁粱量○穰禳瀼瓤○忘亡○郎榔廊螂根浪

琅狼○杭行頏航○昂卬○床幢撞哢○傍旁房龐逄○房防○長萇腸場常裳嚐償○唐搪塘糖堂棠○詳祥

翔○牆檣嬙戕○黃潢簧鰉蝗皇篁凰惶艎遑隍○藏○強○娘○降○王○狂○囊

上聲

講港鏹○養痒鞅○蔣獎槳○兩魎○想鯗○蟒莽漭○爽塽○響蠁享饗夯○敞氅昶○壤穰○舫倣放訪昉

○罔網輞○枉往○顙磉嗓○榜㨦○倘帑○黨讜○掌長○朗○謊恍○仰○廣○沆(洸瀁)○髒○強○搶○賞

晌

去聲

絳降洚虹糨強○象像相○亮諒量緉輛○養羕煬養樣快鞅漾恙○狀壯撞○上尚餉○讓懹釀○帳脹漲丈

仗杖障墇瘴○巷向項○匠將醬○唱倡暢悵鬯○創刱○望忘妄○旺王○放訪○蕩宕碭當擋○浪閬○葬

藏臟○謗傍蚌棒○炕亢抗○曠壙纊○晃幌○況貺○醸○仰○喪○胖○行○愴○誑○盎○戧○鋼○盪

湯

支思

平聲

陰

支枝肢卮氏梔楮之芝脂胝○髭貲觜茲孳孜滋資咨淄諮姿秄○眵䁅差○施詩師獅螄尸屍鳲蓍○斯撕廝凘鷥颸思司私絲偲罳○雌

陽

兒而洏○慈鶿磁茲瓷茨疵玼茈○時塒鰣匙○詞祠辭辤

上聲

紙砥底旨指止沚芷趾祉阯址徵咫○爾邇耳餌珥駬○此玼跐泚○史駛使弛豕矢始屎菌○子紫姊梓○死

○齒仔

入聲作上聲

澁瑟音史○塞音死

去聲

是氏市柿侍士仕使示謚蒔恃事施嗜豉試弒筮視噬○似兕賜姒巳汜祀嗣飼笥耜涘俟寺食思四肆泗駟○次刺莿○字漬牸自恣觜胔○志至誌○二貳餌○翅○廁

齊微

平聲

陰

機幾磯璣譏肌飢笄朞箕基雞稽饑姬奇羈羇○歸圭邽龜閨規○齏齎擠躋○雖荾綏睢尿○低堤磾眂氐羝○妻淒萋棲悽○西犀嘶○灰揮暉輝翬麾徽隳○杯悲卑碑陂○追騅錐○威偎隈煨○非扉緋霏騑馡菲妃

飛○溪欺欹○希稀豨羲曦犧醯熹嘻僖熙○衣依伊醫鷖猗漪臆○吹炊推○醅披邳丕呸胚衃○魁盔虧窺
瑰奎○笞癡郗蚩媸螭鴟絺○崔催衰榱○紕批鈚○堆鎚○篦鎞○知蜘○梯

陽

微薇維惟○黎黧犁梨藜璨離璃籬醨羅离鸝驪麗狸蜊鰲彲漓○泥尼鸝○梅莓枚媒煤眉湄楣嵋麋糜醿壓
○雷檑纍壘羸○隋隨○齊臍○回徊迴○圍闈韋幃違嵬巍危桅爲○肥淝○奇騎琦碕萁期旗旂棊祈祁其
畿祇耆鬐芪岐麒琪蘄○奚兮畦攜蹊○移　兒鯢霓倪猊輗姨夷痍疑嶷鷖沂宜儀鷄彝貽怡眙飴圯頤遺虵
○啼蹄提題醍綈梯○鎚垂陲○裴陪培皮○葵馗夔逵○池馳遲墀篪持○頹魋○脾疲比毗羆○迷彌瀰○

誰○摧○蕤

入聲作平聲

陽同後

實十什石射食蝕拾○直値姪秩擲○疾嫉葺集寂○夕習席襲○荻狄敵逖笛糴○及極○惑○逼○劾○賊

去聲作平聲

陽

鼻

上聲

迤旖○尾亹○倚椅錡扆偯螘矣已以苡顗擬艤○浼美○蟣幾己几庪紀○恥侈○捶箠○痞否嚭圮秠○鬼
簋癸軌詭晷宄○悔賄毀卉譭燬虺○妣比匕○禮醴里裏理鯉娌李蠡履○濟擠○底邸詆柢觝○洗璽枲徙
屣○起棨啓綮綺杞豈○米弭眯○你旎禰○彼鄙○喜蟢○委猥唯隗葦偉○壘磊儡蕾○體○腿○蕊○觜
○髓○水○餒

入聲作上聲

質隻炙織隙汁只○七戚漆刺○匹闢僻劈○吉擊激謚棘戟急汲給○筆北○失室識適拭軾飾釋濕奭○唧積稷績跡脊鯽○必畢蹕篳碧壁甓○昔惜息錫淅○尺赤喫勑叱鶒○的靮嫡滴○德得○滌剔踢○吸隙翕檄覡○乞泣訖○國○黑○一

去聲

未味○胃蝟渭謂驒尉慰緯穢衛魏畏餧位飫○貴櫃餽愧悸桂檜膾鱠跪獪繪○吠沸費肺廢芾○會晦誨諱惠蕙慧潰闠○翠脆頯倅萃悴淬焠○異裔義議誼毅藝易翳瘞勩枻曳瞖詣饐刈乂意劓懿○氣器棄憩契禊○霽濟祭際劑○替剃涕嚏○帝諦締弟娣第悌地遞蒂棣○背貝狽焙倍婢備避輩被弊幣臂髮詖帔○利痢莉俐例唳戾沴離隸癘礪厲涖荔詈劙麗○砌妻○細壻○罪醉最○對隊碓兌○計記寄繫繼妓伎技髻偈忌季縊騎既驥冀薊鱖○閉蔽畀箆斃壁庇比秘陛賁○謎氽○睡稅說瑞○退蛻○歲碎粹祟邃繸穗燧隧遂彗○墜贅綴縋懟○製制置滯雉稚致彘治智幟熾質○世勢逝誓○淚累酹擂類纇誄耒磑○配佩珮轡霈沛悖誖○妹昧媚魅袂瑁寐○戲系係○簣蕢揆○殢膩泥○蚋芮銳焫○吹喙○內

入聲作去聲

日入○覓蜜○墨密○立粒笠曆歷櫪瀝癧靂皪力栗○逸易埸譯驛益溢鎰鷁液腋掖疫役一佾泆逆乙邑憶揖射翊翼○勒肋○劇○匿

魚模

平聲

陰

居裾琚鶋車駒拘俱○諸豬瀦朱姝株蛛誅珠邾侏○蘇酥穌甦○逋餔哺○樞樗攄○粗麤○梳蔬疏疎○虛墟噓歔欻吁○蛆趍○疽沮趄苴狙雎○孤姑辜鴣酤沽蛄菰觚○枯刳○迂紆於○嗚汙烏○書舒輸紓○區軀驅嶇貙○須髵鬚胥醑需繻○膚夫鈇玞趺敷麩孚鄜莩枹桴郛○呼○初○都○租

陽

盧閭驢臚蔞○如茹駕儒薷襦繻嚅濡○無蕪巫誣○模謨摸謀○徒圖菟屠荼途瘏駼塗○奴孥砮駑○盧蘆

顱鱸轤艫櫨瀘罏爐○魚漁虞余餘竽于畬雩與輿旟璵舁妤歟轝愚盂隅禺臾榆愉兪覦毹瑜窬逾渝閭腴諛

萸○吾浯鋙蜈珸吳梧娛鼯○雛鋤○殊茱銖洙○渠蕖磲籧劬瞿衢臞○除蜍滁篨廚幮蹰儲○扶夫蚨符芙

鳧浮○蒲脯酺捕○胡糊湖醐瑚鶘壺狐弧乎○殂徂○徐

入聲作平聲

獨讀牘瀆犢毒突纛○復佛伏鵩袱服○鵠鶻斛槲○贖屬述秫術朮○俗續○逐軸○族鏃○僕○局○淑蜀

孰熟塾

上聲

語雨與圄圉齬敔禦愈羽宇禹庾○呂侶旅膂縷僂○主煑拄渚麈墅鬻○汝乳○鼠黍暑○阻俎○杵楮褚處

杼○數所○祖組○武舞鵡侮廡○土吐○魯櫓虜鹵滷○覩堵賭○古罟詁沽牯蠱枯盬鼓瞽股羖賈○五伍

午仵忤塢鄔○虎滸○補浦圃鵏○普溥譜○甫斧撫黼脯府俯腑父否○母某牡姥畝○楚礎憷○舉莒矩欅

○弩努○許詡○取○苦○咀○女○嶼○傴去

入聲作上聲

谷穀轂骨○蔌縮謖速○復福幅蝠腹覆拂○卜不○菊踘局廷○笏忽○築燭粥竹○粟宿○曲麯屈伸○哭

窟酷○出黜畜○叔菽○督篤○暴撲○觸束○簇○足○促○禿○卒○蹙○屋沃兀

去聲

御馭遇嫗裕諭芋譽預豫○慮濾屨○鋸懼句據詎巨拒秬距炬苣踞屨絇具○恕庶樹戍豎署曙○覷趣娶○

注澍住著柱註鑄畀炷駐紵苧貯竚○數疏○絮序敍緒○孺茹○杜妒肚渡鍍斁度蠹○赴父釜輔付賦傅富

仆鮒賻訃坿婦附阜負○戶扈護瓠互戽頀岵怙○務霧騖戊○素訴塑遡泝嗉○暮慕墓募○路潞鷺輅露賂

○故錮固顧雇○誤悞悟痦惡汙○布怖佈部簿哺捕步○醋措錯○做祚胙詛○兔吐○怒○鋪○處○去○
聚○助
入聲作去聲
祿鹿漉麓○木沐穆睦沒牧目鶩○錄籙綠醁陸戮律○物勿○辱褥入○玉獄欲浴郁育鴿○訥

皆來

平聲

陰

皆堦階喈街偕楷稭○該垓荄陔○哉栽災○釵差○台胎駘咍郃○哀埃唉○猜○挨○衰○腮○歪○開○
揩○齋○乖○篩○揣

陽

來萊騋○鞋諧骸○排牌簿俳○懷淮槐褱瀤○埋霾○騃皚○孩頦○柴柴豺儕○崖厓捱○才材財裁纔○
臺薹擡儓苔炱籉○能

入聲作平聲

白帛舶○宅擇澤擇○畫劃

上聲

海醢○隸詒紿○駭蟹○宰載○采彩採寀綵○靄藹乃毒○奶乃○蒯拐夬○凱鎧塏○揣○擺○矮○解○
楷○買○改

入聲作上聲

拍珀魄○策册柵測跚○伯百栢迫擘檗○骼革隔格○客刻○責幘摘謫側窄仄昃簀迮○色穡索○摑○摔
○嚇○則

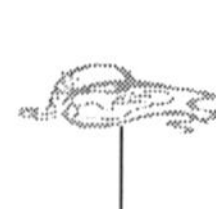

去聲

廨解薤解獬○寨豸瘵債蠆眦○態泰太汰○蓋丐○艾愛噫餲○捱隘阨搕○柰奈耐鼐○害亥妎○帶戴怠迨
待代袋大黛岱○戒誡廨解界介芥疥屆玠犗犎○外聵○快噲塊○在再載○賣邁○賴籟瀨賚癩○拜湃敗憊
稗○菜蔡○曬灑煞鎩○賽塞○怪○壞○慨○派○帥率○濭

入聲作去聲

麥貊陌驀脈○額厄客輻○搦

眞文

平聲

陰

分紛芬氛汾○昏惛婚葷閽○因姻茵湮殷闉○申紳伸身○嗔瞋○春椿○詢荀○呑○暾○諄迍○逡皴○根
跟○欣忻昕○氳塭○眞珍振甄○新薪辛○賓濱鑌彬○坤髡○君麕軍皸均鈞○榛臻○莘詵○薰醺勳曛燻
○鯤鵾裩昆○溫瘟○孫飧蓀搎○尊樽○敦墩燉○奔賁犇○巾斤筋○村○親○遵○恩○噴○哏○津

陽

隣燐鱗磷麟粼轔○貧瀕頻蘋顰嚬○民珉緡旻○人仁○倫綸掄輪淪○裙羣○勤懃芹○門捫○論崙○文紋
聞蚊○銀誾齦垠寅夤嚚鄞○盆湓○陳臣塵娠辰晨宸○秦蓁○脣純蓴淳醇錞鶉○巡旬馴循○雲芸云紜耘
匀員伍員人名筠○墳焚棼○魂渾○豚屯飩臀○神○存蹲○痕○紉

上聲

軫疹診稹○肯懇墾齦○緊謹槿卺瑾○隱引蚓尹○閔憫泯愍敏○准準○刎吻○笱隼○允殞隕狁○本畚○
閫壼啯悃○窘囷○哂蜃○牝品○狠○不○忍○盾○撙○損○蠢○忖○粉○穩○衮○瞬○儘

去聲

震陣振賑鎭○信訊迅賮燼○刃訒仞認○吝悋藺磷○鬢殯臏○腎慎○醞愠運藴惲暈韻○盡晉進璡○忿分糞奮○近覲○櫬齔○印孕○峻浚殉噀○遜巽○俊駿○舜順○閏潤○問紊○頓囤鈍遁盾沌○悶懣○奔倴○訓○郡○困○噴○釁○論○混○寸○恨○嫩○褪○搵諢○趁疢

寒山

平聲

陰

山刪潸○丹單殫鄲簞○干竿肝玕乾○安鞍○姦奸間艱菅○刊看○關綸鰥擐○擅栓○斑班般扳頒○彎灣○灘攤○番蕃翻幡旛藩反○珊跚○攀○慳○赸○餐○跧○殷

陽

寒邯韓汗翰○闌蘭欄孄襴攔○還環鬟寰闤圜鐶○殘戔○閑鷳癇○壇檀彈○煩繁膰礬蠜帆樊凡○難○蠻○顏○潺○頑

上聲

反返坂○散傘繖○晚挽○板鈑○簡揀○產鏟剗○癉亶○趕稈簳○坦袒○罕○侃○懶○趲○綰○赧○盞琖○眼

去聲

旱悍銲漢翰瀚汗馯骭○旦誕嘽彈憚但○萬蔓曼○嘆炭○案按岸犴旰閈嗲○幹榦○粲燦璨○棧綻組○盼襻○譔饌○渲灤○慢嫚謾○慣丱摜○贊讚灒瓚酇○患幻宦擐豢○間澗諫覸○訕疝汕○辦瓣扮絆○飯販畈範泛范犯○限閬莧○鴈贗晏鷃○看○爛○篡○散○難○腕

桓歡

平聲

陰

官冠棺觀○搬般○歡讙驩貛獾○潘拚○端耑○剜豌蜿○酸狻○寬○鑽○湍○攛

陽

鸞鑾巒欒灤圞○瞞謾縵漫鞔饅䝨鏝○桓綄○丸刓蚖綄紈完瓛岏○團摶漙慱○盤槃瘢磐鬆般鞶鎜磻蟠

胖弁幋○攢穳

上聲

館管痯琯脘○纂纘穳酇○欵○盌澣○滿懣○暖餪○椀○墮○卵○短

去聲

喚換煥渙緩逭奐○翫玩腕惋○鏝幔漫墁○竄爨攛躥○斷鍛段○算蒜○判拚○貫冠觀灌祼瓘鸛○半伴

泮沜畔絆○鑽○亂○彖○愞

先天

平聲

陰

先仙躚鮮○煎湔箋韉濺籛○堅肩甄○顛瘨巔○鵑涓娟蠲○邊籩編鞭鯿○喧暄萱塤諠○氈鸇饘邅旃

栴○羶扇煽○專磚○千阡芊遷韆○軒掀杴○烟燕胭咽嫣○牽愆褰騫○篇扁蹁偏翩○淵冤宛鴛鴛蜿○

痊詮筌銓悛朘荃○宣揎瑄○川穿○圈○天○鐫

陽

連蓮憐○眠綿○然燃○廛躔纏禪蟬○前錢○田畋闐塡鈿○賢絃弦舷懸○玄○延筵綖埏蜒緣妍言研焉

沿○乾虔○元黿圓員捐園圜袁猿轅原嫄源垣鉛鳶湲援○全泉○旋還璇○船傳椽○拳顴權鬈○胼駢軿

便○聯攣○年○涎

上聲

遠阮苑畹○兖偃演堰衍鼴○卷捲○鮮跣洗銑毨筅獮蘚癬○腆殄沴○蹇蹇繭筧梘畽○剪翦○撚輾碾讞○輂璉○臠孿○囀轉○貶扁匾艑緶○沔湎黽免冕勉俛眄○喘舛○闡蕆○典○顯○犬○淺○展○遣○吮○軟○選○諞

去聲

院願愿怨遠援○勸券○見建健絹件○獻現憲縣○鞙眩絢○電殿甸佃鈿塡闐靛奠○硯燕嚥讌諺堰緣掾宴彥喭嬿○眷倦圈綣絹狷罥○面麵○片騙○變便遍徧辨辮卞汴弁○線羨霰○釧穿串○扇善煽鱔禪饍擅墠單○箭薦煎賤濺餞踐牮○鏇選旋漩○傳囀轉篆○戰顫纏○譴牽○練煉楝○戀

蕭豪

平聲

陰

蕭簫瀟蟰飀綃消銷宵霄硝蛸痟魈翛○刁貂琱彫鵰凋○梟鴞囂枵驍歊○梢捎弰筲旓髾鞘颵○嬌驕○蕉焦椒樵膲○標膘腰幖杓飆○交蛟咬郊茭鮫膠教○包胞苞○嘲抓啁○高篙膏羔糕橰皐櫜鼛○刀叨舠魛○騷搔艘臊繅颾○遭糟○鏖鏕爊○昭招朝○邀夭訞么喓腰妖要葽○飄漂○拋胞脬○絛掏饕叨滔韜慆○蹺橇○哮虓烋嗃詨○敲磽○抄謏○坳凹○蒿薅○燒○褒○挑○超○鍬○操

陽

豪毫號濠嗥○寮遼僚鷯憀聊○鐃橈蕘○苗描緢○毛芼旄茅蝥貓髦○猱獶鐃呶怓撓譊○牢勞轑澇醪撈○迢髫蜩調條佻跳○潮朝韶鼂○遙搖謠瑤颻窰堯陶姚嶢○樵瞧譙○鼇聱嗷厫敖璈螯獒驁翺遨熬聱○喬蕎橋僑翹○爻肴淆殽○袍炮跑鞄匏咆庖○桃逃咷鞀陶萄綯醄淘濤檮○曹漕槽嘈螬○瓢薸○巢漅

入聲作平聲

濁濯鐲擢○鐸度踱○薄箔泊博○學鷽○縛○鶴涸○鑿○鑊○著○芍杓

上聲

小篠謏○皎繳矯橋○梟鳥嫋褭○了瞭燎蓼○杳夭殀窅○遶繞嬈擾○眇渺杪藐淼○悄愀○寶保堡褓葆

○卯昴○狡攪鉸姣蔞絞○老姥獠潦撩橑○腦惱碯媼○掃嫂○殍漂僄剽勡○早棗澡藻蚤璪○倒島搗禱

○杲藁縞鎬鄗槁○襖懊媼○考栲○挑窕○沼○少○表○巧○曉○飽○爪○炒○討○草○好○撓○皎

○稍○剖○缶

入聲作上聲

角覺腳桷○捉卓琢○斫酌繳灼○爍鑠爍○鵲雀趞○託拓橐魄飥柝○繂索摖○郭廓○朔矟○剝駁○爵

○削○作作鑿○錯造○閣各○壑熇○綽婥○謔○戳槲

去聲

笑嘯肖鞘○糶眺跳○釣吊寫調掉○豹爆瀑○抱報暴鮑靤皰○竈皂造漕慥躁○料鐐廖窌療○傲奡鏊○

趙兆照旐詔召肇○少紹邵燒○號皓好昊暤耗浩顥灝○道翿纛燾盜導悼蹈稻到倒○曜耀曜要鷂○叫轎

嶠○醮噍○糙操造慥○俏峭誚○俵鰾醥○孝效傚校○窖校教覺珓鉸較酵徼○罩笊棹○拗靿樂凹○貌

冒帽耄眊茂○砲泡○告誥郜○澇勞嫪○噪燥譟掃○妙廟○鬧淖○奧懊澳○鈔○竅○溺○哨○覆

入聲作去聲

岳樂藥約躍鑰瀹○掿諾○末幕漠寞莫沫○落絡烙洛酪樂珞○萼鶚鰐惡愕○弱蒻箬○略掠○虐瘧

歌戈

平聲

陰

歌哥柯牁○科蝌窠○軻珂○戈過鍋○莎簑唆睃梭娑挲○磋瑳蹉瘥艖搓○他拖佗詑○阿痾○窩渦倭踒

○坡頗○波玻皤番○呵訶○多○麼

陽

羅蘿籮儸囉鑼螺騾灑欏蠡鸁○摩磨魔劘䃺○挪那挼儺○禾和○何河荷苛菏○駝紽陀迤跎鮀酡沱鼉

○矬篷○哦蛾娥峨峩䳘俄○婆皤鄱膰○訛鈋

入聲作平聲

合盒鶴盍○跋魃○縛佛○活鑊○薄箔勃泊渤○鐸度○濁濯鐲○學○鑿○奪○着○杓

上聲

鎖瑣䡾○果裹蜾○裸蠃攞夥儸○舸哿○朵趓軃跢髺○娜那○荷欨○可坷軻○頗叵○妸○跛簸○我○

左○妥○火○顆○嫷○脞

入聲作上聲

葛割鴿閤蛤○鉢撥跋○潑粕鏺○聒括○渴㵣○闊○撮○掇○脫○抹

去聲

賀荷樌○佐左坐座○舵墮鬌惰剁垛大駄癉○銼挫剉莝磋○禍貨和○邏囉摞○簸播譒○磨麼○臥涴○

糯懦那柰○箇个○餓○些○過○課○唾○破○嗑

入聲作去聲

岳樂藥約躍鑰○幕末沫莫寞○諾掿○若弱蒻○落洛絡酪樂烙○萼鶚鰐惡堊鄂○略掠○虐瘧

家麻

平聲

陰

家加跏珈笳枷袈迦痂葭猳麚佳嘉○巴疤笆豝芭○蛙洼窪哇媧蝸○沙砂紗鯊裟○查楂踏吒○撾抓髽○

鴉丫呀○叉杈䢒差縒鎈○誇夸○蝦○葩○花○瓜

陽

麻蟆痳麘○譁划華驊○牙芽谺涯衙㝞○霞遐瑕○琶杷爬○茶槎搽○拏○咱

入聲作平聲

達撻踏沓○滑猾○狎轄鍺俠峽洽匣袷○乏伐筏罰○拔○雜○閘

上聲

馬媽○雅瘂○洒傻○把○下○假斝○寡○瓦○灑耍○鮓○苴○那○賈○惹○打

入聲作上聲

塔獺榻塌○殺霎○箚扎○咂匝○察插鍤○法發髮○甲胛夾○答搭嗒踏○颯撒薩靸○笈○刮○瞎○八

○恰掐

去聲

駕嫁稼價架假○凹窊○跨胯髁○亞迓訝砑婭○汊咤姹詫䰾（釋醜）○帕怕○詐乍榨措○下芐夏嚇罅暇廈○

化畫華鱯樺話○那○罷霸灞靶壩鈀弝○卦掛○㕦（旁屋）○大○罵

入聲作去聲

臘蠟鑞拉糲辣○納衲○壓押鴨○抹○襪○刷

車遮

平聲

陰

嗟罝○奢賒○車○遮○爹○靴○些

陽

爺耶琊鎁呆○斜邪○蛇佘○俫○瘸

入聲作平聲

協穴俠挾纈○傑竭碣○疊迭牒揲喋諜垤絰凸蝶跌○鐝撅○折舌涉○捷截睫○別○絕○茷

上聲

野也冶○者赭○寫瀉○捨舍○惹若喏○撦哆○姐○且

入聲作上聲

屑薛紲泄媟褻燮屧疶○切竊妾沏○結潔抝頰鋏莢○怯挈篋客○節接楫癤○血歇嚇蝎○闕缺闋○玦決

抉訣譎蕨鴂○鐵餮帖貼○瞥撇○鼈別徹○拙輟○轍撤澈掣○哲褶摺折浙○設攝灄○啜○雪○說

去聲

舍社射麝貰赦○謝卸榭瀉○夜射○柘鷓炙蔗○借藉○趄○偖

入聲作去聲

揑聶躡鑷嚙臬糵○滅篾蔑○拽噎謁葉燁○業鄴額○裂冽獵鬣列○月悅說閱軏越鉞樾蠍刖○熱○爇○

劣

庚青

平聲

陰

京麖庚鶊賡更粳羹畊驚荆經兢矜涇○精睛晶旌鶄菁○生甥笙牲猩○箏爭○丁釘玎仃○扃坰○征正貞

禎徵蒸烝○冰兵幷○登簦㲪瓿燈○轟薨○憎曾矰罾增○鐺錚狰琤撐瞠○稱秤赬檉蟶○英瑛鷹應膺櫻

嬰嚶膺鸚纓瓔縈○輕坑卿誙硜謦傾鏗○馨興○青清鯖○聲升勝昇陞○汀廳聽鞓鞓○星醒惺鯹腥騂○

崩繃○觥肱○甍○僧○亨○兄○泓○烹

陽

平評萍枰憑馮凭屏瓶偋娉○明盟鵬名銘鳴冥溟暝螟蓂○靈櫺醽鹿令零苓伶聆鈴齡蛉泠瓴翎鴒陵淩菱綾

凌○鵬朋棚○楞稜○層曾○能獰○藤滕騰縢謄疼○莖恒○盈贏攍瀛瑩螢營迎蠅凝嬴○擎檠鯨黥勍○行

形刑邢桁衡鉶珩硎○情晴晴繒○亭停婷廷庭蜓霆○瓊煢惸○澄呈程酲成城宬誠盛承丞懲乘塍○熒瞢○

盲氓甍萌○橫宏紘閎嶸鋐弘○橙棖棠○榮○寧○仍○繩○餳

上聲

景儆璟撽骾鯁綆梗警境頸耿哽○頃綮○丙炳邴秉餅屛○惺醒省瘖○影郢穎癭○省青○礦鑛懭○惘冏○

艋蜢○整拯○茗皿酩○騁逞○領嶺○鼎酊頂○艇挺誔町奵○冷○井○請○等○永○涬

去聲

敬徑俓經鏡獍竟競勁更○暎應鷹凝硬○慶罄磬謦罄○命暝○鄧凳嶝隥鐙磴○迥詗敻○倩請○諍掙○正

政鄭證○詠瑩○病並柄凭○令淩○聖賸勝乘剩盛○性姓○娉聘○佞濘甯○淨靜穽甑靖清圊○杏幸倖脛

興行○稱秤○定錠矴釘訂飣○贈○聽○迸○孟○橫○撐

尤侯

平聲

陰

啾揫湫○鳩鬮○搜颼○鄒諏鯫陬騶緅○休咻貅庥○謳鷗漚甌歐區○鈎勾篝溝鞲緱○兜篼○秋鰍鞧楸鍬

鷲○憂幽優櫌麀○脩修羞饈○抽瘳○周賙啁週洲州舟輈○丘坵○偷媮鍮○篘搊○溲鎪餿○彪○收○齁

○摳

陽

尤蚰疣訧遊游蝣由油郵牛庮猷蕕輶猶繇蕕楢悠攸○侯猴喉餱篌○劉留遛瘤榴鶹騮流旒○柔揉鍒蹂鞣○

抔裒○繆矛眸鍪蝥牟麰侔○樓婁艛摟髏慺○囚泅○紬稠綢犨讎酬籌儔躊疇惆○求脙銶毬逑球俅仇樛裘

虬○酋遒○頭投骰○愁

入聲作平聲

軸逐○熟

上聲

有酉牖羑友誘莠黝○柳罶飀○杻狃紐鈕忸○丑醜○九韭久玖糾灸疚○首手守○叟瞍藪○斗枓蚪陡抖○

狗垢苟耇枸○藕耦偶嘔毆○摟塿簍○肘箒酎○朽○酒○拞○剖○吼○走○否○揉○口○㑳○𦡆

入聲作上聲

竹燭粥○宿

去聲

又右佑祐狖宥袖幼囿侑○晝呪胄紂宙籀咮○臼舅舊咎救柩廄究○受授綬壽獸首售狩○秀岫袖繡琇宿○

嗽漱○皺驟○溜霤留餾鎦瘤瀏窌○扣寇蔻○后逅候堠後厚○就鷲○豆脰竇鬪逗○搆遘媾購姤彀詬勾○

湊輳甃○漏陋鏤瘻○謬繆○臭○嗅○瘦○僽○耨○奏○透○貿懋

入聲作去聲

肉褥○六

侵尋

平聲

陰

針斟箴砧椹鱵鍼○金今衿襟禁○駸綅浸祲○深溁○簪鬵○森椮參○琛賝郴○音瘖陰喑○心杺○欽衾

嶔○侵○歆

陽

林淋琳痳霖臨綝箖○壬任紝鵀○尋潯鱘鐔燖鷣○吟淫崟婬霪蟫○琴芩禽檎擒噙○岑䳰鍖涔霫○沈霃

鈂湛○忱堪

上聲

廩懍凜○稔飪淰衽荏○審嬸沈瞫○錦噤○磣墋瘮○枕○飲○您○怎○寑

去聲

朕沈鴆枕○甚䊵○任衽紝姙○禁噤澿趻○蔭廕窨飲恁○沁伈○浸祲○臨淋○滲罧○讖○譖○賃○啉

○唔

監咸

平聲

陰

菴庵鵪醃唵諳○擔呥儋耽湛酖眈○監緘椷○堪龕戡弇○三鬖毿○甘柑疳泔○杉衫○貪探○參驂○憨

酣○簪篸膽鐕○嵌○䳺○詀喃○渰○攙

陽

南諵喃楠男○咸醎諴函銜啣○婪爁燷藍籃嵐○覃潭談餤譚燂薄曇痰○讒慚○含涵邯○讒毚饞鑱劖巉

○巖岩○喒

上聲

感鱤𠹭敢○覽攬欖爦○膽黵紞○慘黲○揞晻醃○喊㺂○毯禫倓菼窞○減鹻○坎○昝歜○俺○糝○黯

○斬○腩

去聲

勘磡○贛淦紺○憾撼頷琀莟唅○淡啖惔擔○轞檻艦餡陷○濫醓纜欖○瞰嵌闞○蘸站賺湛○鑑監○暫

塹蔘揞○暗闇○三○探○渰○慘○懺○訕

廉纖

平聲

陰

瞻詹占粘沾霑○兼縑鶼鰜○淹腌醃稖閹猒懨○纖銛憸暹殲○僉槧籤○襜譫覘○杴忺○尖漸殲○掂○

苫○謙○添

陽

廉簾臁奩帘○鮎黏拈○撏燖○鈐鉗黔○蟾憺○鹽炎閻簷嚴○甜恬○髯○潛○嫌

上聲

掩魘黶埯奄晻崦琰剡○撿鐮臉○歛臉○染苒冉○閃陝○忝舔○險譣○颭○點○謟

去聲

艷焰厭饜驗灩醶鹻○贍苫○欠芡歉○玷店坫墊○瀲歛殮○念艌○劍儉○僭漸○塹茜塹○染○占○蹭

Note

國家圖書館出版品預行編目資料

曲選／楊振良，蔡孟珍合著. -- 三版. -- 臺北市：五南圖書出版股份有限公司，2023.08
面； 公分
ISBN 978-626-343-996-2（平裝）

834　　112004631

1X76 詩詞曲系列

曲選

作　　者— 楊振良　蔡孟珍（375.1）
發 行 人— 楊榮川
總 經 理— 楊士清
總 編 輯— 楊秀麗
副總編輯— 黃惠娟
責任編輯— 陳巧慈
封面設計— 姚孝慈
出 版 者— 五南圖書出版股份有限公司
地　　址：106台北市大安區和平東路二段339號4樓
電　　話：(02)2705-5066　傳　　真：(02)2706-6100
網　　址：https://www.wunan.com.tw
電子郵件：wunan@wunan.com.tw
劃撥帳號：01068953
戶　　名：五南圖書出版股份有限公司
法律顧問　林勝安律師
出版日期　1998年9月初版一刷
　　　　　2012年9月二版一刷
　　　　　2023年8月三版一刷
定　　價　新臺幣360元